文春文庫

凍結事案捜査班《コールドケース》

時の残像

麻見和史

文藝春秋

目次

凍結事案《コールドケース》捜査班

時の残像

第一章　血塗られた男

1

ばたん、と何かを床に叩きつけるような音がした。

薄闇の中、私は手の動きを止めて、辺りを素早く見回す。

LEDランタンでぼんやり照らされた室内には、特に異状はないようだ。今の音は、どこか別の部屋から聞こえたのだろうか。

耳を澄ましていると、また、ばたんという音が聞こえた。ああ、そうか、と私は思った。この建物に入るとき、勝手口の古いドアが壊れかけていたのだ。

侵入したあとしっかり閉めようとしたが、蝶番《ちょうつがい》のネジが緩んでいて、ドアはぐらついたままだった。仕方なくそのままにしてきたのだが、今夜は風が強い。あのドアが風に煽られて、開いたり閉じたりしているのだろう。

大丈夫だろうか、と私は考えた。だがすぐに思い直して、ひとりうなずいた。廃屋で何かの音がした場合、普通なら近くの住人が不審に思うだろう。だが今夜はこの風だ。勝手口のあのドアは普段から音を立てているはずで、だとすれば私が侵入していることに気づく者はいないだろう。多少物音を立てても安心だというわけだ。

私はゆっくりと息をした。冷たい空気が肺に流れ込み、温められて外に出ていく。何度か呼吸を繰り返す。そのうち私は、異臭を感じて顔をしかめた。

思わず舌打ちをしてしまった。軽蔑を込めて、目の前の男をじっと見つめる。

その男はすっかり弱っていた。体力を消耗して、ぐったりしている。そして、みっともないことに失禁していた。シーツに黄色い尿が染みている。その臭いがかすかに漂ってきたのだ。

男はベッドの上で、仰向けに横たわっていた。といっても、ただ寝ているわけではない。両腕を左右に大きく開いている。両手首にはロープがかけられ、ベッドのフレームに結びつけられていた。この縛《いまし》めによって、男は身動きができない状態だった。

奴はさるぐつわをかまされた口で呻き声を上げた。それから私の右手を見て、首を激しく横に振った。革手袋を嵌めた私の右手にはナイフがあった。

私はナイフをひらひらと動かしてみせた。LEDランタンの明かりを受けて、刃先が鈍い光を放つ。私はナイフを男の鼻先に突きつけた。男は恐怖の表情を浮かべている。


いい顔だ、と思った。だがもっと別の表情も見てみたい。

私は右手に力を込め、思い切りナイフの刃を男の腹に突き刺した。

奴は目を大きく見開いた。血走った目玉が、眼窩からこぼれ出そうに見えた。

最初に驚きがあったようだ。続いて痛みがやってきたのだろう。男は顔を歪めながら頭を少し上げ、自分の腹部を見た。柄物のシャツに血が染みてきていた。奴は体を震わせ始めた。

一度刺してしまえば、そこから先は簡単だった。

私はためらうことなく何度も何度も男の腹を突いた。ナイフの刃が肉に刺さるたび、男は体を大きく反らしたり、逆に小さく縮めたりした。両手を激しく動かそうとしたが、ロープのせいでそれは不可能だった。

「ああ」だか「うう」だかいう声が、奴のさるぐつわから漏れた。感度の悪いラジオ放送のようなその声を、私は眉をひそめながら聞いた。

溢れ出た血が、シーツの上に赤い模様を描いていく。出血とともに、男の生命力が急速に衰えていくのがわかる。

私はナイフをシーツの上に置いて、さるぐつわを外してやった。

少し咳き込んだあと、「助けてくれ」と男は懇願した。それから、「なぜこんなことをするんだ」と尋ねてきた。

ベッドサイドに立ち、奴を見下ろしながら私は言った。

「汚物処理だよ。汚いものは片づけないとな」

痛みに顔を歪めながら、男はかすれた声で、「よくわからない」と言った。私は奴に向かって、いくつかの説明をした。だが奴は、腑に落ちないという様子だった。おそらく、私が思っていることの一割も理解できていないに違いない。

深く考えるのを諦めたのだろう、男は再び命乞いを始めた。

「助けて……ください。何でも言うことを聞きます。だから助けて……」

「無理だ」と私は言った。「もう間に合わない」

私は再びナイフを手に取った。黙ったまま、勢いをつけてそれを振り下ろす。刃先は腹の深いところに達したようだ。背骨にぶつかったのか、ごりっと硬い手応えがあった。一度引き抜いたあと、私はまたナイフを突き刺した。

さるぐつわは外してあったが、もはや男は声を上げることもできなかった。ただ弱々しく呻くばかりだ。

そのまま私は、さらに何回か男の腹をナイフで刺した。そうしているうち、相手からの反応がなくなった。

男は息絶えたのだ。

「ほら、間に合わなかった」

つぶやいたあと、私は男の上半身に手を伸ばした。柄物のカジュアルシャツのボタンを外して左右に開く。続いて、血が染みているアンダーシャツを捲り上げた。男の胸から腹までが露わになった。腹部は血で真っ赤になっている。ナイフの傷がいくつもあって、深く刺された場所からは腸が覗いていた。

汚いな、と私は思った。どうしようもなく汚い体だ。

私はベッドサイドテーブルに目をやった。

LEDランタンのそばにいろいろなものが置いてある。革手袋をしっかり嵌め直したあと、私は一枚のタオルを手に取った。四つに畳んだあと、遺体の腹部にぐっと押しつける。傷口から溢れた血液が、タオルに染み込んでいった。すでに男は絶命しているのだが、血はまだ出てくる。

腹部の傷を拭うようにして、私はタオルに血を吸わせた。それから、血を含んで少し重くなったタオルを遺体の胸へと持っていった。

私は奴の肌の上で、タオルを左右に動かし始めた。

血液を塗りたくられ、男の胸はたちまち赤くなっていった。

2

いつものように立ち上がったつもりだが、よろけてしまった。

バランスをとろうとしたものの、床に雑誌や紙袋があって踏ん張れない。慌てて、そばにあった段ボール箱に手をかけた。ところが中途半端に積んであったものだから、どすんと箱は床に落ちた。その横に自分も尻餅をついてしまった。

藤木《ふじき》靖彦《やすひこ》は舌打ちをしたあと、尻をさすった。

クローゼットから取り出した段ボール箱や衣装ケース、布団袋などが散らかっていて、辺りはひどい状態だった。足の踏み場もないとはこのことだ。

あらためて立ち上がろうとして、思わず「よっこいしょ」と言ってしまった。

ああ、まただ、と藤木は顔をしかめる。

油断するとすぐ「よっこいしょ」が口に出る。いったい、いつからだろうと記憶をたどってみた。二、三年前だろうか。それとも、もっと前からか。

まいったな、と思った。まだ五十歳だというのに、自分は年寄りじみた行動をとるようになってしまっている。まったく情けないことだ。

——いや、この仕事の人間なら、五十はもう下位打線か。

残念だし、悔しいことだが、そうなのかもしれない。

若いころは第一線でばりばり働いていた。逃げる被疑者を全力疾走で追いかけたし、相手を格闘術で制圧することも多かった。脂の乗っていた三十代後半には、手柄を挙げて何度か表彰されたこともある。毎日、仕事にやり甲斐を感じていたものだ。

あのころはよかったなあ、と藤木は思った。それから、はっとして顔をしかめた。昔を懐かしむようになったら、いよいよまずいのではないか。

自分は現職の警察官だ。体力が落ちてきたというのなら、ほかにできることを探すべきだろう。幸い捜査経験は豊富にある。これから荒事は若手に任せて、自分は聞き込みで成果を挙げるとか、筋読みで事件の構造を推測するとか、何か役に立つことを見つければいい。定年退職するまでは、まだかなり年数があるのだ。休職して迷惑をかけた分を取り返さなくてはならない。

ひとつ息をついてから、藤木は部屋の中を見回した。

エアコンからは温かい空気が流れ出ている。天気予報では、昨夜から今日にかけて冷え込むと言っていた。しかし家の中は薄手のセーター一枚で充分だ。

十二月四日。仕事が休みの今日、思い立って藤木は家の中を片づけていた。

普段使っているリビングや台所はすぐきれいになった。それ以外に、前から気になっていたのは二階の寝室だ。クローゼットの中に大量の衣類や雑貨、小型家電、本、雑誌などが入っていることがわかっていた。ただし、藤木自身が把握しているのはそのごく一部でしかない。クローゼットをはじめ、家にあるものの管理は妻の裕美子《ゆみこ》に任せきりになっていたからだ。

裕美子が亡くなったのは今年三月のことだった。

彼女に大腸がんが見つかったのは、亡くなる二年前のことだ。最初は痛いとか苦しいとかいう訴えはほとんどなく、ただ「最近よくお腹が鳴る」というのが本人の自覚症状だった。食後しばらくするとポコポコだかボコボコだか、気になる音がするという。あまりにも頻繁に腹が鳴るので大きめの病院に行った。

念のため内視鏡検査をやってみましょう、と内科の医師が段取りをしてくれた。数日後に内視鏡で大腸の中を調べると、途中でカメラが先に進めなくなったという。大腸の全周に悪性腫瘍が出来ていて、もう少しで腸閉塞になるところだったそうだ。

生体検査も行って、裕美子は大腸がんのステージⅢと診断された。

がんが怖い病気だという認識はあったし、日本人のふたりにひとりは罹患すると聞いていた。だが、がんは高齢者がかかるものだと思っていたから、まさか妻が、という驚きが大きかった。そのとき裕美子はまだ四十五歳だったのだ。

内視鏡検査のあと、ばたばたと手術のスケジュールが組まれた。当時藤木は大きな事件の捜査に当たっていたが、上司に事情を話して三日間の休みをもらった。入院の日と手術の日、その翌日だ。そのほかは捜査の合間に、短時間だけ見舞いに行った。

手術により、大腸の一部を切除した。退院後数カ月の抗がん剤治療を経て、裕美子は元気になった。食欲も体重も戻ってきたと本人も話していた。よかったなあ、早めに見つかって本当に幸運だった、と夫婦で喜んだものだ。大変な手術だったが、それもいい経験だ。子供はいないが、これから先もふたりで仲よくやっていこう、などとあらたまった口調で藤木は言った。

だが結局、ステージⅢの診断から二年後、裕美子は帰らぬ人となった。がんが転移・再発したということだったが、実際はそうではないだろうと藤木は思っている。手術をした時点ですでに、がん細胞は別の場所に散らばっていたのではないか。きっとそうだったに違いない。

藤木は部屋の隅にある机に目を向けた。

この家には何枚か裕美子の写真が飾ってある。目立つのは食卓にある遺影と、ここ寝室の机にあるスナップだ。

スナップは写真立てに収められ、時計の隣に置いてある。かちかちと時を刻む音がするそばで、裕美子は少しはにかむようにこちらを見ている。

卵形の顔、細い目、少し長めにしたストレートの髪。右耳の近くにほくろがある。

三回目の入院の前に撮った写真だ。このときは食事もとれていたから、痩せている印象はない。

リビングルームの白い壁を背景にして撮影したものだった。なぜ写真を撮ろうという話になったかはよく覚えていない。たまたまアルバムか何かを見ていて、一枚撮ろうという話になったのかもしれない。

それが遺影になるとは、当時は考えてもみなかった。

妻の写真をしばらく見たあと、藤木はクローゼットのほうに視線を戻した。裕美子がしまっておいたものを今、自分はひとつずつ引っ張り出している。きれいに片づけてくれていたものを、いたずらに散らかしているようで申し訳ない気分だ。

正直な話、遺品の整理をそれほど急ぐ必要はないと思っている。休職期間中、藤木はベッドに寝転がったままスマホでＳＮＳばかり見ていた。「死別」というキーワードでネット検索をすると、病気で伴侶を亡くした人たちの書き込みが大量に見つかった。「夫が亡くなってもう二年経つのに遺品が整理できません」と嘆く女性に、「私もそうです。無理に進めなくてもいいんですよ」と慰める人がいた。

そのやりとりを、藤木は自分へのアドバイスのように感じながら読んだ。誰に迷惑をかけるわけでもないのだし、遺品の整理を急ぐことはない。気持ちが落ち着いたときに作業を進めればいいのだと思っていた。

そんな中、急にクローゼットを片づける気になったのはなぜだろう。もしかしたら、と藤木は思った。仕事に復帰して約二カ月、気がつかないうちに自分の心境も変わってきているのかもしれない。妻の死という大きな不幸をすぐに乗り越えられるわけではないが、それでも少しずつ前に進んでいるのではないか。自分にとってそれは望ましいことなのだろう。だが、同時に少し寂しいような気もする。

何度目かのため息をついたあと、藤木は片づけの続きに戻った。椅子の上に立ち、クローゼットの高い位置にある枕棚を覗き込んだ。衣装ケースや小さい段ボール箱のほか、菓子箱ぐらいのプラスチックケースが見つかった。何だろうと思って取り出してみた。

椅子から下りて蓋を開ける。中にはがん関係の本二冊と栄養に関するパンフレット、そして水色のノートが一冊入っていた。がんの本は書店で買ったもの、パンフレットは病院でもらったものだろう。だが、最後の水色のノートは見たことがない。興味を感じてノートを開いてみた。シャープペンシルの細い線で、腹部の図や病気関係の専門用語が書かれている。どうやら妻は本を読み、がんについて勉強していたらしい。藤木もある程度ネットで大腸がんのことを検索していたが、ここまで詳しくは調べられずにいた。裕美子は病気になった本人だから、相当真剣に勉強をしたのだろう。藤木が仕事で出かけている間、彼女は深刻な顔をしてこれらをメモしていたのではないか。

亡くなる三週間前まで、彼女はネット上のブログに闘病記を綴っていた。オープンなものだから藤木も読んでいたが、そこには泣き言は一切書かれていなかった。ただ淡々と病気の進行や治療のことが記されているだけだった。

そうか、実はずっと不安を隠していたのだな、と藤木は思った。辛い抗がん剤治療をしてもあまり効果がなく、徐々に体力が落ちていく中で、不安を感じない人間などいないだろう。藤木の前だから裕美子は静かに、穏やかに過ごしていた。だがひとりになったとき、彼女は感情を露わにしていたのではないか。その心中は察するにあまりある。

ぱらぱらとページをめくっていくうち、こんな文章が目に入った。

《私は靖彦さんに》

ぎくりとして藤木はページから目を逸らした。慌ててノートを閉じる。

すぐに頭に浮かんだのは、まずいな、ということだった。

——これはたぶん、読んではいけない文章だ。

直感的にそう思った。どのタイミングで書かれたものかはわからない。だが図や専門用語が書かれていたことから、がんが見つかったあとだというのは間違いない。病気について勉強し、先のことを不安に感じていた妻。いや、不安どころではなかったはずだ。確実に近づいてくる死に怯え、絶望を感じていたのではないか。忙しく仕事に出かけてしまう夫には何も言えず、こんなノートに本心を書き記していたのではなかろうか。

藤木は水色のノートを机の上に置いた。しばらくそれを見つめていたが、低い声で唸ったあと、引き出しの中にしまい込んだ。目に見えるところに置いておくと、誘惑に負けて読んでしまいそうな気がする。それは駄目だ、と自分に言い聞かせた。なぜかはわからないが、今はそのときではないと思えた。

そわそわしながら、藤木はうしろを振り返った。クローゼットから出した多くの品物で、部屋の中はひどい散らかりようだ。まずはこれらを片づけなくてはならない。すぐに処分するつもりはないが、妻が持っていたものを整理し、自分にとって大事なものとそうでないものを分けておきたかった。それぐらいのことなら妻も許してくれるだろう。

衣装ケースをふたつ確認し終えたとき、ポケットの中でスマートフォンが鳴りだした。

藤木はスマホを引っ張り出す。液晶画面を見ると《大和田《おおわだ》義雄《よしお》係長》と表示されていた。直属の上司だ。

「はい、お疲れさまです。どうかしましたか」

「藤木さん、休みの日にすみません。今どこです？」

大和田は敬語で尋ねてきた。上司ではあるが、年齢は藤木より下なのだ。

「家にいますよ。部屋の片づけをしていました」

「自宅は荻窪でしたよね。これから大井署まで来てもらえませんか」

「……何かあったんですか？」

「殺しです。男性の遺体が見つかりました」

はて、と藤木は首をかしげた。少し考えてから大和田に尋ねる。

「殺しなら殺人班の担当でしょう。うちは関係ないのでは」

「その殺人班から応援の要請が来たんです。過去の未解決事件と関係あるらしい」

藤木たちが所属するのは、「なんでも屋」だの「便利屋」だのと揶揄されることもある部署だ。しかし今日そこに声がかかったという。向こうが頼んできたというのなら、拒絶する理由はないだろう。

「凍結事案《コールドケース》ですか」

「そういうことです。二日前、大井署に捜査本部が設置されたそうです。そこへ今日から参加する形になります」

「わかりました。準備をしてすぐに向かいますよ。ほかのメンバーは？」

「このあと連絡しておきます。……では現地で」

電話は切れた。

突然のことだが、大事な仕事だ。警察官になってから二十数年、急な呼び出しには慣れている。

片づけを中断して、藤木は着替えを始めた。白いシャツに赤茶色のネクタイ。着慣れた紺色のスーツを身に着ける。一階に下りて、洗面所でひげを剃った。

流し台には洗い物が残っているが、それも後日でいいだろう。ガスの元栓を確認したあと、テーブルの上に目をやった。そこには裕美子のもうひとつの遺影がある。額縁の中で、彼女はいつものように微笑を浮かべている。

「あとで片づけるからさ。とりあえず行ってくる」

写真にそう呼びかけたあと、鞄を手にして藤木は玄関に向かった。

3

大井町駅からタクシーで数分、大井警察署に到着した。

一階で制服姿の職員に声をかける。

「本庁の捜査一課ですが、捜査本部はどこですかね」

「あっ、これはどうも。お疲れさまです」

職員は姿勢を正して頭を下げた。別に捜査一課が偉いというわけではないのだが、所轄から見ると殺人捜査のプロというふうに思えるのだろう。

場所を教わり、階段を登っていく。途中、踊り場で呼び止められたので驚いた。

「藤木さんじゃないですか」

足を止め、藤木は相手を見つめた。捜査一課殺人班の若手刑事だ。今は聞き込みに出かけているはずの時間だが、何か用事があって署に戻ってきたのかもしれない。

「ああ、久しぶりだな」戸惑いを隠しながら藤木は言った。「捜査本部に参加してるんだっけ？」

「二日前からです。……もしかして藤木さんも？」

「応援要請があったらしくてね」

「そうか、藤木さんは未解決事件の部署でしたね。たしかに、今朝の会議でそんな話が出ていたな」

「君たちをサポートできるよう頑張るよ」

「その……いろいろと大変だと思いますが、よろしくお願いします」

じゃあ、と言って若手の刑事は階段を下りていった。

彼のうしろ姿を見ながら、まいったな、と藤木はつぶやいた。せっかくやる気になっていたのに、少し気持ちが萎えてしまった。

藤木が現在所属しているのは警視庁捜査第一課、特命捜査対策室支援係という部署だ。

二〇〇九年、警視庁捜査一課に未解決事件を扱う特命捜査対策室が設置された。この部署は庁内で「凍結事案捜査班」とか「凍結班」とか呼ばれることが多い。未解決事件を放置しないためいくつかの係が作られたのだが、今年の四月に「支援係」が追加された。ほかの捜査チームをサポートするのが第一の目的とされている。

今日はまさに殺人班からの依頼を受けて、藤木は大井署にやってきた。いわば合同捜査になるわけで、以前の知り合いと出会うのは当然のことだったのだ。

わかってはいたが、実際に会ってみると肩身が狭く感じられる。

――休職中、あいつらには迷惑をかけたからなあ。

どこか遠くの部署ならともかく、同じ捜査一課への復帰となったのだ。半年以上休んでおいて、よく平気で戻ってこられたな、と思う者もいるのではないか。藤木のほうが年長だから、面と向かって嫌みを言う人間はいないだろう。しかし、どうにも居心地が悪い。

ひとつため息をついてから、藤木は再び階段を登り始めた。

講堂に捜査本部が設置されていた。セミナー会場のように長机が並べられ、書類やらパソコンやらが雑然と置かれている。朝の会議には全員が参加したはずだが、今の時間はほとんどの刑事が外出している。本部に残っているのは七、八名だけだ。

「藤木さん、こっちです」

声をかけられ、藤木は講堂のうしろのほうに目を向けた。

髪をきれいに整え、黒縁眼鏡をかけた真面目そうな男性が手招きをしている。黙っていれば役所の職員のように思えるが、彼は藤木の上司だ。

知っている人間を見つけて、少し気が楽になった。

「遅くなりました」藤木は大和田係長のほうに近づいていった。「この捜査本部、けっこうな規模じゃないですか」

「五十人態勢というところですね」大和田義雄はうなずいた。「上も、この事件は重要だと考えて人間を集めたんでしょう。まだ写真は見ていないんですが、現場はひどい状況だったようです」

「ひどい、というのはどういう……」

「凄惨というか、残酷というか」

「猟奇的だったとか？」

藤木が尋ねると、大和田は顔をしかめてみせた。

「その言葉はあまり好きじゃないんですがね。しかし、そうかもしれません」

いつになく大和田が渋い表情をしているのが気になった。すでに口頭で報告を受けているはずだが、藤木にはまだ黙っているつもりらしい。不確実な情報を広めてはいけないという配慮だろうか。几帳面な彼らしい判断だ。

大和田は四十七歳で、藤木より三つ下だ。ずいぶん前だが、藤木は大和田と同じ捜査本部に入ったことがある。当時大和田は刑事として新米だったから、藤木は先輩としていろいろ指導してやった。そんなわけで大和田は藤木に気をつかってくれるのだが、現在の階級は向こうのほうが上になっている。警察という組織は上下関係が絶対だ。それに、復職するときこの部署に呼んでもらったという恩もあるから、藤木はできるだけいい部下でいようと心がけている。

「藤木さん。お疲れさまです」

そう言いながら、こちらに近づいてくる男性がいた。

百八十センチ弱の身長に、すらりとした体形。髪に緩めのパーマがかかっていることもあって、少し日本人離れした印象がある。

秀島拓斗《ひでしまたくと》巡査部長だった。階級は藤木と同じだが、歳は三十一だから、十九歳も下だ。

「早いじゃないか。住まいは武蔵境だったよな」

藤木が尋ねると、秀島は口元を緩めて、

「せっかくの休みですから、新宿に出かけていたんです」

「何かの用事かい。大丈夫だったのか？」

「問題ありません。友達の結婚祝いを選ぼうと思っただけなので」

「それはタイミングが悪かったな」

「かまいませんよ。そもそも僕は、祝ってやろうなんて思っていません。だって、結婚なんて互いに相手を縛り合うだけですからね。よく考えたほうがいい、とアドバイスしてやりたいぐらいです」

実は、秀島は三年前に離婚している。前に藤木が話を聞いたところ、どうも原因は彼のほうにあるような気がして仕方がなかった。非常識な人間ではないのだが、秀島には少し変わったところがあるのだ。

「大和田さん、ほかのふたりはまだですか？」

藤木が問いかけると、大和田は髪を手櫛で整えながら「ええ」とうなずいた。

「今日は朝から、継続中の案件で動いてもらっています」

「すると、今回はこの三人だけで？」

「いや、あとで合流しますよ。別件のほうは、そう急ぐものでもありませんから」

大和田は藤木たちを連れて、講堂の前方へと向かった。

捜査員席に向き合う形で長机が設置され、幹部数名が座って何か相談している。

その中のひとりが、藤木たちに気づいて立ち上がった。がっちりした体格で髪は角刈り。一見すると柔道家のようだが、目つきの鋭さから熟練した警察官だということがわかる。

捜査一課五係の係長、真壁修三《まかべしゅうぞう》だ。

「来たな、藤木。待っていたぞ」

見た目に迫力のある人物だが、声もまた大きい。この人は変わらないな、と藤木は思った。以前、自分は捜査一課の殺人班にいたので真壁とは面識がある。別の係ではあったが、真壁は藤木にもよく声をかけてくれた。基本的には面倒見のいい人物なのだ。だがその半面、もたもたしている部下には当たりが厳しい。

「ご無沙汰しています」藤木は姿勢を正した。「……といっても、二カ月前にお会いしましたね」

十月に藤木が職場復帰してすぐ、捜査を担当した未解決事件があった。途中で新たな殺人事件が発生し、そのとき捜査本部を指揮したのが真壁だったのだ。

「未解決事件はそっちへ頼めって、上が言うからな。まあ実際、手が足りないっていうこともあるが」

ホワイトボードのそばに打ち合わせ用のテーブルがあった。真壁は藤木たち三人をそこへ案内した。

「藤木たちは今日、休みだったそうだな」真壁が尋ねてきた。「急な依頼で驚いただろう」

「いえ、とんでもない」藤木は首を横に振る。「真壁さんのお役に立てるなら、何があっても飛んできますよ」

「おまえ、そんな奴だったっけ？」真壁は意外そうに言った。「昔はもっと尖っていたように思うけどな」

「人間、歳をとれば変わるもんです」

「……まあ、藤木の場合はいろいろあったからな」

妻が亡くなったことは、もちろん真壁も知っている。個人的に香典を送ってきてくれたから、あとでお返しをしたのだ。

咳払いをしてから、真壁は資料を三部こちらへ差し出した。

「早速だが、凍結班に仕事を依頼したい。大和田さん、始めていいか？」

「もちろんです。よろしくお願いします」

大和田は椅子に腰掛けたまま頭を下げる。藤木と秀島もそれにならった。

資料を開いて、真壁は説明を始めた。

「この『西大井事件』の捜査本部は二日前に設置されたんだが、捜査を進める中で重要な情報が出てきた。過去の未解決事件に関することだ。内容を分析したところ、その情報には信憑性があることがわかった。西大井事件の捜査とともに、その過去の事件についても調べる必要が生じた。それで特命捜査対策室支援係に応援を要請したというわけだ」

雑談のときとは打って変わって、真壁の目は真剣になっていた。威嚇する意図はないのだろうが、視線が鋭いため睨まれているような気分になる。

「捜査資料を見てくれ」

真壁に言われて、藤木たちは資料に目を落とした。

「遺体が発見されたのは二日前、十二月二日の午前十時ごろだ。品川区西大井にある廃屋で遠藤哲郎《えんどうてつろう》、五十五歳の遺体が発見された。遠藤は暴力団の下働きなどをしていた男だ」

資料に男性の写真があった。髪にパーマをかけた人物だ。眉が薄いせいで酷薄そうな印象がある。

「組関係ですか」と大和田。

「実際にはなんでも屋といった感じで、人やモノの手配をするとか、いろいろやっていたらしい。一般市民からの仕事も受けていた。まあ、そうはいっても組と関わりがあったのなら、この事件の筋読みも変わってくる」

裏社会でのいざこざが殺人事件に発展するケースは少なくない。極端な話、今回の事件が暴力団同士の抗争という可能性もある。

「廃屋での遺体発見の経緯はこうだ。前日の夜かなり強い風が吹いて、近隣の家からプラスチックのバケツが飛んでいってしまった。朝になって近隣住民がバケツを取りに敷地内に入り、ついでに壊れかけた勝手口のドアを開けた。以前から音がして気になっていたそうだ。近隣住民はドアの向こう、屋内に血痕らしきものがあるのを見つけた。誰か忍び込んだのかもしれないと思い、一一〇番に通報。駆けつけた地域課の警察官が中に入り、遺体を発見したというわけだ」

「その住民は確実にシロなんですね？」

藤木の問いに、真壁はゆっくりとうなずく。

「アリバイが確認できているから犯人ではない。……現場の状況だが、被害者は両手をベッドに縛りつけられ、仰向けに横たわっていた。刃物で腹部を複数回刺され、出血性ショックで死亡したものとみられる。尿や血液でシーツはひどく汚れていた。それから……これがもっとも不可解な点だが、被害者は胸や腹、顔などに血液を塗りたくられていた。本人の腹から出た血だ」

藤木は眉をひそめた。

配付されていた資料に現場の写真が載っている。それは想像以上にひどいものだった。

まるで拷問の現場だ。被害者は両手を広げた形で、ベッドに縛りつけられている。腹部からは大量の出血があり、シーツにも染み込んでいた。着ていたカジュアルシャツのボタンが外されていて、傷がないはずの胸や顔までが真っ赤になっている。ひとめ見ると現代アートか、何かのパフォーマンスのようにも感じられた。

圧倒的な違和感があった。

大和田も秀島も、資料を見つめて深刻な表情を浮かべている。

「ベッドサイドテーブルには血まみれのタオルが残されていた」真壁は続けた。「犯人はそのタオルで、腹の傷から出た血液を上半身に塗ったんだろう。なぜそんなことをしたのかはわからない。また、そのテーブルには林檎が置かれていた」

「妙ですね」大和田が言った。「被害者に食べさせようとしたんでしょうか。それとも犯人が自分で食べるつもりだったのか。……いや、それは考えにくいか」

「死亡推定時刻は十二月二日の午前零時から二時の間。先ほども言ったように当時は風が強く、近隣住民も廃屋に誰かいるとは気づかなかったとのことだ」

真壁は資料のページをめくった。

「そのほかにも遺留品があった。ベッドの枕元に、電子部品が置かれていた。鑑識が調べたところ、盗聴器などに使われるものだった」

「盗聴器……ですか？」秀島が首をかしげる。

「市販のパーツを組み合わせた部品らしい。犯人の遺留品ではないかと思われる」

「どういうことですかね」藤木は考えながら言った。「たとえば、犯人はそれまで盗聴器で被害者の動向を探っていたとか？」

「もしかしたら被害者を襲ったとき、以前仕掛けておいた盗聴器を回収したのかもしれない。しかし、それならなぜベッドに置いていったのかという話になる。詳細は不明だ」

「単なるミスで置き忘れたということは……」

「その可能性もなくはないが、俺は故意に置いていったんだと思う。犯人は被害者の顔や体に血を塗りたくっている。奇妙な行動には、何か意味があるんじゃないだろうか。そうだとすれば、盗聴器の部品もただ忘れていったわけではないはずだ」

「何かのヒントということでしょうか」

こめかみを指先で掻きながら、秀島が尋ねた。そうだな、と真壁は答える。

「とにかく異様な事件現場だ。いずれニュースで流れれば社会にも影響があるだろう。早期の事件解決が必要だ。大和田さんたちにも、全力を尽くしてもらわなくちゃならない」

軽くうなずいたあと、大和田は資料から視線を上げた。真壁をじっと見つめて、こう質問した。

「それで、我々の任務というのは……」

「一昨日からの捜査で、ある人物が浮かんできた。相沢功治《あいざわこうじ》、三十八歳。現在行方不明だが、この男は被害者の遠藤とよく会っていたらしい。フリーアルバイターということだが、遠藤と同じく、ときどき暴力団の手伝いをしていたようだ」

資料の次のページに顔写真が載っていた。面長で目がぎょろりと大きく、唇が厚い人物だ。これは十三年前に撮影されたものだという。

「その相沢功治が、何か知っている可能性があるんですね？」

「場合によっては、この事件の犯人かもしれない」

当然そういう考え方も出てくるだろう。ともに暴力団と関わっていたのなら、ふたりの間に何かトラブルがあっても不思議ではない。

「それでだ、ここから少し複雑になるんだが……」真壁は別の資料を机の上に置いた。「今行方不明になっている相沢は、十三年前に起こった『練馬事件』の重要参考人でもあるんだ」

真壁の話によると、こういうことらしい。

十三年前の十月二十一日、青沼裕也《あおぬまゆうや》、二十九歳の遺体が発見された。場所は練馬区の建設現場にある資材倉庫。彼は紐状のもので絞殺されていた。体内からはアルコールが検出された。

青沼は詐欺、恐喝などの常習犯だったため、人の恨みを買っていた可能性が高い。

その青沼と親しかったのが、当時二十五歳の相沢功治だった。兄貴分の青沼とともに行動することが多かったという。練馬事件が発生した夜、相沢にアリバイはなく、重要参考人とされた。しかし捜査員が聞き込みに行った数日後、相沢は行方をくらました。結局彼は発見できず、ほかに被疑者も浮かばないまま事件は迷宮入りとなってしまった——。

コピー用紙を取り出して、真壁は簡単な相関図を描いた。

×遠藤哲郎……【西大井事件】12／2廃屋で刺殺、皮膚に血液　★盗聴器の部品
（面識あり）
相沢功治……【練馬事件】13年前、捜査中に行方不明
（弟分）
（兄貴分）
×青沼裕也……【練馬事件】13年前、資材倉庫で絞殺

ペンを机に置いて、真壁は補足説明をした。

「十三年間、相沢は行方不明だった。しかし今回の西大井事件で聞き込みをするうち、遠藤と会っていた男のことを調べていったら、その相沢だと判明した。相沢が何のために遠藤と会っていたか、また、今どこに住んでいるかなどはわかっていない。もう少し捜索を続ければ尻尾がつかめるかもしれないと思って、凍結班に応援を頼んだというわけだ」

あの、すみません、と秀島が口を挟んだ。何だ、と真壁は尋ねる。

「西大井事件で、相沢さんのほかに疑わしい人物はいるんでしょうか」

「捜査が始まって三日目だから、そのへんのことはまだはっきりとは言えない」

「……わかりました」

そう言ったあと、秀島はちらりと藤木のほうを見た。だがこちらに何かささやいてくるわけでもなく、そのまま黙っている。

「理想的な話をすれば、だ」真壁は腕組みをした。「相沢を見つけることで、西大井事件とともに十三年前の練馬事件も解決できるんじゃないか、と思っている」

「はたして、そううまくいくでしょうか」秀島は怪訝そうな顔だ。

「少なくとも上はそれを期待している。せっかく設立された凍結班だ。おまえたちの実力をアピールするいいチャンスだろう。……そうだよな、大和田さん」

急に問いかけられ、大和田は驚いたようだ。だが、すぐに背筋を伸ばして答えた。

「たしかに、おっしゃるとおりです。我々凍結班はこのあとすぐ、相沢功治の捜索に着手します」

「報告のため、毎日の捜査会議にも出席してもらえるか。朝は八時半から、夜は二十時からだ。……ああ、経験者の藤木がいるんだから言うまでもないか」

「いえ、ありがとうございます」と大和田。

資料を揃えて真壁は椅子から立ち上がる。そのとき、彼は思い出したように付け加えた。

「上はおまえたちにかなり期待しているようだ。……だが、この期待は相当重いぞ。目立った成果がなければ、いったい何をやっていたんだという話になる」

「もちろんです。全力で取り組みます」

「しかしだ、個人的にはそれもどうかなという思いがある。今になって事件を解決するということは、墓を暴くようなものだからな」

「……はい？」

大和田はまばたきをしてから、相手の顔をじっと見た。真壁はその視線を受け止めている。しばらくそうしていたが、やがて真壁は口元を緩めた。

「いや、何でもない。気にしないでくれ」

真壁は幹部席のほうに戻っていった。

そのうしろ姿に向かって、藤木たちはあらためて頭を下げた。

4

大井署に駆けつけるときはタクシーを使ったが、今度は歩くことにした。急ぎ足で行けば、大井町駅までは十数分というところだ。自分も秀島も足で稼ぐほうだから、歩くことには抵抗がなかった。

「それに、あんまり経費を使うと大和田さんがうるさいからな」

藤木は背の高い秀島を見上げながら言った。彼の顔は、藤木より十センチほど上にある。

「予算予算といつも言われていますよね。うちのような部署は優遇されていませんから」

「やっぱり花形は殺人班か。あそこは何かと目立つからなあ」

ここで秀島は、急に真顔になった。

「藤木さん、さっきの真壁係長の話ですけどね。ほかに疑わしい人物はいるんでしょうか、と僕が訊きましたよね」

「まだはっきりとは言えない、ということだったな。確信が持てないんじゃないかな」

「あれ、たぶん嘘ですよ」

え、と言って、藤木は秀島の表情を窺った。

「どういうことだ？」

「被害者の遠藤さんは暴力団と関わりがあったということでした。そうであれば、周りに怪しい人間はいくらでもいるはずです。もう三日目なんですから、捜査線上に浮かんでいるのが相沢功治さんだけというのはおかしな話です」

「そうだな。一昨日、昨日と捜査会議でいろいろ報告が上がっているはずだ」

「だから、相沢さんの捜索はきっと優先度が低いんですよ。僕ら凍結班には、そういう仕事を与えておこうという考えじゃないですかね」

「なぜそんなことを……」

「真壁係長が言っていたでしょう。未解決事件を解決することは、墓を暴くようなものなんですよ。前に会ったときにも言われたじゃないですか」

藤木は二カ月前のことを思い出した。未解決だった青梅の小学生殺害事件を捜査しているとき、真壁に釘を刺されたのだ。凍結班が開けようとしているのはパンドラの箱だと。今になって急に事件が解決されたら、過去の捜査は何だったのだということになる。多くの警察関係者に影響が及ぶ、という意味だ。

「それが真壁さんの本音か……」

「できれば、僕らにはおとなしくしていてほしいんでしょう」

「俺たちは嫌われ役というわけだ」

「でも、僕はやりますよ。絶対に成果を挙げてみせます」

秀島は硬い表情でそう言った。たしか彼は、前の部署で上司にいろいろ意見して、その結果異動になったのだ。正義感が強く、「こうあるべき」という理想と信念を持っている刑事なのだろう。

「やるからには、俺だって手は抜かないさ」藤木は秀島にうなずいてみせる。

理由はどうあれ、自分に与えられた仕事にはしっかり取り組まなければならない。たとえそれが王の墓を暴くことになっても、躊躇するわけにはいかなかった。


練馬事件の捜査資料によると、相沢功治の父は相沢芳雄《よしお》といって、川崎市中原区に住んでいたという。

幸いなことに、十三年経った今も彼は同じ一軒家に住んでいた。チャイムを鳴らすと、じきに応答があった。

「こんにちは。警察の者ですが、相沢功治さんの件でお話を伺いたくて……」

インターホンに向かって藤木は言った。声はできるだけ穏やかな感じにしている。

「功治はここにはいませんよ。もうずっと会っていないんです」

「ええ、知っています。……お父さんですよね？　功治さんのことを聞かせてもらえませんか」

「……なんで今さら」相手は警戒しているようだ。

「今だからこそです。ある事件について、功治さんが事情を知っている可能性がありましてね」

「あいつ、また何かやったのか」

舌打ちをする音が聞こえた。

あまり協力的ではなさそうだな、と藤木は思った。ちらりと秀島のほうを見ると、彼も難しい顔をしている。

あらためて藤木がインターホンに話しかけようとしたとき、玄関のドアが開いた。出てきたのは灰色のスウェットを着た男性だ。面長なところが息子の功治とよく似ている。資料によると、父親は現在六十三歳のはずだ。

「聞かせてもらえますか、あいつが何をしたのか」

そう言って芳雄は踵を返した。藤木は彼のあとに従う。廊下に上がってふと振り返ると、秀島は三和土《たたき》で脱いだ靴を揃えていた。几帳面な性格なのだ。

畳敷きの居間はかなり散らかっていた。新聞や雑誌、本などがあちこちに積み上げられ、鴨居に掛けられたハンガーには皺の寄ったシャツが干してある。こたつの上には灰皿と菓子の袋が置かれていた。

「妻が亡くなって、今は男のひとり暮らしなんですよ。……ああ、どうぞ、そのへんに座って」

勧められ、藤木と秀島は座布団に腰を下ろした。

自分も座布団の上にあぐらをかいて、芳雄は厳しい視線をこちらに向けた。彼はまず藤木を見て、秀島を見て、また藤木に視線を戻した。訪ねてきた刑事たちが自分の敵となるのかどうか、見定めようとしたのかもしれない。その結果、少し警戒心を緩めてくれたように見えた。

「藤木といいます。警視庁捜査一課で未解決事件を担当しています」

「同じく、秀島です」

藤木たちは警察手帳を取り出して相手に呈示した。芳雄はちらりと手帳を見て、あ、とだけ言った。彼は過去の事件で何度か刑事の訪問を受けているはずだ。もう警察手帳など見慣れてしまって、興味も感じないのだろう。

「芳雄さん、失礼ですがお仕事は……」

「警備員をやっています。今日は午後からスーパーの警備ですよ」

なるほど、そういうことかと藤木は納得した。先ほど藤木たちを観察したのは、仕事の癖が出たのだろう。スーパーの警備といったら、万引き犯を見つけるのも大事な役目だ。また、クレーム対応などもあるはずだから、最初は自然と厳しい目つきになるのではないか。その点は自分たち刑事と似ているな、と感じた。

——いや、今の俺には迫力なんてないか……。

年齢のせいというより、妻を亡くしたせいだろう。半年以上休職している間に、藤木はすっかりおとなしい人間になってしまった。

ただ、一概にそれが悪いことだとは言えないのかもしれない。未解決事件を追う自分たちに必要なのは、犯罪者を捕らえる体力よりも、被害者や関係者に寄り添う配慮だ。静かに、穏やかに相手と接し、安心して証言してもらうことが大事なのだ。

芳雄が警戒心を解いたのも、藤木から殺人班刑事のような高圧的な印象を受けなかったからではないだろうか。そうであれば藤木の刑事としての変化は、今の捜査に役立っていると言えそうだ。

「未解決事件ってことは、あれですね。練馬の殺人事件……」

「そうです。十三年前、練馬区にある建設現場の資材倉庫で、青沼裕也という男性の遺体が発見されました。当時、功治さんは青沼さんと親しくなさっていたそうで」

「申し訳ないんですが、息子が誰と親しかったかなんて私は知りませんよ」

「名前もお聞きになっていませんか」

「聞いていません。いや、聞いたとしても、いちいち覚えてはいないでしょう」

「十三年前、功治さんは三軒茶屋のアパートに住んでいたんですよね？」

「そうです。でも練馬の事件で警察にいろいろ訊かれて、急に消えてしまいました。そのあとが大変でしたよ。契約を更新するまでは家賃を払ってやったけど、あいつ一向に戻ってこなくてね。それでアパートを引き払いました。冷蔵庫だの洗濯機だのは処分して、残りのものはこの家に運んだんです。高校を卒業してうちを出るときには餞別をやりましたが、帰ってきたのは荷物だけです。こんな虚しいことってないですよね……」

　喋っているうちに気が滅入ってきたのか、芳雄は肩を落とした。

「それは大変でしたね」同情するように藤木は相づちを打つ。「……で、その後、息子さんから連絡はないんですか」

「年に一回ぐらいかな、電話はかかってきますけど」

「本当ですか。電話番号を教えてもらえませんか」

「すみません、あいつ、非通知でかけてくるんですよ」

「最後にかかってきたのは？」

「今年の正月でした。明けましておめでとうなんて言うから、馬鹿、たまには顔を見せろって叱ってやったんです」

「それでも、ここにはやってこないと……」

「ええ、来ませんね」

腕組みをして芳雄はじっと考え込む。消えてしまった息子の身を案じているのだろう。そのうち彼は、思い出したという表情になった。

「それより今の話ですよ。息子はいったい何をやったんです?」

「ああ……まだはっきりしないんです。ただ、功治さんが事情を知っているかもしれないということでね」

「詳しく聞かせてもらえませんか。何か気がつくことがあるかもしれないし」

熱心に芳雄は尋ねてくる。藤木はメモ帳を開いて、三日前に起こった西大井事件のことを簡単に説明した。

都内のある廃屋で、遠藤哲郎という男性の遺体が発見されたこと。相沢功治はその遠藤と面識があったらしいこと。ふたりは同じように暴力団の手伝いをしていたから、功治が何か事情を知っている可能性があること。

「刑事さん……」芳雄は真剣な顔で尋ねてきた。「その遠藤という人は、どんなふうに殺されていたんですか」

この質問に答えるのは難しかった。遺体が真っ赤に血塗られていたことや、現場に盗聴器の部品があったことなどは、捜査上の秘密だと言える。芳雄から情報を引き出すためとはいえ、それらを話してしまうわけにはいかない。

「我々も現場を見てはいないんです」藤木は言った。「刃物で刺されていた、ということだけは聞いていますが」

こちらからの説明はそこまでにしておいた。

芳雄は神妙な顔で何度かうなずいていた。それから、思案する様子でつぶやいた。

「練馬の事件では、被害者はたしか首を絞められていたんですよね。だとすると、今度の事件は手口が違うと……」

「そういうことになりますね」

「カッとなって襲いかかったんなら別ですけど、計画的な犯行だとしたら、自分の得意な方法で殺害しますよね。ということは、これは別の人間の仕業じゃありませんか？」

芳雄はこたつの上の煙草に手を伸ばした。一本抜いて、ライターを点火しようとする。だがそこで、はっとしたように藤木たちを見た。

「すみません。煙草、いいですか」

「ええ、もちろん」

芳雄は左手でライターを使って煙草に火をつけた。煙を深く吸い込み、一気にふうっと吐く。その間にも、口の中で何かぶつぶつ言っていた。どうやら素人探偵の推理はまだ続いているようだ。

しばらくそれを見ていたが、やがて秀島が口を開いた。

「別の質問をしてもよろしいでしょうか」

「ああ……どうぞ」

煙草を灰皿に押しつけて、芳雄は秀島のほうを向いた。

「功治さんの人柄を聞かせていただけませんか。どんな息子さんだったんでしょう?」

「……自分の息子を悪く言いたくはないんですが、あいつは真面目に努力することができない子でね。昔から勉強が大嫌いだったんです。楽なほうへ、楽なほうへと行ってしまう。周りの人に流されるというか、いろいろ影響を受けてしまうところがありましたね」

「資料によると、暴力団とも接触があったようですが」

「あいつは高校卒業後、健康食品の販売会社に入りました。同時にアパート暮らしを始めましてね。でもじきに会社を辞めてしまって、職を転々としたと聞きました。その後チンピラみたいな男たちとつきあうようになったらしいんです」

芳雄は二本目の煙草に手を伸ばしかけたが、思い直したようだ。彼はそのまま、力なく苦笑いを浮かべた。

「功治もいい大人ですからね。今は三十八かな。私にはもう関係ありませんよ」

「でもお父さん」秀島は言った。「年に一度ぐらいは電話がかかってくるんですよね？　やはりあなたのことを心配しているんでしょう」

「違いますよ。私が早く死なないかと様子を窺ってるんです」

「……え？」

「これでも持ち家と貯金、株がありますからね。それが目当てなんです。……いや、別にいいんですよ。自分の子供なんだから、財産を残してやろうという気持ちは当然あります。でも、ほしいんだったらまっとうな人間になれよと、そういうことです。私は警備員ですからね。笑われるかもしれませんが、これでもお店やお客さんたちの安全を守っているつもりです。その息子がチンピラのようなことをしてるっていうんじゃ、ねえ……」

芳雄はため息をついた。

その言葉は藤木にもよくわかった。自分に子供はいないが、子を持つ父親の苦労は想像できる。おそらく子供というのはわがままで、身勝手で、親の言うことなどほとんど聞かないのだろう。それでも親としては子供に何かを期待し、無事でいてくれと願ってしまう。たぶん、そういうものなのだ。

功治の持ち物が段ボール箱に詰められ、保管されているという。

見せてほしいと頼むと、芳雄はすぐに了承してくれた。彼のあとに続いて、藤木と秀島は狭い階段を登っていった。古い階段はあちこちで軋んだ音を立てた。

二階には三つの部屋があるらしい。芳雄は襖を開け、西の端にある部屋へ入っていく。

そこは六畳の和室で、少し黴くさいにおいがした。

「功治が使っていた部屋です。……ああ、埃っぽいな」

芳雄が窓を開けると、外の風が入ってきた。日当たりのいい部屋ではないが、窓から表の道路が見えて開放感がある。

しばらく空気を入れ換えてから、芳雄は窓を閉めた。エアコンを操作して暖房を入れてくれたようだ。すみません、と秀島が礼を言った。

押し入れの中に段ボール箱が十個ほどあった。ひとつひとつに内容をメモしたシールが貼ってある。

「ずいぶん丁寧に保管してありますね」

藤木が振り返ってそう言うと、芳雄は照れ笑いをした。

「まあ、暇でしたからね」

その暇だった時間というのを想像して、藤木は複雑な思いを抱いた。指名手配されたわけではないが、功治に何か疚《やま》しいところがあるのは間違いない。おそらく、もう彼がここに戻ってくることはないだろう。そう考えながらも、芳雄は息子の所持品を保管し続けているのだ。

――いっそのこと、功治が身柄確保されたほうがいいのでは……。

逮捕収監されたとしても、面会で息子の顔を見ることぐらいできるのではないか。そんなふうに思ったのだが、藤木は黙っていた。よけいなことを言って芳雄を刺激すべきではないだろう。

許可を得て、藤木たちは段ボール箱を調べていった。ノートやメモ、日記などがあれば何かの手がかりになる可能性がある。

捜査資料によれば十三年前、当時の捜査本部がすでにこれらを確認していた。めぼしいものは彼らがチェックし、功治の潜伏先を見つけようとしたはずだ。それでも功治の行方はつかめなかった。

だが、今あらためて調べることで何か見つかるのではないか、という期待がある。調べる人間が変われば、別のものに気づく可能性もあるだろう。

二十分ほど経ったころ、秀島が声をかけてきた。

「この箱、ちょっと気になりますね」

どれどれ、と藤木は箱を覗き込む。中にはトングや計量スプーンが入っていた。ほかに料理関係の本も何冊か見つかった。

「ああ、それですか」芳雄が近くにやってきた。「高校生のころ、コックになりたいと言いましてね。本を買ってきたようです。まあ結局、そっちの道には進みませんでしたが」

本のページをぱらぱらとめくっていた秀島が、顔を上げて芳雄に尋ねた。

「韓国にインドにタイ……。功治さんはエスニック料理が好きだったんでしょうか」

「あいつは辛いものが大好きでね。こづかいで、あちこち食べ歩きをしていると言っていました。高校生ぐらいでそこまで入れ込んでいるなら、コックになってほしいと私は期待したわけです」

「高校を出て、調理の専門学校に行くという希望はなかったんですか？」

「さっきも言いましたが、あの子は勉強が嫌いでしてね。じっくり何かに取り組むということができなかったようで……」

「作るより食べるほうが性に合っていた、ということですかね」

藤木が問いかけると、芳雄は深くうなずいた。

「エスニック料理が好きだったのは間違いありません。そういう店がたくさんある街に住みたい、なんて言ってたんですけど」

藤木は秀島と顔を見合わせた。

韓国などの料理と聞いて思い出すのは新大久保だ。あの街にはほかにもエスニック料理の店が集まっているのではないか。

今その街にいるとは限らないが、かつて食べ歩きをしていたというのなら、情報が出てくる可能性はある。馴染みの店でよく食べていたとか、土産を買って帰ったとか、そういったことだ。何か手がかりが得られるかもしれない。

段ボール箱をすべて調べてから、藤木たちは礼を述べて芳雄の家を出た。

5

新大久保で写真を見せながら聞き込みをしたが、収穫はなかった。

歩道から少し引っ込んだところに飲料の自販機とベンチを見つけ、藤木は休憩を提案した。自販機の前に立ち、ポケットから小銭入れを取り出す。

「俺は温かいコーヒーにするけど、君は何を飲む？」

「あ、いいですよ。自分で買いますから」

「遠慮するなって。ほら、何にする？」

「じゃあすみません、コーンスープを」

そういえば、前にもそれを買ってやったことを思い出した。あのときはたしか公園のベンチに座ろうとして、秀島が——。

飲み物を持って振り返ると、秀島はハンカチでベンチの座面を拭いていた。そうだ、この前も彼はベンチをきれいに拭いてくれていたのだ。

「そんなこと、しなくてもいいんだぞ」

「ご馳走してもらうわけですから、せめてこれぐらいは」

「まあ、君がそういう性格だというのも、だいぶわかってきたけどな」

「一度気になると放っておけないんですよね」

彼は神経質なのだろう。その几帳面な性格は捜査に活かされている。ほかの人間が見落としてしまうような細かいことに、秀島は気づくことがある。

ベンチに腰掛け、藤木はコーヒーを飲んだ。北風が吹いて、レジ袋が歩道を滑っていくのが見えた。缶の温かさがありがたい。

「最近どうなんですか」

急に秀島が尋ねてきた。藤木は彼の顔をちらりと見る。

「どうというのは、俺の暮らしのことかな」

「相変わらず飲んでいるんですか？」

「そうだね。飲まずにはいられない。昨日もけっこう遅くまで晩酌をしていたなあ」

「僕が言うことじゃないでしょうけど、もし奥さんが今の藤木さんを見たら心配すると思いますよ」

「その話は意味がないよ、秀島。もういなくなった人間のことなんて」

しばらく何か考える様子だったが、やがて秀島は再び口を開いた。

「僕だけじゃなくて、係長も、みんなも気にしているんですよ。藤木さん大丈夫かなって。元気そうに見えるけど、急にがくっと落ち込む人もいますからね」

秀島は素直な男で、思ったことをそのまま言葉にしてしまうことがある。裏表のない性格だと評価できる一方、少し面倒だと感じるのも事実だ。気をつかってくれているのだから、感謝すべきなのはわかっている。だが飲むなと言われても藤木は絶対に飲むし、この先もそれを変えることはできないだろう。

「まあ、何かあったら言ってください。僕なんかでよければ話を聞きますから」

「わかった。じゃあ今度また、一杯やりに行くか」

「……どうしても酒からは離れられないんですね。よくないですよ」

忠告めいたことを言ったが、秀島の口元は緩んでいる。こちらが誘えば、いつでもつきあってくれそうに思えた。

「それはそうと……」藤木は咳払いをした。「新大久保ではこれといった成果がなかった。相沢功治さんがこの街に来ていたとしても、その都度名乗っていたわけじゃないだろうから、なかなか情報は出てこないんだな」

「顔写真も見せてはいるんですが、当たりが出ませんね」

「客として出入りしていただけなら、店員の記憶にも残らないってことか……」

この街で三日ぐらい聞き込みをすれば何かわかるかもしれないが、そこまでする時間もない。まだ捜査の初期段階だから、一カ所にこだわるのは得策ではないだろう。

辺りに人がいないのを確認してから、藤木は鞄を探って捜査資料を取り出した。

「練馬事件の被害者・青沼裕也さんは詐欺や恐喝の常習犯だった。ほかに、ヤミ金での貸し付けや取り立てなどもやっていたようだ。小悪党という感じだな」

資料に顔写真が載っている。青沼は相沢とは対照的に目が細く、動物で言えば狐に似た印象があった。先入観を持つのはよくないが、見た感じ、ずる賢い人物というふうに感じられる。藤木のその直感は、おそらく間違ってはいないだろう。

「青沼さん――いや、青沼裕也の関係者からも話を聞いていこう。とにかく情報収集だ」

コーヒーの缶をごみ箱に入れて、藤木は立ち上がる。秀島は慌てて残りのコーンスープを飲み干した。

まず、捜査資料に載っていた江川学《えがわまなぶ》という男性に当たることにした。

電話をかけると本人と話ができて、今日は下北沢の自宅にいることがわかった。十三年前、彼は玩具の販売店に勤めていたようだが、今はどうなのだろう。

アパートの二階にある部屋を訪ねて、チャイムを鳴らす。

「はあい」

インターホンから応答があった。男性にしては比較的高めの声だ。

「お電話を差し上げた警察の者です」

「ああ、ちょっと待ってて。今行くから」

二十秒ほど経ってから江川は出てきた。

資料によれば今三十六歳のはずだ。小柄な男性で、髪を短めに刈っている。ジーンズにセーターというラフな恰好だが、意外なことに胸から腰まで長いエプロンをつけていた。家の中から何かのにおいが漂ってくるのがわかった。これは塗料だろうか。

「警視庁の藤木といいます。お忙しいところすみません」

藤木が呈示した警察手帳をちらりと見てから、江川は軽くうなずいた。

「青沼さんのことで何か聞きたいとか」

彼はこの場で話をするつもりらしい。共用廊下だから落ち着かないな、と藤木は思った。

「すみません、上がらせていただくわけには……」

「いや、かなり散らかっているもんですから」

「我々はまったくかまいません。うちも相当散らかっていましてね」正直な話だった。「少し込み入った内容ですし、お邪魔したいんですが」

かんかんかん、と階段を登ってくる靴音が聞こえた。ほかの住人が二階に上がってくるようだ。

「ああ、そうですね」江川はドアを大きく開けた。「じゃあ、中へどうぞ」

礼を言って上がらせてもらった。

アパートの間取りは2ＬＤＫというところだろう。藤木たちは廊下を通って、リビングダイニングへと案内された。ダイニングテーブルの椅子に座ると、奥の部屋に続くドアが少し開いているのが見えた。塗料のにおいは、そこから漏れてくるようだ。

藤木たちがドアを見ているのに気づいて、江川は苦笑いを浮かべた。

「すみません、仕事中だったもんで……。フリーでモデラーをやっているんです」

「……モデラー？」

藤木は首をかしげる。それを見て、秀島が横から説明してくれた。

「模型を作る仕事でしょう。塗料のにおいがしますからね」

「ああ、なるほど」藤木は再び江川のほうに目を向けた。「どういった模型をお作りになるんですか」

「戦車や装甲車のプラモデルが多いですね。自衛隊だと野外炊具とかも」

「野外炊具？」

「そういう装備品があるんですよ。……いや、すみません、よけいな話でしたね」

江川は白い歯を見せて笑った。さすがにその野外炊具については、秀島も知識がないようだ。

「たしか、以前は玩具の店に勤めていらっしゃったんですよね。今はモデラー一本で？」

藤木が質問すると、江川は首を横に振った。

「ほかに模型雑誌のライターもやっています。イベントを手伝うこともありますね。そういったことで、どうにか食っているようなわけで」

「フリーランスは大変ですね」

「まあ、好きでやっていることですから。サラリーマンと違って、こういう仕事はいわばギャンブルですよ。うまくいけばこの業界で有名になれるし、夢があるんですよね」

「ちょっと仕事場を見せていただいてもいいでしょうか」

興味が湧いたのか、秀島が奥の部屋を指差した。江川は困ったような表情を浮かべ、こちらに向かって拝むような仕草をした。

「すみません、埃が立ったりすると困るもんですから」

「……そうなんですか」

残念そうな顔をしながらも、秀島は何度かうなずいている。

奥の部屋のドアを閉めて、江川はダイニングテーブルに戻ってきた。

「青沼さんのことでしたよね」ペットボトル入りのお茶を出しながら、江川は言った。

「十三年前、殺害されたと聞いてびっくりしました」

「彼がどんなことをしていたか、ご存じですか？」藤木は尋ねる。「何をして収入を得ていたか、という意味ですが」

「警察の人から聞きました。詐欺なんかをやっていたんでしょう？　まさかそんな人だとは思いませんでした。青沼さんは戦闘機のプラモデルが好きで、店によく来てくれていたんです。私は主に戦車なんですけど、ミリタリーが好きな者同士、話が合いましてね」

「生前、青沼さんから何か気になる話はありませんでしたか」

そうですねえ、と江川は考え込む。記憶をたどる様子だったが、じきに彼は言った。

「十三年前にも警察の人に話したんですけど……。青沼さんには親しくしていた後輩みたいな人がいましてね、一緒に店に来ることがありました。そのとき聞いたんですが、ふたりはよくギャンブルをしていたみたいです」

秀島が鞄から顔写真を取り出した。

「この男性でしょうか」

「そうそう。この人」

「相沢功治という人物です。青沼さんの弟分だったようですね」

「ああ、たしかに後輩というよりは弟分という雰囲気でした。その人——相沢さんですか、彼はギャンブルで負けて、青沼さんからかなり借金をしていたらしいですよ」

おや、と藤木は思った。そういう情報は記憶にない。

「ええと……ギャンブルの話は十三年前にも出ましたか？」

「いや、私は話さなかったかもしれません。今、急に思い出したんですよね」

先ほど、モデラーの仕事はギャンブルのようだという話が出た。そこからの連想で思い出したのかもしれない。聞き込みを繰り返していると、たまにこういうことがある。刑事は足で稼ぐものだと言われるのは、そのせいだ。

「借金があったとなると、ふたりの関係はもう少し複雑だったのでは？」

藤木は真剣な目で相手を見つめた。江川は思案するような表情になった。

「そう……ですよね。借金のせいで、相沢さんは青沼さんに逆らえなかったのかも……」

年齢の差から、もともと相沢は青沼の弟分だったと考えられる。誘われるまま、彼はギャンブルに手を出したのではないか。その結果、兄貴分の青沼から借金をすることになった。もう少し踏み込んだ推測をするなら、青沼の策略によって賭けに負け続け、借金することになったのかもしれない。

感謝の意を伝えて、藤木たちは椅子から立ち上がった。


アパートを出たところで、秀島が小声で話しかけてきた。

「もしかしたら相沢さんは、青沼裕也の犯罪を手伝わされていたんじゃないでしょうか」

「俺もそう考えていたところだ」藤木はうなずいた。「相沢さんは兄貴分から命令されて、詐欺やら恐喝やら、犯罪の片棒を担がされていたのかもしれない」

「相沢さんは嫌々その仕事を手伝っていたけれど、やがて不満が爆発して青沼を襲った、とか……」

「可能性はあるな。十三年前の捜査本部も、相沢さんを重要参考人と見ていたんだ。明らかな犯行動機があるのなら、彼が青沼殺しの犯人だという疑いは濃くなってくる」

そうであれば、自分たち凍結班が相沢功治を捜すのは、理にかなったことだと言えるだろう。

もし青沼が相沢を嵌めるつもりでギャンブルに誘ったのなら、違法賭博などにも関わっていた可能性がある。詐欺や恐喝の常習犯だった青沼なら、それぐらいはするのではないか。

「こうなると、裏の世界の連中にも話を聞く必要があるな」藤木は言った。「闇カジノにも探りを入れてみるか」

「そのへんに詳しい人間を知っています。ちょっと連絡をとってみますよ」

秀島はスーツのポケットからスマホを取り出す。

登録された番号を確認してから、彼は電話をかけ始めた。

6

渋谷で秀島の協力者と会ったあと、藤木たちは新宿三丁目に移動した。

雑居ビルの一階にある不動産会社を訪ねる。口ひげを生やした四十代の社長は、以前青沼と親交があったそうで、友人のグレーな仕事についていろいろと聞かせてくれた。これはかなり大きな成果だと言えそうだ。

情報収集が一段落して、少し気持ちの余裕ができた。通りを歩いているうち、藤木は急に空腹を感じて足を止めた。

「そういえば、昼飯まだだったな。どうする？」相棒に声をかけてみた。

「ああ、そうですよね。少し情報の整理もしたいし、このへんで食事にしますか」

「さて、どこにしようか……」

などと話しているところへ、藤木のスマホが鳴った。液晶画面を確認すると《岸弘《きしひろ》志《し》》という名前が表示されている。

藤木は通話ボタンを押して、スマホを耳に当てた。

「お疲れさん。もう、大井署の仕事を始めたのか?」

同僚にそう問いかける。すぐに人懐こい感じの声が聞こえてきた。

「いやあ、まいりましたよ。俺たち別件の捜査をしていたんですけど、急に大和田さんに呼ばれましてね。応援要請が入ったからこっちの捜査本部に入るようにって。今やっている捜査は中断していい、と言うんです」

「そうらしいな」

「まあ、未解決事件ですからね。被害者やご遺族には申し訳ないんですが、もともと長いこと放置されていたわけだし、後回しにしてもかまわないとは思います。でもねえ、せっかく再捜査を始めて、気持ちが乗ってきたところだったのに」

岸はひとりぼやいている。たしかに、やりかけの仕事を中断させられるのは意に沿わないことだろう。

「それでね、できれば合流して情報交換できればと思うんです」岸は言った。「藤木さん、今どこにいるんですか」

「新宿三丁目だ。岸たちは？」

「おれ、それはラッキーだ。俺たちは代々木上原にいるんです。よかったら会いませんか」

「わかった。俺たちはこれから遅い昼飯なんだが……」

「うちもそうです。少し時間がかかると思うから、遠慮せず先に食べててください」

待ち合わせの時間と場所を決めて、電話を切る。

思いがけないところで、班のミーティングのような形になりそうだ。ちょうどよかったな、と藤木は思った。いろいろな情報が入ってきているから、仲間と共有しておきたい気持ちがある。飯を食いながらであれば、時間の節約にもなるだろう。

秀島を促して、藤木は新宿通りのほうへ歩きだした。


ファミレスに入って待っていると、じきにふたりの同僚が入ってきた。

ひとりは短髪で額の広い中年男性だ。歳は四十四。両目が細くて、いつも微笑しているような印象がある。凍結班のムードメーカーというべき人物、岸弘志巡査部長だ。

「いやあすみません、お待たせしました」

座りながら、明るい調子で岸は言う。藤木は首を横に振ってみせた。

「外は寒かったからコーヒーを飲んでいたよ」

「なんだ……。先に食べていてもらってよかったのに」

「そういうわけにはいかないさ。岸たちも腹を空かしているだろうし」

「藤木さんのせいで、賭けは不成立ですよ」

「……え？」

藤木はまばたきをして相手の顔を見つめた。岸はにやりとしながら、隣の人物に視線を向けた。

岸の横にいるのは小柄な若い女性だ。目が大きくて、おっとりした雰囲気がある。セミロングの髪を頭のうしろでひとつに縛っていた。白いシャツに紺色のパンツスーツという姿には清潔感がある。二十八歳の石野《いしの》千春《ちはる》巡査だ。

「なあ石野。俺たち、結果を楽しみにしていたのにな」

岸は軽い調子で彼女に話しかける。石野のほうは少し戸惑うような表情――というより、迷惑そうな顔をしていた。

「いえ、岸さんが勝手に言い出したことですから、私は別に……」

「いったい何の話だ？」藤木は石野に尋ねた。

「おふたりがそれぞれ洋食と和食、どちらを食べているか当てようって言うんです。勝ったほうが食後のデザートを奢ることにしようって」

またですか、と秀島が呆れたように言った。

「岸さん、そういうつまらないことに、職場の同僚を巻き込まないでくださいよ」

「わかってないねえ。いいかい秀島、人間には達成感が必要なんだよ。小さな賭け事でも、勝てば喜びが得られる。その積み重ねで俺たちは前に進める。面倒な仕事も乗り越えられるというわけだ」

「だからって、勤務中に賭け事はまずいでしょう」

「筋読みの練習だよ。推理のレッスンと言ってもいい」

「でも、デザートを賭けたんですよね？」

秀島はぶつぶつ言っている。真面目な性格だから、岸のこうした態度が引っかかるのだろう。岸は秀島より一回りほど年上なのだが、時折くだけすぎて周りから不興を買うことがあった。賭け事が好きだというのも減点対象だ。実を言うと、岸は以前ギャンブルで借金を作り、懲戒されかけたことがあるらしい。

――ギャンブルで借金といったら、相沢と同じか。

妙な符合だな、と藤木は思った。

「あの、秀島さん、大丈夫ですよ」口元を緩めながら石野が言った。「いつものことですから、私も慣れていますし」

「いいねえ石野。よくわかってる」と岸。

「岸さんの話は毎回、右から左へスルーする感じですから」

彼女がそう言うのを聞いて、岸はわざとらしく、しかめっ面をした。

まあ、賭けの話が冗談半分だというのは藤木にもわかっていた。さすがの岸も、クビにはなりたくないはずだ。最近はパチンコと競馬と宝くじ、せいぜいそのへんで我慢しているということだった。

結局、四人とも洋食のセットメニューを注文した。同じものにしておけば、提供されるタイミングにもズレがない。手早く済ませたいときはこうするに限る。

食事を終えてから、藤木は周囲を見回した。幸い、近くのテーブルにほかの客はいない。お代わりしたコーヒーを飲みながら、練馬事件について情報交換を始めた。

「俺と秀島は、相沢功治さんの懐事情について調べた」藤木はメモ帳を開いた。「彼はギャンブルでかなりの借金を作っていたようだ」

「え……。そうなんですか？」

岸が驚いたという顔をしている。石野は真剣な表情で藤木に尋ねてきた。

「サラ金かどこかで、ですか？」

「いや、相沢さんは青沼裕也に嵌められたんじゃないかと思うんだ。青沼は詐欺や恐喝を繰り返していたそうだが、中でも人を脅すのが抜群にうまかったらしい」

「どういうことです？」

「秀島の協力者が調べてきてくれた。青沼は他人の弱みを見つける嗅覚が鋭かったそうだ。勘が働くということもあっただろうが、たぶんそれだけじゃない。対象者の情報を分析して、このへんに弱点がありそうだと見抜くことができたんだと思う。それがわかったら、すぐに相手を追い込むための罠を用意した。普通じゃ考えられないような、常識外れな罠もあったようだが、だからこそ対象者は驚いてしまって、抵抗できなくなったんだろう。金を脅し取る方法もうまくてね。相手が支払えるぎりぎりのところを狙っていた、ということだ」

「生かさず殺さず、というわけですか」

腕組みをしながら岸は低い声で唸った。そうだな、と藤木はうなずく。

「裏社会の連中の間でも嫌われていたみたいだよ。やり方がえげつないってね」

「うわ、それは本物の悪党だなあ」

岸の言うとおりだ。世の中には、どれだけ悪事を働いても良心が痛まないという人間がいる。これまで、藤木はそういう犯罪者を何人も見てきた。

「それに関連して、もうひとつ気になる話があります」秀島が説明を始めた。「新宿三丁目にある不動産会社の社長から情報を得ました。十三年前の夏、社長は青沼と飲んで、いろいろ聞いたそうです。そのとき青沼は、ちょうど誰かをゆすっているところだったらしいんです。『いい金づるができた』と笑っていたとかで」

「金づるねえ……」岸は不機嫌そうな声を出した。「脅されるほうは、たまったもんじゃないですよね。苦労して金をかき集めていたんだろうし」

「その人は、どんな弱みを握られていたんでしょうね」と石野。

「詳しいことはわからないが、青沼は何かの現場を目撃したのだと。それをネタに脅迫していたらしいんだ」

「目撃したということは、たまたま見たということですか？」

「そうかもしれない。金づると言われるぐらいだから、脅された側はよほどまずい場面を見られたんだろう。どんな場面なのか、僕らには想像もつかないんだが……」

つぶやくように言いながら、秀島はメモ帳のページをめくっている。

考え込んでいた岸が口を開いた。

「その金づるは、いつまでもおとなしくしていたんですかね？　もしかしたら恐喝に耐えきれなくなって、青沼を殺害したってことはないでしょうか」

「可能性はあるな」藤木はコーヒーカップを手に取った。「青沼は恐喝のプロだったようだが、相手の限界を見誤ったのかもしれない。そうだとすれば、殺害されても仕方なかったということか」

そこまで言ってしまってから、藤木は慌ててみなに詫びた。

「いや、すまん。今のは失言だった」

どのような状況だとしても、警察官が犯罪を容認するようなことを言ってはならない。自分たちの仕事は、罪を犯した者を検挙することなのだ。

秀島はさらにメモ帳のページをめくった。

「もうひとつ考えられるのは、裏社会の人間にやられたという線です。犯罪者仲間とでもいうべきかな。そういう人間に恨まれて、消されたという筋読みもできそうですね」

藤木・秀島組からの話を聞き終わると、今度は岸が報告をした。

「では、うちの組から。大和田さんの指示で、俺と石野は青沼の実家を訪ねました。代々木上原にある、けっこういい家ですね。父親は今、鉄鋼メーカーの役員なんですが、息子の青沼は若いころグレて家を飛び出してしまったそうです。十三年前に青沼が殺害されたときには、捜査本部の人間が実家へ事情を訊きに行っています」

「父親はもともと、青沼の詐欺や恐喝のことを知っていたのかな」藤木は尋ねた。

「いえ、知らなかったと言っていました。実際、青沼は頭の切れる奴で、一度も逮捕されてはいません」

青沼は相当うまくやっていたわけだ。その陰でどれだけの人間が恐喝に泣かされてきたのか、想像すると気分が重くなる。

「十三年前に青沼が殺害されたあと、父親は彼のマンションを引き払ったそうです。

息子の所持品は実家に保管されていました」

「そうか。相沢さんの場合と同じだな」

「日記というほどじゃないんですが、ノートがありましてね。借用してきました。当時の捜査本部も調べたはずですが、のちに返却されたようで……」

「何かわかったのか？」

岸は鞄の中から一冊のノートを取り出した。灰色の表紙に《ＭＥＭＯ》と書かれている。青沼の所持品の中にあったものだそうだ。

「以前利用していた飲み屋や雀荘、ホテルなんかのことが書かれていました。相沢さんもそれらの店に同行していた可能性がありますから、このあと聞き込みをします。居場所のヒントが見つかるといいんですけどね」

「相沢さんに直接繋がる情報はなかったわけか」

「そうですね。まだノートの中身をすべて解読できたわけじゃないので、どうか今後にご期待ください、といったところです」

あの、と言って石野が右手を小さく挙げた。

「最後のほうに、ちょっと気になることが書かれていたんですが……」

岸からノートを受け取って、彼女はページをめくっていった。やがて該当の箇所を見つけたようだ。

「住所がメモされていますよね。三カ所」

彼女が開いたページには、日野市内の住所が三つ書かれていた。

「それぞれにマル印やバツ印が付けてあるな」藤木はノートを指差す。

ええ、と石野はうなずいた。

「一度マル印を付けたあと、取り消し線でつぶしたりしています。そのあともう一度マル印を付けたような形跡もあります」

「……どういうことだ？」

「迷っていたんじゃないでしょうか。おそらく青沼裕也はこの中からどれかを選ぼうとしていた。条件を比較して、これがいいか、いやこっちのほうがいいか、と検討していたんだと思います」

「たしかに、だいぶ迷ったという感じが伝わってくるな」

「つまり、この場所の選定は、本人にとってかなり重要だったんじゃないかと……」

最終的にどれに決まったのかはわからない。あるいは、決まることなく諦めてしまったという可能性もある。だが石野と同様、藤木はこのメモに何か引っかかるものを感じた。

いつだったかはわからないが、過去、青沼裕也は日野市のどこかに出かけたのではないか。その目的は、犯罪と関係のあることだったのではないだろうか。

「当時の捜査本部は、この住所を調べたんですかね」

秀島がノートを覗き込んできた。石野は手元の捜査資料を開いて答える。

「一応、捜査員が現地に行って簡単に確認したようです。いずれも使われていない廃屋だったということですが、特に異状はなかったと記録されていますね」

「ちょっと待った。これ全部、廃屋だったのか？　それを捜査員がざっと見ただけというのはまずいな」

藤木は眉をひそめた。何かが隠されているかもしれない場所だ。簡単な確認だけで済ませていいものではないだろう。

岸が椅子に背をもたせかけながら言った。

「まあ、当時の捜査本部の気持ちもわかりますよ。事件の現場だというのなら鑑識が入りますけど、ノートに書かれていただけの場所ですからね。人員を出して徹底的に調べろ、という話にはならなかったんでしょう」

「それにしたって廃屋だからな。いろいろと隠しやすいはずだ。俺は気になる」

「ええ、私も同じ意見です」

だから石野はこのメモのことを、藤木たちに報告してくれたのだ。

藤木はノートをしばらく見つめたあと、顔を上げた。

「この件、秀島はどう思う？」

「当時、徹底的に調べなかったというのなら、僕らが動くべきでしょう」秀島は言った。「そのために凍結班があるわけですから」

相棒がそう言ってくれるのなら話は早い。

「岸たちは、このあと聞き込みがあるということだったよな。日野市には俺と秀島で行ってこよう。大和田さんにもそう報告しておく」

「わかりました」岸と石野は同時に答えた。

確証はないが、今はひとつでも多くの情報を集めるべきときだ。その結果、長らく封じられていた過去の扉が開かれるかもしれない。

準備をして、藤木たちは慌ただしく立ち上がった。

7

新宿駅から電車に乗り、四十分ほどで日野市に到着した。

藤木と秀島は駅を出てロータリーに向かった。ここからさらに車での移動となるから、急がないと捜索中に暗くなってしまうおそれがある。十二月に入って、日照時間がかなり短くなっているのだ。

タクシーに乗り込み、運転手に話しかけた。

「市内の三カ所を回りたいんですが、どこから行くのがいいですかね」

メモ帳を開いて三つの住所を相手に見せる。運転手は体を捻ってページを見ていたが、やがて記憶をたどる表情になった。

「近いところから回りましょうか。ええと……ここだったらすぐですよ」

地元のことは運転手に任せるのが一番だ。タクシーを走らせてもらい、十分ほどで最初の目的地に到着した。

窓の外を見て、おや、と藤木は思った。そこは住宅街の一画で、さまざまな民家が建ち並んでいる。最近出来たらしいきれいな家もあれば、築五十年以上と思われる家もあった。しかし廃墟、廃屋らしきものは一軒もないようだ。

「ここ……ですかね？」藤木は運転手に問いかけた。

「そうです。どちらの家にご用ですか？」

「十三年ぐらい前、このへんに空き家がなかったでしょうか」

「どうかな。あったかもしれないなあ」

そのまま待っていてもらって、藤木は秀島とともに車を降りた。住居表示を確認していくと、目的の場所は空き地になっていることがわかった。建物はなくなっていて、今は雑草が風に吹かれているばかりだ。

向かって左隣は駐車場だが、反対側、右隣には民家があった。《笹岡《ささおか》》という表札が出ている。築三、四十年といった外観だから、住人は以前のことを知っているのではないだろうか。

インターホンのボタンを押すと、女性の硬い声が聞こえてきた。

「どなた？」

「警視庁の者です。少しお話を聞かせていただけませんか」

数秒の間があった。どうしたのかな、と藤木が思っていると、相手は怒ったような口調で言った。

「今、忙しいのよ」

「お手間は取らせません。隣の空き地について伺いたいことがあるんです」

「変なのが来てもドアを開けないようにって、お巡りさんに言われてるのよ。よそへ行ってちょうだい」

そのまま通話を切られてしまった。

顔をしかめながら、藤木は秀島のほうを向く。

「カメラで顔を見たんだろうな。俺じゃ駄目だ。ここは秀島に頼もう」

「え……。僕がやっても同じでしょう？」

「そんなわけはない」

君はイケメンなんだから、と言おうとしたが、やめておいた。若い後輩はあまりおだてないほうがいい。

空咳をしてから、秀島はボタンを押した。しばらくして、また先ほどの女性の声が聞こえてきた。

「今度は何？」

「警視庁の秀島と申します。実は防犯関係のお話でお邪魔しました」

「だってあなた、お巡りさんじゃないでしょう」

「我々は刑事部の者です。桜田門の警視庁本部から来ました」

「刑事さん？　でも今、防犯関係って……」

「ある事件について調べていますが、どうも空き地で何かあったようなんです。そういったお話をさせていただきながら、地域住民の方に防犯意識を高めていただきたいと思いまして」

「防犯意識ねえ……」

「笹岡さん」秀島は相手の名を呼んだ。「最近は空き巣狙いのほか、居空きだとか忍び込みだとか、家に住人がいても平気で盗みに入る者がいるんです。思い出してください。今までに不審な人間を見かけたことがあるでしょう。きょろきょろしながら歩いている人物とか、ジョギングのふりをして家を観察している人物とか」

女性は少し考えているようだったが、じきに低い声で唸った。

「そういえば、帽子をかぶった男の人がうろついていたような……」

この手の話はどこにでもあるものだ。知らない人間が散歩をしているだけでも、その気になればいくらでも疑うことができる。

「やはりそうですか！　笹岡さん、いろいろと気になりますよね。我々も、ひとり暮らしの方のことが心配なんです。少しお時間をください」

ちょっと待っていて、という声とともに通話は切れた。

こちらを向いた秀島に、藤木は深くうなずいてみせる。

「さすがだよ。しかし、ひとり暮らしだというのはなぜわかった？」

「話し方で推測できます。意地っ張りだけど本当は心配性で、周りの目をすごく気にするタイプなんですよ、笹岡さんは」

本当かな、と思いながら藤木は住人が出てくるのを待った。

やがて顔を出したのは、髪を茶色に染めた六十歳前後の女性だった。上品な紺色のスカートに緑色のカーディガンという恰好だ。年齢相応というべきか、落ち着いた感じの服がよく似合っている。

「お忙しいところ、すみません」秀島は微笑を浮かべながら警察手帳を呈示した。

「ご協力に感謝します」

笹岡は手帳に目をやったあと、イケメン刑事の顔を興味深そうに見た。それから、隣にいる藤木にも視線を向けた。どうも、と言いながら藤木は会釈をする。

「防犯関係のお話なんですけど」秀島は彼女に尋ねた。「お隣はいつから空き地になっているんでしょうか」

「ええと……もう十年以上になるかしらねえ」

「以前は空き家だったと思うんですが」

「そう。芝田《しばた》さんというお宅でね。私が入院したときだから……ああ、十五年前かな。その年に芝田さんがよそへ引っ越していって、何年か空き家だったんですよ。家が壊されたのが十年ぐらい前でね」

藤木はポケットから青沼裕也の写真を取り出した。

「そのころ、この男性が隣の空き家を見に来ていませんでしたかね」

笹岡は数秒写真を見つめていたが、ゆっくりと首を左右に振った。

さらにいくつか質問したが、これといった情報は出てこない。頃合いを見て、藤木たちは笹岡に感謝の意を伝えた。

あの、と彼女は不安げな表情で尋ねてきた。

「何かあったのかしら。もしかして、芝田さんの関係で事件とか……」

「そういうわけじゃないんです」秀島は穏やかな声で答えた。「我々、ちょっと昔のことを調べていましてね」

「嫌だわ。すごく気になる……」

「それより笹岡さん、戸締まりには気をつけてください。夜はもちろんですが、昼間もなるべく鍵をかけておいたほうが安心ですよ」

「たしかにね。気をつけるわ」

「寒いですから、お体に気をつけて」

「あらどうも、ご親切に」

挨拶をして、秀島と藤木は辞去した。

どうやらこの辺りで得られる情報はなさそうだ。藤木たちは待たせていたタクシーのほうに向かった。


車窓からはときどき畑が見えた。

都心部とは違って交通渋滞もなく、タクシーはスピードを上げて進んでいく。第二の目的地までは十五分ほどで移動できた。

中学校だろうか、広いグラウンドがあり、その近くが宅地になっている。車を降り、青沼のメモに記されていた住所を探すと、そこは二階建てのアパートだった。一階、二階で合計八部屋あるようだ。

オーナーの親戚だという男性が一階に住んでいたので、話を聞いてみた。

「このアパートが出来たのは今から九年前だよ」六十代前半と見えるその男性は、記憶をたどる表情で言った。「その前は家具メーカーの倉庫だったけど、使われなくなってからは廃墟みたいになっていたんだ。俺の叔父さんがアパートをいくつか経営していて、その廃墟に目をつけた。不動産会社に当たって、土地を買い取ったんだ」

倉庫は解体され、新たにこのアパートが建設された。彼は管理人として、その一階に入居したのだそうだ。

「今から十三年前、倉庫はもう廃墟になっていましたかね？」

「うん、そのころは使われていなかったと思うよ」

それ以上のことはわからないという。念のため青沼の写真を見せてみたが、知らないなあ、と言われた。

男性に謝意を伝えてタクシーに戻る。運転手がこちらを振り返って尋ねてきた。

「何か成果はありましたか」

「……まあ、それなりに」

この辺りでも情報は得られないとわかった。それが成果といえば成果だろう。

「ここはもうよろしいですか？」

「ええ。三カ所目に行ってください。暗くなる前には着くかな……」

藤木は窓の外に目をやった。すでに太陽は西の空、低い位置にある。

暗くなると、大事なものを見落とすおそれが出てくるだろう。何をするにも明るいうちのほうがいい。

第三の目的地までは少し時間がかかった。車は日野市の南のほうへ向かっていく。そのうち道は上り坂になった。

「このへんは動物公園の南側になります」運転手はカーブでハンドルを切った。「少し揺れますのでご注意ください」

「八王子寄りですね」秀島がスマホの画面を確認した。「丘陵地帯ということですが、ちょっと山に来たような雰囲気がありますね」

道幅はそう狭くないのだが、両側は林になっていて見通せない。この辺りまで来ると、住宅はほとんど建っていなかった。ハイキング客向けの広い駐車場が設けられていたが、夕暮れの迫るこの時間では利用者もいないだろう。

都道から脇道へ入ってしばらく進む。やがて道路の右手に、高さ二メートルほどの塀が見えてきた。トタン板で敷地がぐるりと囲まれているようだ。

「お待たせしました」車を停めて運転手は言った。「到着です」

藤木は窓の外に目を凝らした。塀の向こうに、四角い灰色の建物がある。見栄えより機能を優先したという感じの、武骨な造りだ。

「何かの工場ですか？」

「佐伯《さえき》コーポレーションといって、農業用の肥料を作っていた会社です。でも、今は使われていません」

「十三年前は？」

「もうこんな感じだったと思いますよ」

後部のドアを開けてもらい、藤木たちはタクシーを降りた。少し歩いてトタン板の塀を観察する。通用口を調べると、鍵が壊されているのがわかった。廃墟になって久しいから、誰かがひそかに侵入した可能性がある。

通用口の横に、管理者の電話番号を書いたプレートが掛かっていた。

「連絡してみてくれ」

藤木がそう指示すると、秀島はポケットからスマホを取り出した。プレートを見て管理者のところへ架電する。相手はすぐに出たようだった。

しばらく管理者と話してから、秀島はこちらを向いた。小声でささやいてくる。

「会社はもう廃業してしまったそうです。今、電話に出ている人がここを管理しているとのことで」

「中に入る許可はもらえるかな」

ちょっとお待ちください、と言って秀島はまたスマホを耳に近づけた。話はじきにまとまったらしい。相手に礼を言って、彼は電話を切った。

「入ってもらってかまわない、ということです。もし何か見つかったら教えてほしいと」

「わかった。敷地内に入ろう」

藤木はタクシーのそばに戻り、車内の運転手に話しかけた。

「一旦ここで精算をお願いします」

「よろしいんですか？　帰りの足も必要でしょう」

「レシートをください。あとで電話をかけますから、迎えに来てもらえませんか」

「ああ……わかりました」

藤木から紙幣を受け取り、運転手は釣り銭とレシートを差し出した。礼を言って藤木はそれを受け取る。

お気をつけて、という運転手の声に、藤木は右手を上げて応えた。

8

通用口を抜けると、十メートルほど先に工場の建物があった。

灰色の壁には、あちこちに雨風の汚れが付いている。樋が壊れて途中から折れていた。前庭を見ると、木箱やタイヤが放置されている。折からの風に、枯れ葉やビニール袋が飛ばされていった。

少し先を歩いていた秀島が、手袋を嵌めた手でこちらに合図をした。藤木は小走りになって彼のそばに行く。

「正面の出入り口が開いていますね」秀島はドアを指差した。「やっぱり、過去に誰かが忍び込んだようです」

「誰だろうな。ホームレスが雨宿りをしたとか?」

「あるいは、もっと別の目的を持った人物かもしれません」

「十三年前からこうだったのなら、疑わしいのは青沼裕也だよな」

青沼が忍び込んだとして、その目的は何だったのか。

藤木は想像を巡らしてみた。廃墟なのだから、盗みに入っても金目のものはないはずだ。だとすると彼はこの場所で、人に見られてはまずいようなことをしたのではないか。当然それは犯罪がらみだと考えられる。

藤木たちは正面の出入り口に近づいていった。

ここは従業員が出入りする場所らしい。車の場合は右手の搬入・搬出口に回るようにと、案内板に書かれていた。

秀島の言うとおり、出入り口のドアは簡単に開いた。ぎぎ、ぎ、と軋んだ音が辺りに響く。

中を覗き込むと、かなり暗いことがわかった。まだ日没前だが、もともと窓の少ない工場だから外の光が入りにくいのだろう。

「明かりがいるな」

鞄の中を探って、藤木はミニライトを取り出した。秀島も自分のライトを点ける。

暗い建物の中に二筋の光が走った。藤木たちはライトの先端を動かして、辺りの様子を確認する。

ロビーの右手にあるのは守衛室だろうか。小窓の向こうに椅子があり、出入りする業者などの対応をしていたものと思われる。ロビーの奥に向かうと、鉄製の大きなドアがあった。

秀島がノブを握って右に回す。ここも施錠されてはいなかった。

ドアの向こうには広い作業エリアがあった。ライトで照らすと、天井までの高さは七、八メートルだとわかった。右手に大きな機械があり、注意を促す黄色と黒のマークが貼られている。そこから長く延びているのはベルトコンベアだ。

「農業用の肥料を作っていたというから……」藤木は言った。「あの機械で原料を混ぜたり加工したり、いろいろな作業をしていたんだろうな」

廃墟になってからずいぶん経っているが、少し癖のあるにおいが感じられた。肥料が発していたにおいの名残だろう。

秀島の声が聞こえた。

「この建物を本格的に調べるとしたら、けっこうな人数と時間が必要ですよね」

「だよな。手抜きだったとは言わないが、十三年前の確認は当てにならないぞ」

もしここが被疑者に関係のある場所なら、警察は徹底的な捜索をしたに違いない。だが被害者のノートにメモされていただけの場所だから、そこまで徹底したチェックは行われなかったのだ。

手分けして工場内の捜索を始めた。

ミニライトをかざして、機械の隙間や操作盤の裏などを調べていく。しゃがみ込んでベルトコンベアの下を覗き込む。

机の引き出しや段ボール箱などをチェックした。スチールキャビネットに置かれていた道具箱、救急箱なども開けてみた。しかし、特に不審なものは見つからない。

フォークリフトの通り道だったらしい場所を抜けて、隣のブロックに行ってみた。

荷物を運搬するための木製パレットがいくつか置かれている。壁には搬出用の大きなシャッターが設けられていた。どうやらそこは、出来上がった肥料の袋を保管しておく場所だったようだ。

さらに隣のブロックを見ると、原料の貯蔵スペースがあった。以前は原料の山が出来ていたのだろうが、今は空になっている。

作業エリアを一通り回ってみたが、気になるものは発見できなかった。

「おかしいな。何も見つからないなんて」

「この広さですから、見落としがあったのかも」

「それじゃ、十三年前の捜査員たちと同じじゃないか……」

渋い顔をして藤木はつぶやく。秀島はどう答えたものかと迷っているようだ。

徒労感があった。青沼があれこれ検討したと思われる場所だ。何か隠されているものと期待していたのだが、結局外れだったということか。

作業エリアからロビーに戻る。正面出入り口から外を窺うと、日が暮れてすっかり暗くなっていた。

「念のため、建物の周りも見てみよう」

そう言って藤木は出入り口のドアを抜けた。建物の壁に沿って、反時計回りに歩きだす。

東側に行くと、閉ざされたシャッターの前に広いスペースがあった。ここにトラックをつけて、製品の袋を積み込んでいたのだろう。

角を曲がって北側へ。さらに西側へと回っていく。そこで藤木は、おや、と思った。敷地の西側に芝生や植え込み、ベンチなどがあった。寂れた雰囲気で、裏庭という言葉がふさわしいように感じられる。その裏庭の奥に木造の建物が見えた。二階建てで、アパートに似た構造のようだ。

看板には《研修所》と書かれていた。おそらく社員が宿泊しながら、研修を受けていた場所だろう。

藤木はドアに手をかけた。ぐらついていたドアは簡単に開いた。ライトをかざして中に入っていく。すでに廊下は土や埃で汚れていたから、土足で上がらせてもらった。

廊下の左右にドアが並んでいる。玄関のそばの部屋を覗いてみると、思ったとおり寝泊まりができる個室になっていた。畳の上に布団がたたんで置いてある。窓際には机と椅子、そして机の上にはドライバーのセットと古新聞。昭和の時代を感じさせるような懐かしい雰囲気があった。

「ずいぶん荒れていますね」

部屋のあちこちを照らしながら秀島が言う。ライトの輪の中に、乾いて固まった土の汚れが浮かび上がった。部屋の隅には大型と小型のシャベルが転がっている。

一階には個室のほかに共同トイレ、食堂、調理場、風呂場などがあった。二階には個室だけが並んでいた。

すべての部屋を見て回ったが、異状はないようだ。調理場の物入れなども調べてみたが、これといった発見はなかった。

まいったな、と藤木は思った。何かあるはずだと意気込んでいたから、落胆が大きい。都心部からここまでの移動時間も無駄になってしまった。

「まあ仕方ないか……。タクシーを呼ぼう」

藤木は研修所の一階、玄関のそばでタクシー会社に電話をかけた。佐伯コーポレーションの廃工場まで、迎えに来てくれるよう依頼する。

「十五分ぐらいで来てくれるってさ」

藤木はそう言ったのだが、秀島の返事がなかった。どうしたのかと振り返ると、玄関そばの部屋でミニライトの光が動いていた。部屋の奥に秀島の姿が見える。

「どうした？　道路で待っていないと、タクシーが気づいてくれないぞ」

「藤木さん、ちょっと力を貸してもらえませんか」

「え……。なんだ？」

秀島は机の上にあったドライバーセットの中から、マイナスのドライバーを取り出した。ライトを机に置き、しゃがみ込む。隙間にドライバーを差し込み、畳を一枚浮かせようとした。

「畳が土で汚れていたでしょう。そして、部屋の中にはシャベルがふたつありました」

「ああ……たしかに」

藤木は手助けをした。浮いた畳に手をかけ、ふたりがかりで横にずらしてみる。下地板が現れた。秀島は両手でその板を取り外す。床下の空間がぽっかりと口を開けた。

ミニライトをかざして、秀島は床下を照らした。

土を埋めたような形跡があった。そのサイズは幅が六、七十センチ、長さは百七、八十センチほどだ。

「ちょっと待て。これってまさか……」

言いかけて、藤木はぐっと言葉を呑み込んだ。不吉な思いが胸の中で渦巻いている。口に出したら、それが現実になってしまうような気がする。

「照らしていてください」

秀島は部屋の隅から小型のシャベルを持ってきて、床下に足を下ろした。深さは膝ぐらいまである。彼は土の上にしゃがむと、シャベルで土を掘り始めた。しばらくして、何か手応えがあったようだ。

やがて半分ほど掘り出されたものを見て、藤木は息を呑んだ。

――予想的中か！

それは茶色に汚れた頭蓋骨だった。形や大きさから見て、人間の骨に間違いない。

さすがの秀島もいくらか動揺しているようだった。彼はしばらく骨を見下ろしていたが、やがて両手を合わせ、無言で遺体を拝んだ。

とりあえず頭部だけが露わになったが、おそらく全身の骨が埋まっているに違いない。

「男性か女性かは骨を調べればわかるでしょう。だいたいの年齢も推測できるはずです。死亡した時期は……それを特定するのは難しいかな」

「さっき気づいたんだが、足のほうに何かある」

そう言いながら、藤木は白骨の足が埋まっているであろう辺りをライトで照らした。

秀島は体をひねって、床下で腕を伸ばす。

彼が拾い上げたのは白いプラスチックケースだった。

「何だろうな」

箱を受け取って、藤木は慎重に蓋を開けてみた。

中に入っていたのは黒い革バンドの腕時計、ふたつに畳まれたメモ、そして一枚の写真だ。

まず、腕時計を確認してみた。

「バンドのサイズからすると男性かな」

「この人物のものでしょうか」

「そうだとすれば、遺品ということか……」

次にメモを開いてみた。

手帳サイズほどの紙に、手書きで地図らしきものが記されていた。《W》と書かれた場所から一本の線が左に延び、ある場所で曲がって垂直に上へ延びている。しばらく行くと水平方向に交差する道路のようなものがあり、交差した場所の右上に《×》というマークが書かれていた。その右上にあるのは、黒く塗りつぶされたマークだ。そばには《201　ヤナシタ》という書き込みがあった。

「地図には違いないが、ざっくりしすぎて、どこの街なのかわからないな」

「201号室のヤナシタさん、ということでしょうか。そこへ行くための案内図かもしれませんね」

「この《W》から出発しろということかな。それにしても、この線はなんだか妙だ」

「ヤナシタの手前に《×》がありますね。そこが中継地点なのかも」

「水平の二本の線は、目印になるような道路かな。それとも川なのか……」

藤木たちは地図を見ながら、しばし考え込む。

続いて、写真をチェックしてみた。

何かの建物の一部が写っている。灰色で飾り気のない壁だから、民家ではなさそうだ。その建物の近くにふたりの人物がいた。ひとりは六十代ぐらいの男性で、グレーのスーツを着ている。髪を整え、身ぎれいな感じがあった。臙脂色のネクタイに、大

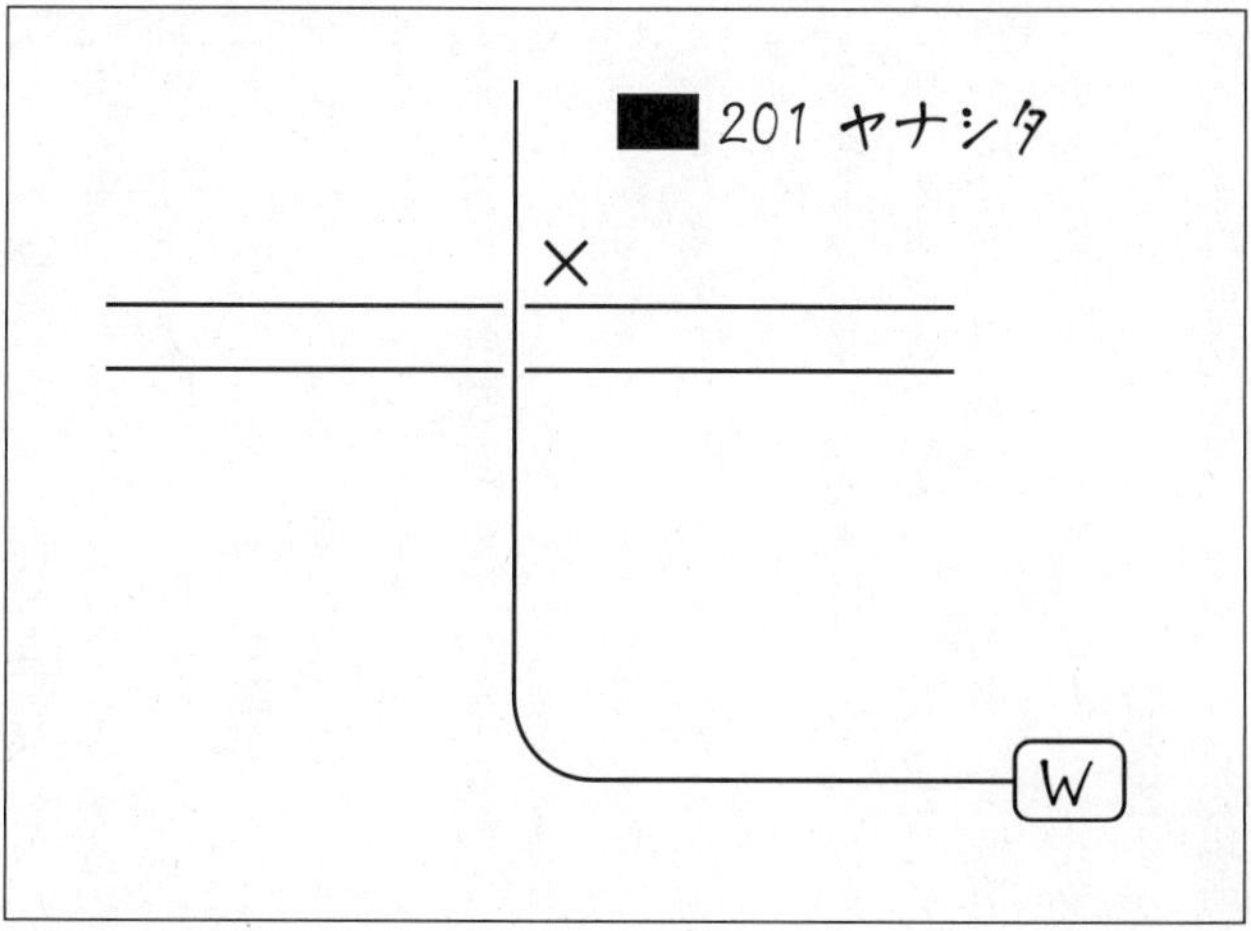

きめの飾りのあるネクタイピンを付けているようだ。眼光の鋭さが特徴的だった。
　もうひとりは四十代ぐらいの女性で、こちらは紺色のワンピースに白っぽいカーディガンを着ている。髪はショートボブで清楚な印象だ。ふたりともフォーマルな恰好だと言える。
　ふたりの背後には、オレンジ色に塗られたごみ集積場の囲いのようなものが見えた。また、その向こうには白っぽい円筒形のものが写り込んでいる。距離感がはっきりしないものの、人の背丈より高いと感じられた。その円筒にはいくつか文字が書かれているのだが、《液化》という二文字しか読めなかった。円筒のそばには赤い看板があり、これは文字を読むことができる。《火気厳禁》《立入禁止》とあった。

「この地図と写真は、白骨と関係あるんだろうか」

「無関係ということはないでしょうね」秀島は考えながら言った。「ことによると、写真の男性か女性、どちらかがこの白骨になってしまったのかも……」

「十三年前の春、青沼裕也が誰かを脅していたらしいという情報があったよな。もしかしたら、この白骨が原因だったんじゃないだろうか」

「……どういうことです？」

「第一の可能性としては、青沼と相沢さんがこの被害者を殺害して、おまえもこんなふうに始末してやろうかと人物Aを脅迫した。……そのAというのは、写真に写っているふたりのうち、どちらかじゃないかな」

「脅されていたのなら、このふたりが何か弱みを握られていた、ということになりますよね」

まあそうだな、と藤木は答える。

「第二の可能性はこうだ。人物Aがこの被害者を殺害し、白骨化させた。その犯行を知った青沼と相沢さんが、人物Aを脅迫した。……これはかなり自然な話だろう」

秀島は腕組みをして黙り込む。ややあって、彼は藤木に尋ねてきた。

「青沼はここに来ていたと思われますが、その理由についてはどう考えます？」

「第一の可能性で言うなら、殺害の場所としてふさわしいか下見に来ていたんだろう。

メモの三つの場所のどこで事件を起こすか、検討していたわけだ。……第二の可能性のほうなら、殺人の証拠である白骨が無事かどうか、確認しに来ていたんじゃないかな。何らかの情報を得て、人物Aが死体遺棄を行ったのは三カ所のうちどこかだと推測できた。あとで実際に調べてみたらここだと判明した、というわけだ。いずれにせよ、青沼にとってこの白骨が大事だったことは間違いない」

「それはたしかですね」

うなずきながら秀島は言う。そのまま、またしばらく考え込んでいたが、やがて諦めたようにため息をついた。

「もう少し情報が必要ですね。……とにかく、大和田係長に連絡します」

秀島はスマホを取り出し、電話をかけ始めた。

あらためて藤木は白骨を見つめた。

行方不明になった相沢功治を見つければ、過去の練馬事件の犯人がわかる。同時に西大井事件の犯人もわかる。捜査本部はそう考えていたようだ。藤木自身も、相沢さえ発見できれば青沼殺しは解決できると思っていた。だが、そう簡単にはいかないようだ。

自分たちが追いかけている練馬事件は、かなり複雑なものらしい。その背後には、ここ日野市での事件が隠されていたのだと考えられる。

——そんな事件が、今まで発覚していなかったとは。

当時の捜査が杜撰だったとまでは言わない。だが白骨遺体となったこの人物が、廃墟の中で長らく放置されていたのは事実だ。今まで、誰ひとりそのことに気づかなかったのだ。

見えていなかったその事件を一刻も早く調べなければ、と藤木は思った。

第二章　潜伏場所

1

アラームが鳴る五分前に目が覚めた。

寝床から抜け出して、藤木は辺りを見回した。自分が寝ていたのはいつものベッドではなく、畳の上に敷かれた布団だ。近くにはほかにも多くの布団があり、いびきをかいている者が何人もいた。

ああそうか、と藤木は思い出した。昨日から捜査本部に参加し、大井警察署に泊まり込んでいたのだ。

警察署で寝るのは久しぶりのことだった。周りの若い刑事たちの寝息を聞いて、藤木は懐かしいような気分になった。捜査一課に入り、殺人事件を担当していた期間に、自分は何回ぐらい捜査で泊まり込んだのだろう。ときには同僚たちと食事に出かけ、ビールを飲みつつ議論を交わすこともあった。いつもの会議では聞けないような変わった意見が出て、そこから捜査のひらめきが得られることもあった。そういうとき、仲間を頼もしく思ったものだ。

着替えてから洗面所で顔を洗い、ひげを剃った。鏡に映った自分の顔は、思いのほか血色がいい。まだ捜査に参加したばかりで体力に余裕があるせいか。いや、そればかりでもないだろう。

午前七時四十分。捜査本部に入っていくと、若手の刑事たち十数名が席に着いていた。捜査資料をチェックする者、メモ帳に何か書き込む者、電話で誰かと話している者などさまざまだ。

捜査本部が設置されてからまだ四日目だと聞いている。やるべきことは山ほどある。

藤木は長机の間を通って、本部の後方へと進んでいった。昨日使っていた机には、すでに秀島の姿があった。彼もまた資料を見て、自分の仕事に取り組んでいるようだ。

「おはよう。早いな」

「ああ、おはようございます」

秀島は視線を上げて藤木を見たあと、おや、という表情になった。

「どうしました？　今日は顔色がいいじゃないですか」

「鏡を見て俺もそう思ったよ。たぶんあれだ、昨日の夜、飲んでいないせいだな」

「泊まり込んだからですね。藤木さん、普段はけっこう飲むからなあ」

「飲まずにはいられないんだよ」

家にいるときは毎日晩酌をしている。ビールのロング缶を一本飲んだあと、日本酒に進むのがいつものコースだ。塩分にコレステロール、プリン体など気にすべきことは多いのだが、ひとりでいるとどうしても酒が飲みたくなる。

「久しぶりに酒が抜けて、体の調子もよくなったのでは？」

秀島に訊かれて、藤木は記憶をたどった。

「……そういえば夜の間、一度しかトイレに起きなかったな」

「よかったじゃないですか。普段からあまり飲みすぎないほうがいいですよ」

「最近いろんな人にそう言われるよ」藤木は顔をしかめた。「だが、これだけはやめられない」

午前八時半から朝の捜査会議が始まった。

ホワイトボードの横に立ったのは、昨日と同じく真壁係長だ。鋭い目で捜査員たちを見回してから、彼は議事を進めた。

「昨夜の会議に出られなかった者もいるだろうから、十二月四日、捜査三日目の成果をもう一度説明しておく。……昨日、未解決事件専門の凍結班に応援を要請し、十三年前の練馬事件を担当してもらった。被害者である青沼裕也と、知人の相沢功治について調べるのが目的だった。だが凍結班の捜査によって、新たな事件が発覚した。日野市の廃工場で白骨遺体が見つかったんだ。この建物は、青沼が生前出入りしていた場所ではないかという疑いがある」

真壁はここで言葉を切った。

藤木は日野市の廃工場での出来事を思い返した。

日没後に白骨を発見し、大和田係長に報告を入れた。大和田から連絡を受けた真壁はただちに応援を出してくれた。

まず地元・日野署から鑑識係と刑事課のメンバーがやってきた。鑑識係は持参した照明器具を使って、廃工場の研修所などで採証活動を開始。その間、藤木と秀島は所轄の刑事たちに遺体発見の経緯を説明した。そうこうするうち、大井署の捜査本部から警察車両数台が到着、日野署のメンバーと合流した。

現場での活動は深夜まで続いたが、鑑識がある程度の証拠品採取を終えたところで、一旦引き揚げることになったのだった。

「今回の事件――日野事件と呼ぶが、その採証活動は今日も行われる」真壁は説明を続けた。「現在、日野事件についてわかっていることを伝える。まず、遺体は全裸の状態で埋められていた。白骨化してから数年以上の年月が経っているものと思われる。青沼裕也が殺害された練馬事件は今から十三年前だ。白骨化した人物は、その練馬事件より前に死亡していたということも考えられる。詳しくは検視、司法解剖の結果待ちになるが……」

もし練馬事件より前にその人物が死亡していたとわかれば、青沼が殺人や死体遺棄などに関与していた可能性が高まるわけだ。藤木や秀島は、それで間違いないだろうと考えている。

「昨日、簡単に骨盤を調べた結果、おそらく遺体は男性」真壁は手元の資料に目を落とした。「このあとだいたいの年齢もわかると思う。また、歯の治療痕をもとにリストを当たり、行方不明者に該当するかどうかを調べる。ＤＮＡの分析も行われる」

行方不明者リストに疑わしい人物がいた場合、ＤＮＡ鑑定で白骨の人物と同じかどうか、確認することができるだろう。ただ、死亡してから長い年月が経っていると、鑑定のためのサンプルを見つけるのが難しいかもしれない。

「遺留品のことだが、腕時計が手がかりになる可能性がある。黒い革バンドのもので、国内メーカーの製品だということだ。犯人のものか被害者のものか、あるいは別の誰かのものなのか。とにかくこれは凍結班で調べてもらう。大和田さん、いいか？」

「わかりました。我々が担当させていただきます」

椅子の上で大和田は背筋を伸ばした。こうした捜査会議で発言する機会があまりないのだろう、少し緊張を感じているようだ。

「そして青沼裕也、相沢功治の二名と、その白骨がどう関わっていたのか……。凍結班のほうでは、青沼と相沢がこの人物を殺害し、死体を遺棄したと見ているんだよな？」

「ええとですね……」

大和田がこちらを向いた。藤木と秀島は揃って深くうなずく。それを見て大和田は、真壁のほうへと向き直った。

「そうです。トラブルに巻き込まれた人物が青沼に消されたのではないか、と推測しています」

いくつか可能性はある。だが結局藤木たちは、白骨遺体となった人物を殺害したのは青沼だろう、という方向で筋読みを進めていた。

「あとはだな……」真壁は資料のページをめくった。「白骨のそばに地図らしきものと、写真が一枚あったということだ。その写真の男女について身元を明らかにしたい。犯人が写真を残したのなら、写っている男女は事件と無関係ではないだろう。……大和田さん、そのへんの捜査も任せていいか？　凍結班には少し荷が重いかもしれないが」

「いえ、とんでもない。我々がしっかり調べます」

はっきりした声で大和田は答えた。おまえたちには荷が重いだろうと言われて、はい、そのとおりですなどと答えるわけにはいかない。練馬事件は凍結班の担当なのだから、できると言わなければ組織の中で恥をかくことになる。

「話が複雑になってきたが、大和田さんたちにまず期待するのは相沢功治を見つけることだ。奴が西大井事件――遠藤哲郎が殺害された事件に関わっているかどうかを確認したい。そこは忘れないでくれ」

「了解しました」と大和田。

「我々五係と大井署のメンバーは、今までどおり西大井事件を調べる。各員、行動予定に従って迅速に捜査を行うこと。いいな？」

はい、と捜査員たちは一斉に答える。

そのほかいくつかの連絡を済ませて、真壁は会議の終了を告げた。


捜査に出かける前、凍結班で簡単なミーティングが行われた。

大和田は資料を見ながら、部下たちに捜査の指示を出していく。

「役割分担はこうだ。藤木さんと秀島の組は、引き続き青沼と相沢の情報を集めてほしい。岸と石野は白骨の身元確認だ。データベースで前歴者や行方不明者を調べて、該当する人物がいないかチェックするように。……といっても白骨に関する情報が少ない今、かなり難しいことだと思うが」

「歯の治療痕とかDNA関係とか、そのへんを調べるには時間がかかりますよね。情報が上がってくるまで、ほかにできることを進めておきますよ」

岸はそう言って、隣にいる石野をちらりと見た。彼女もうなずいて、

「私、白骨のそばにあった地図と写真を調べてみます。ネットにある情報をたどっていけば、何かわかるかもしれません」

パソコンやネット関係には石野が詳しい。このあとすぐ調べてもらうことにした。腕時計についても、さらに手がかりを探ってくれるよう依頼した。

ふと見ると、秀島は手元の資料に目を落としている。そこには昨日発見した地図や写真のコピーが載っていた。彼は顔を上げて藤木に言った。

「写真に《火気厳禁》とか《液化》とかいう文字がありますよね。ちょっと考えてみたんですが、これは液化石油ガスのことじゃないでしょうか」

「液化石油ガス……。そういうのがあるのか」藤木は石野のほうを向いた。「その方面についても調べてくれないかな、石野」

「了解です。藤木さんのお役に立てるよう、しっかり調べますので」

「……ああ、うん。よろしく頼む」

藤木さんのお役に立てるよう、などと言われるとあれこれ考えてしまう。何か、彼女に特別視されているような気分になる。

石野は亡き妻の友人「大西美香《おおにしみか》」のふりをして、ほぼ毎日、藤木にメールを送ってくれているのだ。以前は妻のスマホに送信してきたのだが、その後、藤木は自分のスマホに直接送ってくれるよう「大西」に頼んだ。現在藤木は、大西こと石野とメル友の関係だ。

彼女が個人的にメールをやりとりする相手は、少なくともこの職場にはほかにいないはずだった。そう考えると、石野と藤木の間には特別な関係がある、と言えないこともない。もしかしたら、彼女は藤木のことを好ましく思っていたりして——。

——違うな。それはない。

彼女がメールを送ってくれるのは、妻を亡くした藤木を気の毒に思うからだろう。同情しているだけであって、それ以上のものはないはずだ。

ひとつ咳払いをしてから藤木は言った。

「じゃあ、行ってくる」

「はい、行ってらっしゃい」と石野。

ここでまた藤木はぎくりとした。見送りの言葉を聞いて、妻が元気だったころのことを思い出してしまったのだ。

石野の口元には微笑がある。いや、別にあれは藤木ひとりに笑いかけているわけではないだろう。そう考えて目を逸らした。

「行こうか、秀島」

相棒に声をかけて、藤木は鞄を手に取った。

2

会議で真壁係長も言っていたとおり、状況はかなり複雑になってきた。

もともとあの捜査本部が設置されたのは、西大井で遠藤哲郎の遺体が発見されたからだ。その捜査中、遠藤の知人に相沢功治という男性がいることがわかった。その相沢について真壁たちが調べたところ、彼は十三年前に起こった練馬事件にも関わっている可能性が出てきた。それで未解決事件の捜査も必要となったわけだ。

相沢は現在行方不明となっている。彼の居場所を突き止め、西大井事件と練馬事件を一挙に解決する、というのが最終的な目的だった。ところがそこへ、正体不明の白骨が出てきてしまった。今まで誰にも知られていなかったもうひとつの事件が、過去に発生していたと考えられる。

聞き込みに行く途中、すいている電車の隅で藤木はメモ帳を開いた。

そこには、以前真壁が紙にまとめた人物相関図がコピーしてある。図の中に、藤木は白骨遺体のことを書き加えた。

×遠藤哲郎……【西大井事件】12／2廃屋で刺殺、皮膚に血液　★盗聴器の部品

（面識あり）

相沢功治……【練馬事件】13年前、捜査中に行方不明

（弟分）

（兄貴分）

×青沼裕也……【練馬事件】13年前、資材倉庫で絞殺　★廃工場に出入り？

（殺害？　死体遺棄？）

×白骨……【日野事件】？年前、死体遺棄　★腕時計、地図、写真

図をしばらく睨んだあと、藤木は相棒に話しかけた。

「こうしてみると、相沢功治という男の性格がわかってくるな。彼は十三年前、裏社会と関わりのある青沼裕也の弟分だった。そして最近つきあいのあった遠藤哲郎さんも、やはり裏社会と繋がっていた人間だ。行方をくらましたあと、相沢さんはずっとその界隈で仕事をしていたってことだろう」

「父親によると、周りの人に流されてしまう性格だということでした。自分でいろいろ決めるのは苦手だったんじゃないですかね。先輩とか兄貴とかについていくのを好んでいたのでは」

そういうタイプの人物を藤木は何人か知っている。どちらかというと事件の主謀者ではなく、共犯者になることが多いタイプだ。主謀者に利用されているとも言えるが、彼らは往々にして手下という立場に満足してしまっている。自分でものを考えるより、誰かに従っているほうが楽だと感じるからだろう。

「もしかしたら相沢さんは、青沼を失ったあと、遠藤さんを兄貴分として慕うようになったのかもしれないな」

藤木がそう言うと、「ああ、なるほど」と秀島はうなずいた。

「遠藤さんの弟分として行動していた可能性はありますね。そうやって、裏社会で生きてきたわけですか」

「一度その水に慣れてしまうと、簡単にはこっちへ戻ってこられないだろうからな」

藤木たちは青沼や相沢の知人を訪ね、情報収集を進めていった。

青沼に頼まれて骨董品を手配したという男性が見つかった。古物商の新谷《しんたに》という人物だ。彼は不機嫌そうな顔で証言した。

「死んだ人だから悪いことは言いたくないけどね、あれは本当に質《たち》が悪かったよ。青沼はやり方が汚かった」

　今思い出しても腹が立つ、といった表情だ。

「どんなふうでした？」

「肝心なところで約束を破るんだよ。それでいて謝りもしないし、金の補償もしない。その上、大事なときに連絡がつかなくなる。ふざけるなと言いたかった。ひどい目に遭わされて、俺は縁を切ったよ。あいつを恨んでいた人は多いと思うね」

「詐欺に遭ったんですか？」

「……詐欺じゃないんだけど、相手を騙しているのはたしかだよ。だって契約が決まったあとに値切り交渉してくるんだからさ。こっちはもう品物を用意しちゃってるから、値下げに応じるしかなかった。本当にろくでもない奴だったよ」

　口八丁手八丁、青沼はいろいろな場面で他人を騙していたようだ。言い訳をするのも相当うまかったのではないだろうか。

「相沢という男性が青沼さんを手伝っていたと思うんですが、知っていますか」

　藤木が写真を見せると、新谷は記憶をたどる表情になった。

「ああ、いたね、うん。名前は知らなかったけど」

「ふたりの関係はどう見えました？」

「この男は青沼の子分という感じだった。おまえ何やってんだ、なんて青沼によく小突かれていてね。でも青沼に楯突いたりはしていなかった。へらへらした奴だったな」

やはりそうか、と藤木は思った。相沢は完全に青沼の支配下にあったのだ。当時は相沢もそれをよしとしていたのだろう。

だが、その関係はどこかのタイミングで崩れたのではないか。

新谷から別の関係者を何人か紹介され、藤木たちは順番に訪ねていった。

青沼と相沢は意外とうまくやっていた、という話がいくつか出た。ふたりの間にトラブルはなかったかと訊いてみたが、そこまではわからない、とみな答える。

「相沢さんは、ギャンブルで青沼さんから借金があったはずなんですが……」

「ええ、それは聞いたことがあります」青沼に個人輸入の薬品を売ったという女性は、うなずきながら答えた。「でも、ふたりが揉めているのは見たことがなかったわね」

「大きな声では言えないんですが、青沼さんが詐欺や恐喝をしていたというのは知っていましたか？」

「まあ、噂としてはね……」

女性は曖昧な返事をする。犯罪に関わることだからはっきりとは言えないが、ある程度の事情は知っているのだろう。

「十三年前、青沼さんが誰かの秘密を知って、ゆすっていたという話は？」

「そんなことがあったとかなかったとか……。人から聞いただけですけど」

「誰を、どんな理由で脅迫していたか知りませんか」

「そこまでは知りません。あまり深く関わりたくなかったから」

白骨のそばにあった写真のコピーを見せてみたが、そこに写った男性も女性も記憶にないということだった。

青沼と相沢の関係についてはだいぶ証言が集まってきた。だが相沢が借金をしたあと、兄貴分のことをどう思っていたかまではわからない。

そこに殺意があったのかどうか、今の時点では判断できそうになかった。


二時間ほど聞き込みを続けたところで、スマホに着信があった。

液晶画面を確認すると、相手は石野だ。藤木は通話ボタンをタップする。

「はい、藤木。……何かわかったかい」

「石野です。今よろしいですか？」彼女の声は弾んでいた。「地図に書かれた場所がわかりました」

「本当か？　やけに早いじゃないか」

「《×》というのは地図の記号で交番を表します。それに気づいてからは、すぐでした。水平に描かれている二本の線は道路か川だとして、じゃあL字型の一本線は何だろうなと考えたんです」

藤木は手書きの地図を頭に思い浮かべた。

「《W》という場所から左に行って、そのあと上に進む線だな」

「はい。水平の二本線が道路か川なら、一本線はそれ以外の何かでしょう。道路や川より狭いのだとしたら、線路じゃないかと思ったんです」

「ええと……道路か川がありますよと。それが線路と交差する辺りに、交番があるということかな」

「そして線路は右のほうの《W》という名前の駅から出発しているわけです。そういう情報を組み合わせて考えたとき、答えがわかりました。私、あのへんを通ったことがあったので……」

「どこだ？」

無意識のうちに、スマホを持つ手に力がこもっていた。相手の返事に耳を澄ます。

「たぶん《W》は早稲田です」石野は言った。「あの一本線は早稲田の停留場から出発する都電荒川線だと思います。新目白通りを西に進んで右折、明治通り沿いを北上して目白通りの下を通過します。あの水平の二本線が目白通りです。地下鉄の雑司が谷駅の南側になります」

「そのへんに交番があったっけ？」

「あります。目白警察署の千登世橋交番です」

「ということは、その交番から少し北に行ったところに……」

「ええ。マンションか何かの２０１号室に、ヤナシタという人が住んでいるんじゃないでしょうか」

一定の信憑性を持つ推測だと思えた。これは成果に繋がりそうだ。

「石野、よくやってくれた。このあとすぐ行ってみる」

「あ、藤木さん」石野の声が少し強くなった。「気をつけてくださいね。そこにどんな人がいるかわかりませんから」

「そうだな、慎重に行ってみる。あとで報告するよ」

藤木は電話を切って、今の話を相棒に伝えた。秀島はうなずきながら聞いていたが、やがて自分の腕時計に目をやった。

「急いだほうがいいですね。車で移動しましょう」

彼は車道に近づき、大きく手を振ってタクシーをつかまえてくれた。藤木は秀島とともに後部座席に乗り込む。それから運転手に行き先を伝えた。

「地下鉄の雑司が谷駅までお願いします。近くに交番がありますよね」

わかりました、と答えて運転手は車をスタートさせた。

車は目白通りを進んでいく。やがて、道路が立体交差している場所に出た。

石野の推測では、この目白通りが地図上の水平の二本線だ。そして目の前にある橋が千登世橋。タクシーを降りて橋の下を覗くと、南北方向に明治通りが走っていて、それに並行する形で都電の線路も見えた。

橋を渡りきったところ、目白通りに面した場所に千登世橋交番があった。これが地図上、《×》で表されたと思われる建物だ。

交番の前を通りすぎ、しばらく行ったところで細い路地に入った。じきに藤木は、おや、と思った。すぐそこが目白通りだというのに、急に落ち着いた住宅街になったのだ。民家のほかに雑居ビル、低層マンションなどもある。町名表示板によると、このへんは雑司が谷二丁目らしい。

平日午前中のこの時間帯、道を歩く人の姿はあまりない。前方、雑居ビルのそばにスーツ姿の男性がいた。ビルの中には企業の事務所などもあるのだろう。

白骨のそばで見つかった地図には、《201　ヤナシタ》と書かれていた。建物の二階にヤナシタという人物か、あるいは会社などが入居しているのではないか。

藤木と秀島は路地を進み、雑居ビルやマンションを見つけてはエントランスを覗き込んだ。オートロックの場合は諦めるしかないが、そのまま出入りできる建物は思ったよりも多かった。藤木たちはそれらの建物に入って階段を登り、二階の表札を確認していった。

ひとつ目のマンションは空振り。ふたつ目の雑居ビルにも該当の部屋はないようだ。

だが三つ目のクリーム色のマンションで当たりが出た。

エントランスにある集合郵便受けに《柳下《やなした》》という名前があったのだ。部屋番号は201だった。

「ここだ」藤木は秀島の顔を見上げた。「石野の奴、たいしたもんだな」

「どうします？」

「行ってみよう。どんな人物なのか見てみたい」

階段を使って二階に上がる。

フロアにあるのは四部屋で201、202、203、205となっていた。エレベーターの近くにあるのが目的の201号室だ。ドアの横、インターホンのそばにも《柳下》という表札が出ている。

早速、藤木はインターホンのボタンを押してみた。耳を澄ましていると、数秒後に応答があった。

「はい……」

男性の低い声だ。警戒していることがよくわかる。

「すみません、警察の者ですがちょっとよろしいですかね」

「警察？ 何かあったんですか」

「ある事件を捜査しているんですが、その中で柳下さんのお名前が出まして」

「……え？」

しばらく考えるような間があったが、じきに再び男性の声が聞こえた。

「ちょっと待ってください」

解錠する音がして、ドアがゆっくりと開かれた。

中から顔を出したのは五十代と思われる中年男性だった。もっさりした長髪で、顎にはひげの剃り残しがある。着ているのは紺色のスウェットの上下だ。全体的に地味で暗い印象の男性だった。

「警視庁の藤木といいます」警察手帳を呈示した。「柳下さんですか？」

「そうですが……」

男性は右目の辺りにかかった髪を、手で脇へ払った。だが伸びた髪はまた、はらりと顔にかかってしまう。彼は鬱陶しそうにひとつ息をついた。

「いったい何の捜査ですか」

抑揚のない声で柳下は尋ねてきた。面倒くさい、早く終わりにしてくれ、という気持ちが強く伝わってくる。

少し考えたあと、藤木は尋ねた。

「青沼裕也という男性を知っていますか。この人なんですが」

ポケットから青沼の顔写真を出して相手に見せる。柳下はそれに目をやったあと、すぐに首を横に振った。

「知りませんね」

「では、この人は。相沢功治という男性です」

相沢の写真も見せてみたが、やはり知らないということだった。三日前に殺害された遠藤哲郎の写真にも無反応だったし、白骨のそばで見つかった男女の写真についても同様だった。

「柳下さん、日野市に行かれたことは？」

「日野？　いや、ありませんけど」

「実は、ある事件現場で手書きの地図が見つかったんですよ。柳下さんの名前と、このマンションの部屋番号が書かれていました」

藤木の言葉を聞いて、柳下は少し苛立つような表情を見せた。

「さっきから話がよくわからないんですが……。私は日野なんて行ったこともないし、さっきの写真の人たちも知りません」

「十三年前はどこに住んでいました？」

「なんでそんなことを訊くんです？　私は何か疑われているんですか」

柳下は藤木を正面から睨みつけてきた。

まずいな、と藤木は思った。この柳下という人物はおそらく何かを隠している。刑事の勘がそう告げている。だが、自分たちはいきなり訪ねてきてしまった。単なる聞き込みのつもりでやってきたから、まったくの準備不足だ。いわば、相手を攻めるための弾がない状態だった。

藤木は秀島の顔をちらりと見た。彼も小さくうなずいている。

「お忙しいところ、すみませんでした」藤木は柳下に向かって言った。「もしさっきの人たちのことを思い出したら、連絡をいただけませんか。私はここにいますので」

メモ用紙に捜査本部の電話番号を書いて、相手に差し出す。

柳下は黙ってそれを受け取った。

会釈をして藤木たちは階段のほうに向かった。背中をじっと見られているような気配がある。柳下は今どんな気分でいるのだろう。

階段を下り、エントランスに戻ったところでため息が出た。

「あれは予想外だった」藤木は言った。「何かあるな。だが、俺たちは彼に関する情報を何も持っていない」

「まずはあの人の身元を調べてみますか」

「うん。近くで聞き込みをして……」

そこまで言って、藤木は言葉を呑み込んだ。外からエントランスに入ってくる男性ふたりが見えたのだ。ひとりは灰色のスーツを着た四十代ぐらいの男。銀縁の眼鏡をかけている。もうひとりは紺色のスーツで、二十代後半と見える若い男だ。

妙だな、と思った。ふたりともやけに目つきが鋭く、辺りに注意を払っているのがよくわかる。彼らはまっすぐ藤木たちのほうへやってきた。このマンションの住人を訪ねるわけではなさそうだ。

「ここに何の用だ？」

眼鏡の男が言った。そのとき藤木は気がついた。この男は先ほど、雑居ビルのそばに立っていた人物だ。ビル内の会社に勤めているのかと思ったが、そうではなかったらしい。

「ちょっと来い」

若い男が一歩前に出た。藤木の左手を取ろうとする。

「おい、何をする！」

藤木は強い声を出した。男の右手を振り払おうとしたが、相手は離そうとしない。

「やめないか！」

険しい表情で秀島が言い放った。彼は藤木を助けようと、若い男に迫っていく。男の右手をつかんで、強引に藤木から引き離そうとした。そこへ眼鏡の男が加勢してきた。

マンションのエントランスで、四人は揉み合いになった。

3

眼鏡をかけた男は、藤木をエントランスから連れ出そうとした。

当然、藤木はそれに抵抗する。秀島は若い男とつかみ合いになっていた。傍から見れば、派手な喧嘩のように思えるだろう。

揉み合いが三十秒ほど続いたところで、眼鏡の男が言った。

「ふたりともおとなしくしろ。警察だ」

一瞬、藤木は動きを止めたが、すぐに身構えて言い返した。

「ふざけるな。こっちも警察だ」

眼鏡の男はポケットを探って何かを取り出した。藤木の鼻先に突きつけられたのは警察手帳だ。城崎和雄《しろさきかずお》という名前らしいが、その所属を見て驚いた。

「公安部？」

藤木はまじまじと城崎の顔を見た。

あの鋭い目つきや身のこなし、相手を無理やり連れ出そうとする行動などは、公安部員だったからなのか。秘匿捜査をするとは聞いていたが、こんな場所で出会うとは思わなかった。

「うちは刑事部だ」秀島が警察手帳を呈示した。「捜査一課の凍結事案捜査班に所属している」

城崎は眉をひそめて秀島の手帳を見つめた。数秒考えてから、彼は藤木たちに言った。

「とにかくここはまずい。場所を変える」

エントランスから外に出るとき、彼は辺りを素早く見回した。左右の路上に誰もいないことを確認したあと、先に立って歩きだす。若い男に促され、藤木と秀島もマンションを出た。

数分歩いたところに雑居ビルが二棟並んでいた。建物の間に非常階段があり、人目を避けることができそうだ。四人は日陰になっている階段下に入った。

「公安がいったい何をしていた？」

藤木は不機嫌な声で尋ねた。先手を取って、相手から情報を引き出そうという考えだ。

だが城崎は動じなかった。彼は少し間をおいてから口を開いた。

「その前にあんたたちのことを聞かせてもらおう。なぜ柳下の家に行ったんだ？」

彼はあの男を知っているのだ。藤木は柳下のことを思い浮かべた。何かを隠しているような、偽っているような雰囲気。柳下は明らかに、警察に対して警戒感を抱いていた。

「もしかして柳下は公安にマークされているのか?」なるほど、と藤木は思った。「そうか。だから俺たちがあいつに接触するのを見て、慌てたのか」

これは図星だったようだ。若いほうの公安部員は渋い表情を浮かべている。その横で城崎は咳払いをした。

「時間がもったいない。互いに事情を説明しないか。もちろん、話せる範囲で」

「じゃあ、そっちから話してもらおうか」

秀島が厳しい調子で言った。彼にしては珍しく、苛立ちを隠せずにいるようだ。

城崎は秀島をちらりと見てから、藤木のほうに視線を戻した。

「柳下というのは偽名だ」城崎は話しだした。「本名は土田征次《つちだせいじ》。あの部屋は東革《とうかく》――東アジア革命武装戦線のアジトになっている」

「名前だけは聞いたことがある」藤木は記憶をたどった。「東革は公安の監視対象なのか?」

「そのとおり。東革は極左団体で、昭和のころには爆破テロも行っていた。現在、以前ほどの勢いはなくなったが、それでも非合法活動を続けている。最近では警察や政治家の情報を集めているというので、我々公安部が動向を監視していた」

そこへ突然、邪魔者が現れたということだろう。藤木は腕組みをした。

「なるほどな。ひそかに監視するのが公安のやり方なのに、俺と秀島は突然アジトを訪ねてしまった。そしてあろうことか、警察ですと言って聞き込みをした。……それを許してしまったんだから、公安部の大失態だというわけだ」

いくらか嫌みを込めて藤木は言う。城崎は、ふん、と鼻を鳴らした。

「柳下は警察の存在を強く意識したに違いない。今後、警戒がさらに厳しくなるだろう。あんたたちのせいで監視を続けるのが難しくなってしまった」

「我々だって今後の情報収集に苦労しそうだ。公安部が見張っているというんだからな」

ちょっと待て、と城崎は言った。険しい目で藤木を凝視する。

「この先、まだ聞き込みをするつもりか？」

「もちろんだよ。俺たちは捜査を続けなくちゃならない」

「駄目だ」城崎は首を左右に振った。「これ以上あの部屋に近づくのはやめてくれ。刑事部にうろちょろされたら、行動確認もできなくなる」

それを聞いて秀島が眉をひそめた。彼は話に割って入った。

「ずいぶん勝手な言い分ですね。我々刑事部にも捜査の権限はあるはずです」

「どちらの捜査が大事だと思っているんだ。相手は極左団体なんだぞ」

「こっちはもう人が死んでいるんですよ」

押し問答になった。互いに自分の仕事をまっとうするため、ここは譲れない場面だ。同じ警視庁の所属だが、立場が違うとここまで意見が対立してしまう。

埒が明かないので、藤木は秀島に命じた。

「大和田さんに連絡をとってくれ。公安部に邪魔されているって」

「ええ。捜査を妨害されていると伝えます」

そんなことを言って、秀島は電話をかけた。大和田に状況を報告すると、しばし待てということになったようだ。このあと幹部同士で調整するという。

コールバックを待つ間、四人は黙ったままだった。日陰になった非常階段の下で、場の空気がひどく張り詰めている。ときどき路地を車が走っていったが、通行人の姿は見えない。

十分ほどのち、秀島のスマホに着信があった。彼は通話ボタンをタップする。

「お疲れさまです。いかがでしたか?」

相手は大和田だろう。通話をするうち、秀島の表情が曇っていくのがわかった。四十秒ほど話したあと、「了解です」と言って彼は電話を切った。

どうやら、よくない知らせのようだ。秀島の顔にそう書いてある。

「大和田係長によると、うちの捜査本部でも東革のことはつかんでいました」秀島は言った。「ただ、柳下の部屋はまだ訪ねていなかったようです」

「真壁係長たちが、すでに東革を割り出していたわけか」

「事件現場に盗聴器の部品があったでしょう。科捜研があれを調べて、東革がよく使うパーツや構造だと気づいたんですね。あとは、いつ柳下の部屋に聞き込みに行くかという話になったらしいんですが……」

「何かあったんだな？」

藤木が先回りして尋ねると、秀島は顔をしかめてみせた。

「東革については公安部の捜査が優先されるため、殺人班は調べを進めることができないそうです。我々もこの場を離れるようにと命じられました」

やはりそうなったか、と藤木は思った。人が殺害されているのだから、こちらの捜査は重要だ。だが警視庁全体で見れば、より大事なのは公安部の案件だというわけだ。

「これでわかっただろう」城崎は秀島に言った。「我々の相手はテロ組織なんだ」

「もう以前ほどの勢いはなくなった、と聞きましたけどね」

「昔、爆発物を作っていたメンバーが、まだ何人か組織と繋がっている。東革にはテロを計画するだけの技術力があるんだよ。いつ何が起こるかわからない」

たしかにその可能性はある。テロというものは、たいてい思わぬときに起こるものだ。だからいざ発生したとき、大勢の犠牲者が出てしまう。

「もう、柳下の部屋には近づかないことだ。いいな？」

藤木たちに向かって城崎は念を押した。秀島は低い声で唸ったあと、口を開いた。

「柳下はこっちの事件にも関わっている可能性があります。刑事部が捜査を続けるには情報が必要です」

「何かわかったらそちらに流してやってもいい。それはうちの上司と相談する」

「ほしいのは、今なんですがね」

「わがままを言ってもらっては困る。ものには順序があるんだからな」

城崎は若い公安部員とともに路地へ出ていった。

その背中を目で追ってから、藤木は小さくため息をついた。秀島は舌打ちをしたあと、ひとりぶつぶつ言っている。

「気に入りませんね。まったく面白くない」

「君にしては、今日はずいぶん鼻息が荒かったな。大丈夫か」

「昔、公安とちょっと揉めたことがあるんです。こんなふうに、やっぱり現場でぶつかってしまって」

毎日多くの事件が発生しているのだから、現場で捜査員同士が鉢合わせすることもある。縄張り争いではないが、意見が衝突するというのもよくある話だ。藤木も過去にそういうことを何度か経験していた。

「少し落ち着こう。コーンスープを奢ってやるよ」

「……いえ、いいですよそんな。藤木さんのせいじゃないんだし」

不機嫌そうに秀島は言う。やはり彼は若いな、と藤木は思った。丸くなれとは言わないが、ときには我慢も必要だ。

「俺も喉が渇いたところだからさ」

そう言って、藤木はポケットから財布を取り出した。


缶コーヒーを飲みながら藤木は考えを巡らした。

手書きの地図が東革のアジトを指し示していたことは間違いない。その地図は廃工場の研修所の中、白骨のそばにあった。そしてその廃工場には青沼裕也が出入りしていた可能性がある。地図を残したのは青沼ではないか、というのは自然な推測だ。もしそうだとすれば、青沼は東革と繋がっていた疑いが出てくる。

藤木がそのことを話すと、秀島は大きく首をかしげた。

「青沼は詐欺や恐喝の常習犯だったんですよね。そういう人間がテロ組織と関わっていたというのは、違和感がありませんか。テロリストって多くは思想犯ですよね？」

「思想とは無関係でも、組織と関わることで青沼にはメリットがあったのかもしれない。奴は暴力団なんかの手伝いをしていたわけだろう？　極左団体からも依頼を受けて誰かを脅したり、借金の回収なんかをしていたのかもしれない」

暴力団だけでなくテロ組織とも関係があれば、それだけ青沼の収入が増えていたはずだ。

休憩を終えて、藤木たちは捜査を再開した。

相沢功治の古い知り合いを順番に訪ねていく。そのうち、ついに重要な情報が聞き出せた。

友長寛《ともながひろし》という六十代の男性が一年ほど前、相沢と会ったというのだ。勢い込んで藤木は尋ねた。

「いったい、どこで会ったんですか」

「亀戸駅の近くだね」友長は公園のベンチに腰を下ろした。「相沢さんとは十何年か前から知り合いなんだよ。まあ、飲み仲間ってことね。ずっと会えずにいたんだけど、その日ばったり駅のそばで会ったわけ。あれ、久しぶりだねえ、なんて言ってね。相沢さんに連れられてスナックに行ったんだ。彼の行きつけの店だったみたいだよ」

話を聞くうち、藤木は大きな手応えを感じた。秀島の表情も明るくなっている。

「何というスナックですか」

「……たしか『スナック愛』だったと思う。ありがちな名前だよねえ」

そう言って友長は笑った。

「相沢さんが今何をしているとか、どこに住んでいるとか、そういう話は出ませんでしたか」

秀島が尋ねると、友長は少し考える表情になった。

「どこに住んでるとかは言ってなかったな。仕事については……まあ、あんまり詳しくは訊かなかったけど、相変わらず人に言えないようなことをしているみたいだったよ。そろそろまともな職に就いたらどうかって、俺は言ったんだけどね」

「今も暴力団なんかの手伝いをしている、ということですか」

「いや、そっち方面はやめたようなことを言ってたな。でもほら、最近は暴力団とは違う犯罪グループみたいなのがあるじゃない？　そういう関係かもしれないね」

「そうですか……」

スナックのだいたいの場所を教わって、藤木は友長に礼を述べた。どういたしまして、と彼はうなずいている。

友長と別れたあと、藤木たちは大通りに出てタクシーを探した。

4

藤木と秀島はＪＲ総武線・亀戸駅のそばでタクシーを降りた。

午後五時を過ぎて、辺りはだいぶ暗くなってきている。駅の近くにあるドラッグストアや携帯電話ショップにはまばゆい明かりが灯され、人の出入りも増えてきているようだ。

大通りから路地に入って五分ほど行くと、目的のスナックが見えてきた。

間口の狭い、ごく小さな店だ。看板には《スナック愛》と書かれ、《愛》の字の横に赤いハートマークが描かれている。

ドアを開けると、店内は想像したとおりの造りだった。奥に向かって細長いカウンターがあり、スツールが六つ置かれている。カウンターの背後の棚にはウイスキーやジン、ウォッカなど各種の酒が並んでいた。ほとんどはボトルキープされたもののようだ。店の規模から考えて、主に常連客を相手にしているのだと思われる。

カウンターの中には誰もいなかった。秀島が一歩進んで、店の奥に声をかけた。

「こんばんは。やっていますか？」

はあい、と返事があって、奥に掛かっていた暖簾がふわりと動いた。

五十歳を少し過ぎたぐらいの女性がいそいそとやってきた。髪は肩にかかるくらいのボブ、青いセーターを着ている。全体にふっくらした感じの人物で、唇が厚いのが特徴的だ。気のいい女将さんといった印象があった。

「いらっしゃい。おふたりさんね」

「いや、すみません、違うんです」藤木は首を横に振った。「我々、警察の者なんですよ」

ポケットから警察手帳を出して相手に見せた。あらまあ、と言って女性は手帳に視線を向ける。珍しいものを見たという表情だった。

「刑事さん？　いやだ。……何かあったんですか」

声を低めて彼女は尋ねてきた。近隣での事件だと思ったようだ。

「ある人からこのお店のことを聞きましてね。……ええと、オーナーさんですか？」

「そうです。菅野《かんの》栄子《えいこ》といいます」

「いくつかお訊きしたいことがあります。今、私たちは相沢功治という男性を捜しているんですが……」

藤木が質問しようとすると、菅野はそれを遮って言った。

「刑事さん、まずは座ってもらえないかしら」

ああ、どうも、と頭を下げて藤木はスツールに腰掛ける。秀島も隣の席に座った。

「それでですね」

と藤木は続けようとしたのだが、また菅野にストップさせられた。

「ねえ刑事さん、こういうお店で話を訊こうっていうんなら、ちょっとは気をつかってよ。わかるでしょう？」

藤木は秀島と顔を見合わせた。どうやら菅野は、何か注文をしてくれと言っているらしい。ちゃっかりしているというか、なんというか、とにかく商売熱心であることは間違いない。

「じゃあ、俺はウーロン茶をください。秀島は何にする?」

「ええ、僕も同じもので」

「ドリンクだけってことはないわよね。軽食のメニューは、はい、こちら」

菅野はメニューを差し出してきた。仕方ないな、と藤木は目を通す。

隣で秀島が顔をしかめているのがわかった。まあまあ、という手振りで彼を宥めてから、藤木は菅野のほうを向いた。

「俺は焼きおにぎり。秀島は?」

「そうですね。ピザトーストをもらえますか」

「ありがとうございます。美味しくなる魔法をかけるわよ」

そんなことを言って、彼女は楽しそうに調理を始めた。小さな声で鼻歌を歌ったりしている。

先ほどから、どうも相手のペースに乗せられてしまっている。居住まいを正してから、藤木はカウンターの向こうに話しかけた。

「菅野さん、少し話を聞かせてもらえますかね」

「栄子ママでいいわよ。みんなからはそう呼ばれてる」

　ひとつ咳払いをしたあと、あらためて藤木は彼女に言った。

「菅野栄子さん、質問に答えてください。……相沢功治という男性を知っていますか。彼は一年ほど前、知り合いを連れてこの店に来ているはずです。いや、もともと常連だったようなので、その前から出入りしていたんじゃありませんか？」

「相沢さん？　どうだったかしらねえ。私、名前までは訊かないことも多いし……」

　菅野は腰を屈めて、冷蔵庫から食材を取り出した。彼女は本当に知らないのだろうか。いや、どうもとぼけているように感じられる。

「正直に答えてくれませんかね。相沢さんは十三年前の殺人事件と最近の殺人事件、ふたつに関わっている可能性があるんです」

「あら、そうなの」菅野はトースターに食パンを入れて扉を閉めた。「でも悪いけど、私にはお客さんの秘密を探るような趣味はないから」

　こういう商売だからだろう、菅野は人のあしらいがうまい。聞き込みの相手としては少々手強く感じられる。

「もちろん、知らないことは答えなくてもけっこうですよ」藤木は言った。「でも知っていることがあるなら教えてください。もしかしたら今後、彼は別の事件を起こすかもしれないんです。また人が死ぬかもしれない」

これは想像の話であり、まったく根拠のないことだった。だが、それぐらい言わなければ、この海千山千の女性オーナーを揺さぶることはできないだろう。

ところが菅野は、藤木のこの言葉にも動じることがなかった。

「あらあら、それは大変ねえ。刑事さん、早くその人を捕まえないと」

柳に風といった感じで受け流されてしまう。眉をひそめて藤木は黙り込んだ。

カウンターの向こうで、菅野は焼きおにぎりとピザトーストの調理を進めている。その途中、ちらちらと秀島のほうを見ていることに気がついた。これはもしや、と藤木は思った。商売慣れしている菅野だが、実はこのイケメン、ハイスペックな刑事に興味を持ったのではないだろうか。

藤木は相棒のほうに視線を向けて、行け、と顎をしゃくった。秀島は驚いたような顔をしたが、軽くうなずいてから菅野に話しかけた。

「栄子ママはこの店を始めてから長いんですか?」

「どうしたの、急に」

菅野は不思議そうな表情で尋ねてくる。秀島は、彼女の背後に並ぶ酒瓶に目をやった。

「お酒のセンスがいいなあと思いましてね。僕の好きな銘柄のジンがある」

秀島の好みはワインだったはずだが、ここはジンが好きという設定で話すのだろう。

「刑事さん、外でよく飲むの？」

「ええ、友達が多いものですから」

「もしかして、髪の毛の長いお友達？」

「うわ、よくわかりましたね」秀島は笑った。「相手に合わせて、飲む場所を選ぶんですよ。だからいろんなお店を知っていないとね」

「うちみたいな店はお呼びじゃないって？」菅野も口元を緩めた。「こんな庶民的なスナックじゃ、デートには向かないわよねえ」

いいえ、とんでもない、と秀島は言った。

「僕はこういうお店、好きですよ。気取った感じがしなくて落ち着けるじゃないですか。お酒のラインナップにも、それからメニューにも、栄子さんの気配りが感じられます」

「褒めたって何も出ないわよ。……いいえ、カクテル出しましょうか？」

「それは今度、非番のときにでも」

「そんなこと言って、あなた、もう来てくれないんでしょう？」

「信用ないみたいですね。じゃあ、そこのジンを一本、ボトルキープお願いします」

菅野はまばたきをしたあと、秀島をじっと見つめた。

「本当に？　大丈夫なの？」

「今日は仕事だから飲めません。でもまた来ますよ。栄子さんの顔を見るために」

秀島はにっこり笑った。今のやりとりは想像以上に効果があったようで、菅野は上機嫌になった。大部分はお世辞だとわかっているはずだが、ボトルキープで売上が増えたのは素直に嬉しいのだろう。

小さなネームプレートに名前を書いて、秀島は相手に差し出した。そのプレートをジンのボトルに掛けてから、菅野はあらたまった調子で言った。

「相沢さんのことだったわね。たしかにあの人、うちに飲みに来ていたわよ。初めて来たのは二年前の春……五月だったかな」

ようやく本題に入ることができた。菅野が秀島を気に入ってくれたようで助かった。

「彼はひとりで来たんですか？」秀島が尋ねた。

「そう。人から聞いて来たようなことを言っていたけど、詳しくはわからない。うちも商売を始めて、もう二十年以上になるからね。タウン誌に載ったこともあるし、けっこう知られているのよ」

二十数年といったら、来店客はたいそうな数になったに違いない。

「大勢のお客の中でも、相沢さんのことはちゃんと覚えていたわけですね」

秀島の問いに、菅野は軽くうなずいた。

「あの人、自分で名乗ったからね。中にはそういうお客さんもいるの」

「相沢さんはどんな感じでしたか。仕事や住まいのことがわかると嬉しいんですが」

「それは知らないわねえ。いつも世間話ばかりだったから」

「最後に相沢さんが店に来たのは？」

「一カ月ぐらい前だと思う。そのときも、特に変わった様子はなかったけど」

そうですか、と秀島はつぶやく。少し考えたあと、彼はカウンターの上を紙ナプキンで拭いた。ポケットから写真のコピーを取り出し、そこに置く。

「この方、青沼裕也という人なんですが、見覚えはありませんか」

「最近うちに来た人なの？」

「いえ、十三年前に亡くなっています。もしかして、以前ここに来ていなかったかと思いまして」

「十三年前じゃ、もう覚えていないわよ」

「……では、この写真も見ていただけませんか」秀島は新たに写真のコピーを二枚置いた。「これは遠藤哲郎という人で、最近亡くなりました」

「遠藤さん？　知らないわねえ」

「それから、こちらは身元不明の男女です。日野市で見つかった写真です」

「だったら日野で訊いたほうがいいんじゃないの？」

協力的な態度にはなったものの、菅野の口から有益な情報は何も出てこない。まいったな、と藤木は思った。この店も空振りだったということか。

肩を落としたところへ、頼んだ料理が出てきた。焼きおにぎりの香りが鼻をくすぐる。急に腹が鳴った。仕事は一旦おいておき、藤木は焼きおにぎりを頰張った。作り置きのものかもしれないが、醬油を付けて焼くことで何倍にも旨くなったように感じられる。

隣の席では秀島がピザトーストを囓っていた。それはそれで旨そうだ。量は多くないから、中途半端に食欲が刺激されてしまった感がある。しかしここで腹一杯食べてしまうわけにもいかない。我慢することにした。

そろそろ行くかと考え、藤木は菅野に礼を述べた。秀島が財布から一万円札を取り出そうとしたので、慌てて制して藤木が支払いをした。

「僕がボトルを入れるって言い出したんですから……」と秀島。

「大丈夫だよ。これも必要経費だ」

「でも、係長が認めてくれるかどうか」

「……まあ、あとで何とかする」

菅野はレジを打とうとしたが、レシート用のロールペーパーが切れてしまったという。流しの横、低い位置にある物入れをがさがさやり始めた。

「ええと、ロールペーパー、ロールペーパー……。あら、ファクシミリは紙詰まり?

やだもう、そんなのばっかり」

　菅野がペーパーをセットしている間、秀島は店の出入り口近くへ移動していた。壁には近隣の美容院や雑貨店、ライブハウスなどのチラシが貼ってある。その下にラックが置かれ、無料のタウン誌が挿してあった。一冊抜き出し、秀島はぱらぱらとめくり始める。そのうち、彼はあるページに目を留めたようだった。

「これ、いただいてもいいですか」

　なぜだか真剣な顔をして彼は訊いた。どうぞどうぞ、と菅野は答える。

　領収証をふたつに畳んで、藤木は大事に財布へしまった。秀島に声をかけ、一緒に店の外に出る。

「何かあったのか？」

　藤木がそう尋ねると、秀島は先ほどのタウン誌を開いた。

「小岩って知っていますか。ここに飲食店の特集記事が載っているんですが、その中で紹介されていまして」

「ええと……小岩といったら江戸川区か。亀戸からは、総武線で千葉方面にいくつか行ったところだな。何か特別な飲食店でもあるのかい？」

「小岩にはもともと在日朝鮮人や韓国人が多く住んでいて、外国人の出す飲食店が増えたんだそうです。韓国料理とかタイ料理とか、いわゆるエスニック料理ですよ」

「ん？　エスニック料理というと……相沢功治が好きだったやつか」

昨日、父親から荷物を見せてもらったとき、相沢功治は韓国料理などエスニック系の料理が好きだという話が出た。そういう街に住みたいと話していたそうだ。

「小岩のことって、一部では有名なんだとか。知りませんでしたね」

ページをめくりながら秀島が言った。

昨日エスニック料理店の集まる街を考えてみたのだが、新大久保しか思い浮かばなかった。だからそこで聞き込みをしたわけだが、もしかしたら相沢は小岩に通っていたのかもしれない。

腕時計を見ると午後五時半になるところだ。これからは飲食店の賑わう時間帯だから、何か情報が得られる可能性がある。すぐ移動することにした。

すでに辺りは真っ暗になっている。

藤木たちは総武線で小岩に移動し、駅の北側に出た。タウン誌を見ながら繁華街を進んでいくと、記事のとおり韓国料理店などがちらほらと見えてきた。看板にはネオンサインが光り、ショーケースにはこれぞエスニック料理という辛そうなメニューが並んでいる。

「見ているだけで胃が痛くなってきた」

藤木は腹をさすりながら言う。秀島は不思議そうに尋ねてきた。

「辛いもの、苦手なんでしたっけ？」

「昔は好きでよく食べたんだが、最近はどうもな。歳をとると食べ物の好みも変わってくるよ」

「この前、辛子明太子を食べていませんでしたっけ？」

「あれぐらいなら大丈夫なんだが、エスニックとなると覚悟がいる」

最近は胃薬の世話になることも増えてきた。目はほしがるのだが、食べすぎるとあとがきつい。だから飲んでいるとき以外は、常に胃腸の具合を考えるようになっている。

ここから先はローラー作戦しかないだろう。

藤木たちは相沢功治の顔写真を持って、エスニック系の飲食店を順番に訪ねていった。大部分は日本語で大丈夫だったが、たまに言葉が通じない店員もいた。そんなときは写真を見せ、身振り手振りで来訪の目的を伝えた。

店員たちはおおむね協力的だった。彼らとしても、つまらないことで警察官と揉めたくはないはずだ。写真を見て少し考え、知らない人だと答える。そうすれば警察官はすぐに立ち去るということが、彼らにはわかっているのだ。

一時間ほど聞き込みを続けたが、これといった情報は出てこなかった。

腕時計を見ながら、どうしたものかと考えた。夜の会議に参加するのなら、そろそろ捜査を切り上げなければならない。

「どうする？」藤木は秀島に尋ねた。「大井署に戻って会議に出るか。それとも会議をパスしてこのまま捜索を続けるか」

「わずか一時間の聞き込みでは、とても充分とは言えませんよね」

「じゃあ会議は欠席するかな。何か言われなきゃいいが……」

「会議に出たあと、もう一度ここへ戻ってくるという手もありますよ」

「徹夜で聞き込みか。まあ繁華街の料理店だから、夜遅くても開いているよな」

道端でそんな話をしていると、白いジャンパーを着た男性がすぐそばを通っていった。彼の横顔を見て、藤木ははっとした。秀島の袖を引っ張って耳打ちする。

「見つけた……」

えっ、と言って秀島もジャンパーの男に目を向けた。

藤木たちは静かにあとを追った。あらためて写真を取り出し、離れた場所からその人物と比較してみる。少し太った印象だったが、面長な顔にぎょろりとした目や、唇が厚いところなどは変わらない。

本人に間違いなさそうだ。

秀島と目を見交わしたあと、藤木は足を速めた。ジャンパーの男を追い越し、くるりと振り返る。行く手を塞がれた男は、怪訝そうな顔でこちらを見た。

「相沢功治さんですよね？」

「……え？」

彼は大きく眉を上げた。驚き、焦っているのがよくわかる。

「警察の者です。ちょっと話を……」

藤木が言いかけたところで、男は急にうしろを向いた。藤木を置いて逆の方向へ走りだそうとする。しかしそこには、大きく手を広げた秀島が待っていた。

「相沢さん、逃げられませんよ」

「ああ、くそ！」

男は道路の反対側に渡ろうとした。だがほんの二、三メートル進んだところで、秀島に取り押さえられた。藤木もそれに加勢する。男は手足をばたつかせて何か喚いていたが、やがて観念したようだった。

「相沢功治さん、話を聞かせてもらいますよ」藤木は言った。「このあと署へ移動だ」

「俺は何もしてませんよ。本当です」

息を切らしながら相沢は言う。藤木は彼の肩に手をかけながらうなずいた。

「そうかもしれない。だが我々は、詳しい事情を聞かなくちゃならないんだよ。相沢さん、君が行方をくらます前の出来事、そして行方をくらましたあとの出来事を、すっかり話してもらうぞ」

秀島が相沢の身体検査をしている間、藤木は状況報告の電話を入れた。

5

滝王子通りを走っていくと、前方に目的地が見えた。警視庁大井警察署だ。

運転を担当する捜査員は、ウインカーを出して覆面パトカーを駐車場に入れた。連絡を受けていた刑事課や捜査一課のメンバーが、すぐさま面パトに近づいてくる。車から降りると、藤木と秀島は相沢を両側から支えて、署の建物のほうに向かった。

「ちょっと刑事さん、離してくださいよ」相沢は不機嫌そうに言った。「これ、任意の事情聴取なんですよね？　俺は逮捕されたわけじゃありませんよね？」

「そのとおりです」秀島がうなずいた。「ですが、何か間違いがあるといけません。あなたを守ることも我々の仕事ですから」

「間違いって何だよ……。警察署でいったい何が起こるっていうんですか」

まあまあ、と藤木は相手を宥めた。

「とにかく落ち着ける場所に行こう。君の話をじっくり聞きたい」

「勘弁してくださいよ。俺は関係ないんだってば」

相沢は抗議の口調になっているが、抵抗しようとはしなかった。ここまで来ては仕方がないと、もう諦めているのだろう。

相沢を取調室に連れていく。すぐに若手の捜査員が身元の確認などを始めたようだ。

やれやれと藤木たちが一息ついているところへ、近づいてくる人物がいた。藤木たちの上司である大和田係長、そして捜査本部を指揮する五係の真壁係長だ。

「ふたりとも、お疲れさん」大和田は眼鏡のフレームを押し上げながら言った。「報告を受けたときは驚いた」

「よく相沢を見つけてくれた」真壁係長が珍しく口元を緩めていた。「ただの偶然じゃないことはわかっているが、それにしても藤木たちはついているんじゃないか？」

「相沢は裏社会と繋がりがあるということでした。そういう人間は、自分のテリトリーの繁華街を見て回ります。当然それは夜の時間帯ですから、我々が彼とすれ違う可能性はけっこう高かったんじゃないかと思います」

「それにしても大きな成果だ。大和田さんも安心しただろう」

大和田の肩を叩きながら真壁は言った。

真壁はがっちりした体形で髪は角刈り。一方の大和田は黒縁眼鏡をかけた、優等生タイプの人物だ。ふたりが並んでいると、柔道部の先輩と年下のマネージャーといった感じに見えてくる。大和田は決して気弱な性格ではないが、声の大きい真壁の前では少し気後れするようだった。

「これでもう、肩身の狭い思いをしなくて済みそうだな」と真壁。

「いえ、別に肩身が狭いというようなことは……」

大和田が言いかけるのを、真壁は右手を出して制した。

「俺にはわかる。凍結班の仕事はどうしても地味だ。大きな成果がなければいずれ立場が危うくなる、と思っていたんじゃないか？」

「まあ、そうですね……」大和田は困ったような顔をしている。

「それを藤木たちが頑張ってくれた。昨日は白骨、今日は相沢だ。期待していなかったわけじゃないが、まさかこんなに早く見つけてくるとは思わなかった。ちょっと見直したというところだ」

含みがあるのかどうなのか、ちくちくと嫌みを交えてくるように思える。当然、大和田もそれを感じ取っているだろう。

「さて、じゃあこれから事情聴取だ。あとはうちのほうでやっておくから……」

真壁はそう言って、また大和田の肩をぽんと叩いた。一見フレンドリーな印象だが、凍結班を軽んじていることは明らかだ。

軽く咳払いをしてから大和田は口を開いた。

「真壁係長、相沢功治の事情聴取はうちでやらせてもらいます」

「ん？　どういう意味だ？」

眉をひそめて真壁は尋ねてきた。大和田は硬い表情のまま、こう続けた。

「相沢の捜索は、我々凍結事案捜査班が命じられた任務です。そして結果を出したのは藤木と秀島です。まずは我々に、相沢の聴取をやらせてください」

真壁は大和田の顔をじっと見ている。そのまま五秒ほどが経過した。

嫌な空気が辺りに満ちた。格下の凍結班からそんなことを言われて、真壁は怒り出すのではないかと藤木は危ぶんだ。もしそうなったら間に割って入ろうと考えた。

ふん、と鼻で笑ったあと、真壁はひとり何度かうなずいた。

「たしかに、練馬事件の捜査は凍結班の仕事だったな。……いいだろう。まずは大和田さんのほうで調べを進めてくれ。そのあと俺たちが引き継ぐ」

「ありがとうございます。では早速、聴取に入ります」

「隣の部屋で見せてもらうぞ」

「ええ、それはご自由に」

真壁は踵を返して取調室の隣、マジックミラーのある部屋に向かった。

去り際、真壁が険しい顔をするのが見えたが、藤木は気づかないふりをしていた。

取調室の中で、藤木は相沢功治と向かい合った。

相沢は椅子に腰掛け、貧乏ゆすりをしていた。裏社会に足を突っ込んではいるが、実際は気の小さい男なのだろう。自分ではいろいろと判断できず、兄貴分に従って行動していたという話も聞いている。

藤木の後方には秀島が補助官として控えていた。彼もまた、真剣な目で相沢をじっと見つめている。

「相沢功治さん、少しは落ち着いたかな」

藤木が声をかけると、相沢は不満げな顔をして答えた。

「こんなところで落ち着けるわけないでしょう？　まるで犯人扱いじゃないですか」

「素直に答えてくれれば、私も苦労せずに済むんだよ。実は今日ずいぶん歩いたから、脚が痛くてね」

「藤木さんでしたっけ？　あんたのことはどうでもいいんですよ。任意だっていうから来たのに、このまま逮捕なんてしませんよね？」

「それは君次第だな。……相沢さん、私は君について思っていることがある」

藤木の言葉を聞いて、相沢は怪訝そうな表情を浮かべた。

「言ってみてくださいよ」

「君は人との出会いを大事にするタイプだな」

「……いったい何です？」

「たぶん君には、他人をしっかり観察する力があるんだ。この人と一緒にいたら楽しい。いろんなことを教えてもらえる。サポートしてあげれば感謝されるはずだ。……そんなふうに思って年上の人、目上の人を助けてきたんだろう。どうだ、君は兄貴分の人間から信用され、大事にされてきたんじゃないか？」

藤木の問いが予想外だったらしく、相沢は黙ったまま過去の記憶をたどっている様子だ。あらためて周りとの関係を振り返っているに違いない。

「言われてみればそうかもしれない。深く考えたことはなかったけど」

「そうか、深く考えたことはなかったか……。でも、会ってみて私は実感したよ。君のようなタイプは、親分肌の人間に好かれるはずだ。実際、君は可愛がられていただろう。たとえば遠藤哲郎さんに」

その名を聞いて、相沢はわずかに身じろぎをした。いつそのことを質問されるかと、びくびくしていたのではないだろうか。

「君は遠藤さんと会っていたよな？　遠藤哲郎さん——西大井の廃屋で殺害されていた人だ。隠そうとしても無駄だぞ」

「……別に、隠したりはしませんよ」

「どういう関係だったんだ？」

「飲み屋で知り合って仲よくなっただけです。遠藤さんが殺されたっていうニュースは二、三日前に見たけど、俺は関係ないですからね」

「どこの店で飲んだ？」

「亀戸のスナック愛って店です」

藤木は厳しい視線を相手に向ける。相沢は居心地の悪そうな顔をしていた。机の下の貧乏ゆすりが強くなった。

「妙だな。我々は今日、そのスナックを訪ねたんだ。店のママに遠藤さんの写真も見せたが、知らないと言っていたぞ」

「そんなはずはないですよ。俺はあの店で、遠藤さんと何度も飲んだんだから」

「いつの話だ」

「初めて会ったのは、二年前の春だったかな。知り合いの紹介でスナック愛に行ったんですよ。あそこの肉豆腐がすごく旨いって教わって……。それで店に入ったら遠藤さんがいたんです。ああ、もちろんそのときは名前を知らなかったんですけど」

「遠藤さんは常連という感じだったのか？」

「そうです。ボトルキープもしていました。くだらない冗談でママを笑わせてましたよ」

「彼とはどんな話をした？」

「酒の上の話ですからね。雑談ですよ、雑談」

藤木は眉をひそめ、低い声を出して唸った。指先で机をとんとんと叩く。それを見て、相沢はまた身じろぎをした。

「なあ相沢さん、正直に答えてほしいんだがね。……遠藤さんも君も、暴力団と関係があったよな。そうであれば、ふたりで何かよからぬ相談をしたんじゃないか？　たとえば誰かを殺害する計画とか」

「冗談じゃない！」

相沢は腰を浮かしかけた。それを見て、補助官の秀島が立ち上がる。

大丈夫だ、と秀島に手振りで示してから、藤木は相沢のほうに向き直った。

「遠藤さんとの間に、そういう話はなかったのか？」

「ありませんよ。だって、俺はそんなに度胸のある人間じゃないですから。遠藤さんは……まあ、自分でいろいろ事を起こすタイプだったみたいだけど」

「彼から、何か犯罪がらみの話を聞いたことは？」

「俺が組の下働きをしていたと知ってから、遠藤さんは『仕事』の手伝いをしないかと誘ってきました。でも俺は断りました。派手なことをして警察に捕まりたくはなかったからです。そうか、じゃあ仕方がないと言って、遠藤さんはもうそういう話はしなくなりました」

「遠藤さんは誰かに恨まれていなかったか？」

「わかりません。あえて、そういうことには触れなかったので」

「彼と最後に会ったのは？」

「……一カ月ぐらい前だったと思います。またスナック愛で一緒になって飲んだんです。ほかには何もなかったですよ」

「君が遠藤さんを殺害したということはないのか？」

「俺はやっていません。本当です」

藤木は口を閉ざして相手の顔を観察した。

少なくとも遠藤殺害について、相沢が嘘をついているとは思えなかった。彼はもともと表立って大きな犯罪ができるような人間ではない。それは藤木にもわかる。

問題は、スナック愛の菅野栄子がなぜ遠藤のことを隠していたのか、ということだ。藤木は写真を見せたし、遠藤哲郎という名前も出している。菅野が勘違いをしたはずはないから、彼女は知らないと嘘をついたのだ。なぜそんなことをしたのか。

——まさか、菅野栄子が遠藤哲郎を？

可能性としては、その線も考えておかなくてはならないだろう。何事も疑ってかかるのが刑事というものなのだ。こればかりは仕事だから仕方がなかった。

相沢が呼吸を整えるのを待ってから、藤木は話題を変えた。

「さて、ここからが本題だ。相沢さん、十三年前のことを話してもらおうか」

藤木に促されて、相沢は不自然に目を逸らした。

「今から十三年前、練馬区の建設現場にある資材倉庫で、青沼裕也さんの遺体が発見された。警察は捜査の過程で君に話を聞いた。すると君は、突然行方をくらましてしまった。……十三年経った今、ようやく確認できるよ。相沢さん、どうなんだ。やったのは君じゃないのか？」

「冗談じゃない！」相沢は視線を上げ、藤木を正面から見つめた。「勘弁してくださいよ。何度も言っているでしょう、俺に殺しなんてできませんって」

「だったらなぜ逃げた。疚しいことがあったからだろう」

「疚しいことっていうか……。俺は手伝わされただけなんです。青沼さんは怒ると怖いんですよ。それで断れなくて」

いよいよ核心の部分に迫ってきたようだ。藤木は語気を強めて問いただす。

「君は、青沼さんの犯行を手伝わされたわけだな？　何をしたんだ」

相沢の顔にためらいの色が窺えた。心の中に葛藤がある様子だったが、じきにすっかり諦めたというふうに肩を落とした。彼はゆっくりと話しだした。

「青沼さんはすごく面倒見のいい人でした。よく飯を奢ってくれたし、キャバクラなんかにも連れていってくれた。それにあの人は頭が切れたんです。他人を騙したり、追い込んだりして金を巻き上げるのがすごくうまかった。俺は青沼さんの手際のよさに憧れて、ごく簡単な手伝いをするようになりました。アルバイト料だと言って、青沼さんはけっこうな額のこづかいをくれたんです。それで俺は青沼さんを尊敬するようになりました」

当初、青沼は気前のいいところを見せて、相沢から信用を得たわけだ。だが、そのうち状況が変わったのだと思われる。

「君は青沼さんに借金があった、ということだったな」

「そうです。闇カジノや賭け麻雀で負けが込んで、俺は首が回らなくなりました。そういう借金を青沼さんが全部引き受けてくれて……」

「借金は彼に一本化されたというわけか」

「ええ。返済は急がなくていいというので、ほっとしました。だけど……その代わり、詐欺や恐喝の仕事をもっと本格的に手伝うよう言われたんです。それはもうアルバイトとかいう次元じゃなくて、悪事の片棒を担がされるというか、共犯者にされるというか、そんな感じでした」

そのカジノや麻雀での負けは、もともと仕組まれていたものではないか、と藤木は思っている。だが、そのことには触れないようにした。

「青沼さんは嗅覚の鋭い人でした」相沢は続けた。「何か金になることはないかと、あちこちへアンテナを張っていました。今から十三年前、六月の夕方でしたけど、青沼さんから急に電話がかかってきて、仕事があるからちょっと手伝いに来いと言われたんです。俺が西武線の東大和市駅に行くと、青沼さんは車の中で待っていました。俺たちは車でしばらく走り、どこかの住宅街に到着しました。

青沼さんは車をコインパーキングに停めて、三十メートルほど離れた場所にある古い民家を指差しました。二階のベランダが壊れかけた、古い木造の家です。今日の午後、ある女の車を尾行してここまで来た。女は車を降りて、塀の外から家の様子を窺っていた。実はその女は、前から何度かこの家を見に来ていた。……そういったことを青沼さんは教えてくれました。過去何度か青沼さんは女を尾行したけれど、特に何もなかった。でも今日は様子がおかしい、ということでした」

「何があったんだろう……」

「青沼さんが見張っていたとき、中学生ぐらいの男の子が、血相を変えて家から飛び出してきたそうです。その子は女には気づかず、どこかへ走っていってしまった。男の子がいなくなると、女はひとりで家に入っていった。でも五分ぐらいで外に出てきた。その女も、男の子と同じように急いで家を離れ、車で走り去ってしまった。……中で何かが起こっているはずだ、と青沼さんは俺に言いました。一緒に来い、と俺は命令されました。要するに青沼さんは、民家に忍び込むための協力者がほしかったたんです。ひとりで入って何かあってはいけないので、サポート役として俺を呼んだというわけでした。

断れそうにないので、仕方なく俺は青沼さんと一緒に玄関に向かいました。靴を脱いで廊下を歩いていくと、嫌なにおいがしました。便とか尿とかのにおいです。『ひでえな』と青沼さんは言いました。『どうなってるんだ、この家は』とも言いました。廊下にはレジ袋や酒の瓶、ペットボトルなんかが落ちていた。壁にはいくつか凹んだところがありました。そして襖には、蹴り破ったような穴が開いていました」

話の行方がわからず、藤木は少し戸惑った。まるで、怪談を聞いているような気味の悪さがある。

舌の先で自分の唇を湿らせてから、相沢は話を続けた。

「家の奥のほう、四畳半の和室に寝床がありました。敷き布団から這い出たような感じで、七十代ぐらいかな、白髪に無精ひげの男が絨毯の上に倒れていたんです。着ているスウェットや絨毯は血だらけで、調べると胸に刺し傷がありました。それから……首にロープが巻かれていたんです。

この部屋がにおいのもとだとわかりました。男のスウェットのズボンを見ると、便や尿で汚れていました。おむつをしていたようですが、そこから漏れてしまっていたんです。部屋の隅にはバケツがあって、中には汚物の付いた紙おむつが何枚も押し込んでありました。

その男は刺されたあと、絞め殺されたようでした。犯人は男の子か、あとから家に入った女か、どちらかでしょう。青沼さんはそれまで何度かその女を尾行していたわけですが、この日たまたま事件を目撃してしまった。……いや、目撃することに成功したんです。どこまで知っていたのかわかりませんが、その女が何かしでかすんじゃないかと、青沼さんはずっとあとを追っていたんだと思います。さすが青沼さんですよ」

犯罪者としての才能を持っていたということか。嗅覚が鋭かったと相沢は言ったが、まさにそのとおりだと言える。

「……それで、君たちはどうしたんだ？」

「家を出て、コインパーキングの車に戻りました。そのまま家を監視しながら夜まで過ごしました。このとき青沼さんはたぶん、女が戻ってくるのを待っていたんだと思います。その現場を押さえて、おまえが爺さんを殺したんだろう、と追及するつもりだったんじゃないでしょうか。

でも結局、夜十時になっても女は現れませんでした。その辺りは街灯が少なかったし、人通りもほとんどない場所でした。このあとどうするのかと俺が思っていると、青沼さんがとんでもないことを言い出したんです。あの爺さんを運び出すぞ、と」

えっ、と言ったまま藤木は黙り込んでしまった。

日野市で白骨遺体が見つかっていたから、もしかしたら青沼が遺棄したのでは、という気持ちも少しはあった。だが実際の手間暇を考えると、とても現実的な話だとは思えなかった。

「なぜそんなことをしたんだ？」藤木は眉をひそめて尋ねた。「目的がわからない」

「俺も不思議でした。だって年寄りとはいえ、男だからかなり重い。しかもあの遺体は便や尿でにおいもひどかった。普通なら触るのも嫌ですよ。でも、ここが青沼さんのすごいところというか、ぶっとんだところなんです。このまま遺体が放置されれば、たぶん数日で警察に見つかる。そうなればあの女は逮捕されて、俺たちには何の得もなくなる。でもあの男の遺体がなければ警察は出てこないから、俺たちは女を脅迫することができる。青沼さんはそう言いました。……女は大変な秘密を抱えているわけです。青沼さんはそれをネタにして、女を脅迫することにしたんですよ」

「そのために、わざわざ遺体を運び出したっていうのか」

藤木は相沢を正面から見つめた。

にわかには信じられない話だった。そこまでする必要があるのかという気がする。だが青沼にとってはまったく合理的であり、自然な判断だったのかもしれない。

「今まで遺体に触ったことなんてなかったから、俺は泣きそうでした。くさいし、気味が悪いし、最低ですよ。でも青沼さんの言うことには逆らえなかった。……俺たちは男の遺体を毛布でくるみました。二重にして便や尿が外に漏れないようにした。それでも嫌なにおいがしました。青沼さんとふたりで、遺体を車の後部座席に乗せました。

知っている場所がある、と言って青沼さんは車を日野市まで走らせました。丘陵地帯につぶれた工場があって、以前からそこに目をつけていたそうです。いずれ何かのときに使えると思っていたようでした。俺たちはその廃工場に遺体を隠しました」

「研修所の畳の下だな？」

先回りして藤木が言うと、相沢は驚いたという顔をした。

「よく知ってますね。もしかして、あれを見つけたってことですか？」

「昨日の夜だ。青沼さんのノートに、廃工場の住所が書かれていたんだよ」

「そういうことですか。……青沼さんも、まさか十三年後にノートを見られるとは思っていなかったんだろうな」

納得したという様子で相沢はうなずいている。しばらく過去の出来事を思い返しているようだったが、やがて慌てた様子で彼は言った。

「今話したとおり、何もかも青沼さんが考えたことなんですよ。俺は命令に従っただけです。あの年寄りの正体も知らないし、男の子や女のこともわかりません。青沼さんは何も教えてくれなかったから」

「それは変だな。君は老人の家に入ったんだから、表札ぐらいは見ただろう」

「……いや、辺りは暗かったんですよ。それに遺体を運ぶのに一生懸命で、表札を見ている暇なんてありませんでした」

「あとで、自分で調べようとは思わなかったのか。あらためて行ってみれば何かわかったはずだが」

「もうその件には関わりたくなかったんです。藤木さんは、そんなふうに死人を運んだことがないでしょう？　一度やってみたらいいですよ、トラウマになるから。……俺は死体遺棄をしてからずっと気分が悪くて、青沼さんとは会わずにいたんです。だからその後、青沼さんが女を脅したかどうかも聞いていません」

藤木は椅子の背もたれに体を預けて、しばらく思案する。それから、別の質問をした。

「青沼さんは廃工場に、写真や何かを隠しただろう？」

「それは知りません。ああ……でも二週間後ぐらいかな、青沼さんと電話で話したことがありました。死体遺棄のあと何度か廃工場に出かけた、と青沼さんは話していました。そのとき何か隠したのかもしれません」

そのまま遺体は放置され、やがて白骨化したということらしい。

「遺体は裸だったということだ。近くに腕時計が残されていたが……」

「着ていた服は汚れていたから、廃工場で脱がせたんですよ。腕時計はあの爺さんが左手につけていたものです。身元を示す証拠になるから一緒に置いておく、と青沼さんは言っていました。それもまた、あとで女を脅すために必要だったんでしょう」

「この男女に見覚えは？」

藤木は机の上に資料写真を置いた。

白骨の近くで見つかった写真のコピーだ。スーツを着た六十代ぐらいの男性と、ワンピースにカーディガンを着た四十代ぐらいの女性。オレンジ色のごみ集積場の囲いのようなものと、《液化》の文字が読める白っぽい大きな円筒が見えている。そばの看板には《火気厳禁》《立入禁止》などの注意書きがあった。

「いや、知らない人たちですね」と相沢。

そうか、と藤木はつぶやいた。

ここまでのところ、相沢の説明は筋が通っているように感じられる。ただ、すべてを鵜呑みにするわけにはいかなかった。時間をおいて、あるいは取調官を代えて、さらに詳しく話を聞く必要があるだろう。

「青沼さんのその後だが……」藤木は尋ねた。「女性に接触して、金をゆすり取ったんだろうな」

「そうだと思います。そして、死体遺棄から四カ月ぐらいして、十月下旬に青沼さんは殺されてしまったんです」

凍結班の追っている練馬事件のことだ。藤木は腕組みをして相沢に尋ねた。

「あらためて訊くが、君が青沼さんを殺害したわけじゃないんだな？」

「俺はやっていません。信じてください」

相沢はこちらに向かって拝むような仕草をした。芝居がかった動きではあるが、目は真剣だ。

「ヤバいと思って俺は逃げたんです」相沢は言った。「警察からも疑われそうだったし、青沼さんを始末した奴が、俺のことも狙うんじゃないかと思ったから」

「脅迫された女性が、青沼さんを殺害したということじゃないのか？　それなら、恐喝事件に関わっていない君は無関係だろう」

「青沼さんが殺されたのは事実です。女がやったのか、どこかの組織がやったのかは俺にはわからない。だったら万が一を考えて、早く逃げようと思いました」

「ずいぶん臆病な行動に見えるが……」

「刑事さんたちにはわからないだろうけど、逃げるときはためらわずに逃げなくちゃ駄目なんです。俺は今までそうやって生き延びてきたんですよ」

「人生訓はどうでもいい」藤木は腕組みを解いた。「君に求められているのは、真実を語ることだ。自分は無関係だというのなら、君はそれをしっかり説明し、我々を納得させなければならない。いいか、俺たちを舐めてもらっては困るぞ」

わかっています、と相沢は言った。それから彼はまた、机の下で貧乏ゆすりを始めた。

藤木はうしろを振り返って、相棒のほうに目を向けた。秀島は難しい顔をして、じっと何かを考えている。

視線を転じて、藤木は壁に張られた鏡を見た。マジックミラーの裏、隣の部屋には真壁や大和田が待機しているはずだ。

この先のことを上司と相談するため、藤木は椅子から立ち上がった。

6

急な事情聴取が入ったため、夜の会議はいつもより遅れてスタートした。

捜査本部に集まった刑事たちは、みな緊張した顔でホワイトボードに目を向けている。そこにはいつものように捜査一課五係の真壁係長が立っていた。

真壁は捜査資料を手にして、みなの顔を見回した。

「夜の会議を始める。まず重要なところから。……本日、凍結班によって相沢功治が発見された。練馬事件の捜査中に逃走して、長らく行方不明になっていた人物だ。先ほどまで事情聴取をしていたが、今、相沢は捜査員の監視のもと、近くのビジネスホテルにいる。逮捕はもう少し情報を引き出してからになる予定だ。

事情聴取の内容だが、相沢は十三年前の練馬事件に関して、自分は何も関わっていないと主張している。その件については明日さらに詳しく訊くこととして……先ほど別の問題が発覚した。練馬事件で青沼裕也が殺害される四カ月前、まったく別の事件が起きていた。当時、捜査は行われたが未解決のままだ。その事件が練馬事件と関係あるらしいことがわかった」

そこまで話してから、真壁は大和田のほうを向いた。

「大和田係長、その事件——『東大和事件』について概要説明を頼む」

「承知しました」大和田は素早く立ち上がった。「特命捜査対策室支援係の大和田です。お手元の資料をご覧ください。本日十九時五分ごろ、凍結班のメンバーが小岩の繁華街で聞き込みを行っている最中、相沢功治を発見しました。大井署にて任意の事情聴取を行ったところ、十三年前、青沼とともに死体遺棄を行ったことが明らかとなって……」

大和田はかいつまんでこれまでの経緯を説明した。要点だけを話しているのだが、そこに含まれる情報量があまりにも多いため、捜査員たちはみな驚きを感じているようだ。

「……そういうわけで、十三年前の練馬事件を追っているつもりだったのが、別の死体遺棄事件に繋がってしまいました。正直、我々も戸惑っていますが、この東大和事件の全貌を明らかにしなければ、練馬事件も解決できないものと思います。また、そのふたつの事件を調べることで、もともとこの捜査本部が担当していた西大井事件も、解決に近づく可能性があると考えています。以上です」

一礼して大和田は椅子に腰掛けた。眼鏡の位置を直して、ふう、と小さく息をつく。

ホワイトボードの横で、真壁係長は口を開いた。

「今、聞いたとおりだ。西大井事件に練馬事件、さらに東大和事件を調べる必要が出てきた。すでに上には概要を報告し、捜査態勢の拡充を求めている。明日からは本捜査本部に人員の補充が行われるだろう」

捜査員たちは複雑な気分だろうな、と藤木は思った。本来であれば、複数の事件をひとつの本部で担当することはないはずだ。だが行きがかり上、この本部で三つの事件を扱うことになってしまった。当然、ひとりひとりに課される仕事はかなり増えることになるだろう。それだけ各捜査員の責任も重くなる。

資料のページをめくって、真壁は話を続けた。

「では、そのほかの説明に移る。昨日見つかった白骨遺体を詳しく調べた結果、性別は男性であることが確定した。骨や歯の状態から、推定年齢は六十代から七十代。これは今日の相沢の証言とも、未解決事案で行方不明となっていた人物とも一致している。この件については明日、凍結班で詳しく調べてもらおうと思うが、大和田さん、いいか?」

「わかりました。全力を尽くします」

大和田はそう答えたあと、藤木のほうにうなずきかけた。藤木・秀島組で行ってきてくれ、ということだろう。

「それでは、各捜査員から今日の成果を報告してもらう。地取り一組から」

はい、と返事をして若手の捜査員が立ち上がる。

藤木は報告に耳を傾け、細かくメモをとり始めた。


捜査会議が終わったのは午後十一時過ぎのことだった。

資料を片づけながら、藤木は隣の席に目をやった。秀島は大きく伸びをしているところだ。ようやく緊張が解けて、気分が落ち着いたという様子だった。

「飯、食いに行くか?」

藤木が尋ねると、秀島は腕時計を見て、

「そうですね。遅くまでやっている店がいくつかあるでしょう」

席を立って、藤木は辺りを見回した。窓際で岸と石野が何か話し込んでいる。近づいて、ふたりに声をかけてみた。

「俺たちはこれから食事に行くけど、岸たちはどうする？」

「ああ、行きます行きます」岸は自分の胃の辺りをさすった。「今日は昼にそばを食べただけなんですよ。もうガス欠でね」

「私もいいでしょうか」と石野。

「もちろんだ」藤木はうなずいてみせた。「何か追加の情報があれば聞かせてもらいたいからな」

「追加の情報……」石野は難しい顔をして、記憶をたどっているようだ。「どうしよう。今日の成果は、会議で全部報告してしまったんですが……」

何やら悩んでいるようだ。藤木は口元を緩めた。

「いや、もし何かあればという意味だよ。そんなに真剣にならなくていい」

「そうですか。ご期待に添えなくてすみません」

「石野は真面目なんだな」

苦笑いを浮かべて藤木が言うと、岸が口を挟んできた。

「うちの相棒はね、『クソ』が付くほど真面目なんですよ。特に仕事関係ではね」

「真面目なのは石野の取り柄じゃないか。岸と比べると、よけい際立つよな」

「それじゃ俺が不真面目みたいじゃないですか」岸も苦笑いしている。

石野はひとり困ったような顔をしていた。それを見て、岸が藤木にささやいた。

「俺と一緒だと、くだけて話すときもあるんですよ。でも藤木さんの前だと、石野は緊張するみたいで」

「俺の前だけかい？」

「藤木さんのこと、警戒してるんじゃないですかね。俺の見てないところで、パワハラっぽいこと言ったりしませんでした？　あるいは、個人的な事情に踏み込もうとしたとか」

「まさか。そんなことはしないよ」

岸にはそう答えたのだが、藤木の中にある疑念が湧いていた。二カ月前、捜査から帰る電車の中で、藤木は石野から身の上話を聞いた。彼女は幼少期から父親のＤＶ——ドメスティック・バイオレンスに苦しめられていたという。そのせいだろう、男性に対して恐怖心を抱き、自信が持てない性格になってしまったらしいのだ。

ほかの人には隠していたであろう家庭の事情を、彼女は話してくれた。それは先輩である自分を信頼してくれたからだろう、と藤木は考えていた。だがもしかしたら石野は、話してしまったことを後悔しているのではないだろうか。だから藤木に対して、今さらながら他人行儀な態度をとるのではないか、という気がする。

考えてみれば、もともと親しい間柄だったわけではないのだ。おそらくあの電車の中での身の上話は、予定外のものだったのだろう。今、彼女は藤木に対して特別なことは何も思っていないはずだ。

――でも、そうだとするとメールのことがわからないんだよな。

石野は毎日のようにスマホにメールを送ってくれている。その好意は信じていいと思うのだが、彼女の本心はどうなのだろうか。

すっきりしない気分のまま、藤木は今日も仕事をしている。

「飲み屋になっちゃいますけど、いいですか？」秀島がスマホを見ながら言った。

「捜査期間中にまずいですかね」

「いや、飯を食うだけならかまわないだろう。そこでいいよ」

そう答えて藤木はうなずいた。

岸や石野を促して、藤木は講堂の出入り口に向かった。

居酒屋に半個室があったので、そこに案内してもらった。

ここなら、ほかの客に会話を聞かれる心配もない。藤木たちにとっては好都合だ。

壁に貼られた品書きを見ると、岸がすぐに店員を呼んだ。

「すみません、生ビールを四つ」

あまりに自然だったので、飲み会に来たのかと錯覚しそうになった。藤木は岸を軽く睨みつける。

「ここは飲み屋だけどさ、俺たち、仕事が仕事だから……」

「我々の仕事にはメリハリが必要なんですよ」岸は平気な顔をして言った。「こういうときはリラックスして、ゆっくり頭を休めないと。それにね、別に朝まで飲もうってわけじゃないんですから」

「誰かに見られたら、説明が面倒だぞ」

「そのときは俺が責任をとりますよ。この首持っていけって言ってやります」

「岸の首なんかもらっても、置く場所がないよ」

まあまあ、と言って岸は料理を注文し始めた。秀島や石野もメニューを広げ、好きなものを頼んでいる。仕方ないなと割り切って、藤木も焼き鳥と煮込みを注文した。

小声で乾杯をしたあと、藤木はみなに話しかけた。

「一応、ミーティングという体《てい》でいこう。仕事のために情報交換をするぞ」

「うわ、藤木さんも相当真面目ですね」

岸が茶化すように言うと、秀島が口を開いた。

「そうなんですよ。一緒に動いてみてわかったんですけど、藤木さんって思ったより真面目でね。仕事に復帰したころは、捜査に行きたくないとか、定時で帰らせてくれとかうるさかったのに」

「あれはわがままを言っていたわけじゃない」藤木は首を横に振った。「もともとそれが職場復帰の条件だったんだ。俺は病み上がりのようなものだから、内勤でいいって大和田さんにも言われていた」

「ところが外で捜査を始めてみたら、実に熱心で」秀島が口元を緩めた。「刑事の勘を取り戻したってことですかね」

「俺なりにいろいろ考えたんだよ。被害者に寄り添うというか……。家族を亡くすっていうのは、並大抵の辛さじゃないからさ」

藤木の言葉を聞いて、三人とも黙り込んでしまった。みな、藤木の妻のことを知っているのだ。岸はビールを一口飲み、秀島はスマホを確認し、石野は布巾でテーブルの水滴を拭いている。

みな気をつかってくれているんだな、と藤木は思った。ありがたいことではある。だがそれに甘えてしまっては、いつまでも迷惑をかけることになり、同僚として対等なつきあいはできないだろう。

「よし、情報交換と意見交換だ」強引に話を切り替えた。「今日わかった東大和事件だが、どう思う？　当時の捜査資料によると、もともとその古い民家に住んでいたのは竹下清美《たけしたきよみ》という女性と息子の聡《さとし》、そして清美の義理の父親である竹下兼蔵《けんぞう》だ。相沢の話では、高齢の男性はおむつを穿かされ、下の世話をしてもらっていたらしい、ということだった。これが竹下兼蔵さんだな。

「それって、介護を受けていたということですね」

石野が尋ねてきた。そうだな、と藤木は応じる。

彼女は同情するような、あるいは悲しむような、複雑な表情を浮かべていた。そういえば石野のところも、祖母が家で療養していたと聞いたことがある。

「家族で介護をしていたわけだ」

「孫の聡くんがほとんど世話をしていた、と資料に書かれていましたね」秀島が言った。「ところが彼は、祖父を置いてどこかへ行ってしまった」

「もし少年が祖父を殺害したとすると」岸は腕組みをした。「自分のしたことが怖くなって飛び出した、ということだよな。……ええと、その子は何歳でしたっけ？」

「十四歳、中学三年生だったらしい」

「だとすると、家を出ても行くところがないでしょう。友達を頼ったんですかね。それとも親戚の家なのか」

そうかもしれない、と藤木はうなずく。その隣で秀島が首をかしげた。

「女性のほうは何が目的だったんでしょう。何度かその家を見に行っていた、ということですけど、少年の母親ではなかったそうだし……」

事件のあった日、母親は外出していたことがわかっている。家を見に来ていた女性は赤の他人であるはずだ。

「何者なのかはわからないけど……」ビールのジョッキを置いて岸が言った。「とにかくその女性は、ときどき竹下家の様子を見に来ていたわけだ。ところがその日、とんでもない事件が起こった。少年が祖父を殺害してしまった、と」

「……ええと」石野が遠慮がちに言った。「もし少年が祖父を殺害したとすると、女性は罪をかぶったということでしょうか。あとで青沼から脅迫されていたんですよね」

「そのへんの経緯をどう筋読みするかだな」

藤木は秀島のほうを向いて、同意を求める。

「そうですね」秀島はうなずいた。「そして四カ月後、青沼は殺害された。今までの話から考えれば、その女性が怪しいと言えそうです。度重なる恐喝に我慢ができなくなり、彼女は逆襲した。どこかで酒を飲ませたあと、建設現場の資材倉庫に連れていき、隙を見て紐状のもので絞殺した……といったところでしょうか」

検視の結果、体内からアルコールが検出されたというから、秀島の言うとおりの経緯だったのかもしれない。

相手は男性だが、その女は必死の思いで絞殺したのだろう。恨みが募ったというより、いつまでも続く恐喝から逃れたいという一心で首を絞めたのではないか。

鬼気迫る女の表情が、藤木の頭に浮かんできた。

情報交換、意見交換が済んで、そろそろ帰ろうかという雰囲気になった。藤木は後輩たちより多めに金を出すことにした。みなから集めた紙幣を持って、石野がレジに向かう。その間に、岸はトイレに行くと言って席を立った。

秀島はと言うと、食べ終わった四人分の皿を重ね、ジョッキを一カ所にまとめている。今日も彼は几帳面だ。

藤木は秀島に話しかけた。

「昨日、妻の遺品を片づけていたんだよ」

「ああ……そうだったんですか」

「クローゼットの上のほうを調べたら、妻のノートが出てきた。ぱらぱらめくったら、俺の名前がちらっと見えてさ」

秀島は食器を片づける手を止め、藤木の顔をじっと見つめた。

「読んだんですか？」

「……いや、なんだか怖くて、読んでいない」

しばらく考えたあと、秀島は居住まいを正した。それから諫める調子で言った。

「絶対に読まないほうがいいと思います」

「自分でもそう思ったんだ。でも何が書いてあるか気になっていてね」

「いいことであっても、よくないことであっても、今の藤木さんにとってはきついと思いますよ。下手をすれば、また鬱っぽくなってしまうかもしれない」

「いや、仕事にも復帰したし、もう大丈夫だと思ってるんだけどな」

「そういうときが危ないって聞いたことがあります。奥さんのノートを見るなんて、わざわざ辛い思いをしに行くようなものですよ」

秀島は口を尖らせ、やめるようにと言う。そこまで言われては抵抗できないと思って、藤木は不承不承うなずいた。

「わかったよ。ノートは読まないことにする」

「まあ、ずっとこのままで、というわけじゃありません。藤木さんのほうで気持ちの準備ができたら、時間をかけてじっくり読んだらいかがですか。ただ、今はまだそのときじゃないということです」

そうだな、と藤木はつぶやいた。秀島の言うことはもっともだという気がした。そもそも迷いがあったからこそ、自分はあのときノートを閉じたのだ。もしかしたらそれは、無意識のうちに安全装置のようなものが働いたのかもしれない。

会計を終えて石野が戻ってくるのが見えた。岸も一緒にやってくる。

じゃあ行こうか、と言って藤木は立ち上がった。

第三章　薄闇の少年

1

ガラス窓の向こうを、スーツ姿の男性が歩いていく。

通勤ラッシュにはまだ時間がある。仕事の都合で早めに出社する人なのだろうか。それともどこか遠くへ出張する人なのか。スマホで何か確認したあと、彼は足を速めて駅のほうへと向かった。

コンビニのイートインコーナーから藤木は外を眺めている。先ほど買ったサンドイッチを頬張り、コーヒーを飲んでいるところだ。たまに買い物客が出入りするが、このコーナーで休憩する者はほかにいない。

十二月六日、午前六時四十五分。着替えたあと、藤木は大井署の近くにあるこの店にやってきた。昨夜は事件についてあれこれ考えてしまい、ゆっくり眠ることができなかった。仕事の前、少し気分転換をしようと思って、この場所で外を見ていたのだ。

藤木はポケットからスマホを取り出した。アプリを開くと、いつものあの人——大西美香からのメールが表示された。昨夜遅くに届いたもので、本文にはこう記されている。

《藤木靖彦様
こんばんは、大西です。今日は風があって寒かったですね。もうすっかり冬の気配が濃くなってきています。冬といえば、こんな思い出がありました。推しのコンサートの帰り、私は裕美子さんを誘って中華料理を食べに行きました。火鍋を頼んだのですが、辛いほうのスープはなかなか刺激が強くて大変でした。

彼女によると、藤木さんはけっこう辛いものがお好きだそうですね。どんなものを好んでいらっしゃるのでしょうか？　私はあまり辛すぎるものは苦手だったりしますが……。

これからの季節、お鍋はいいですね。前にもメールに書きましたが、私はひとり用の小さな鍋を持っています。食べきれるサイズなので、ちょうどいいですよ。便利ですから、藤木さんも使ってみてはいかがですか。

食べることは大事ですよね。藤木さん、しっかり食べて体力をつけてください。そうして奥様の分までずっと健康でいてください。裕美子さんの友人として、心からお願いします。それではまた。

大西美香》

これを送ってくれているのは、おそらく同僚の石野だ。

休職のあと、疲れた顔で仕事に出てきた藤木を哀れに思ったのだろう。彼女は妻の友人のふりをしてメールを送ってくれる。毎回、励まされる思いで藤木はそのメールを読んでいる。今のところ、正体に気づいていることを石野に伝える気はなかった。このささやかな楽しみを、自分から壊す気にはなれないからだ。

ここで藤木は妙なことを考えた。石野は裕美子とどこか似ているだろうか？

石野は娘ぐらいの年齢だから、藤木としては彼女とどうこうしたいという気持ちはない。とはいえ彼女のメールを楽しみにしているのだから、石野のことを好ましく感じているのはたしかだ。もし藤木がもっと若かったら、自分は石野のことを異性として意識しただろうか。そうだとしたら石野は自分好みの女性であり、どこか裕美子と共通点があるのではないか。そんなふうに思ったのだ。

――いや待て、その理屈はおかしいな。

藤木は首を横に振った。これは中年男性によくある錯覚ではないだろうか。石野はたまたま同情し、親切にしてくれているだけだ。それがわからない人間は恥をかく。

場合によってはストーカーになったりもする。みっともない話だ。

石野にはあまり近づかないほうがいいかもしれない、と思った。少しばかり親切にされたからといって、調子に乗らないほうがいい。そうすればよけいな期待もしないで済むし、あとで落胆することもないだろう。自衛手段として、そうすべきなのだ。

そうだ、石野よりも裕美子のことだ。彼女が残したあのノートを、いつか自分は読まなければならない。そうしてこそ、裕美子の死を乗り越えることができるのではないか。

この事件の捜査が終わったらあのノートを開こう、と藤木は決めた。


朝の会議は欠席させてもらって、東大和市に移動した。

一時間半ほどかかるから、ちょっとした旅行のように感じられる。人の少ない車両の隅で、藤木と秀島は事件のことを話した。西大井、練馬、東大和の三つの事件について意見交換しているうち、予想外の早さで時間は過ぎた。

目的の駅に到着し、客待ちをしていたタクシーに乗り込む。

「この住所に向かってほしいんですが……」

藤木は地図をコピーしたものを運転手に見せた。東大和市の一部の地域だ。過去の捜査資料に載っていた竹下家の位置に、大きく印が付けてある。

車は十五分ほど走って、目指す地区に入った。相沢によれば、目的の民家の近くにはコインパーキングがあるはずだ。

「あれだ。駐車場です」

秀島が指差す方向にコインパーキングが見えた。その先、二十メートルほどの場所に築四、五十年に見える二階家がある。相沢の話のとおり、二階のベランダの手すりが壊れそうになっていた。おそらくここが目的の民家だ。

「よかった。十三年経っても残っていたぞ」

運転手に料金を払って、藤木たちはタクシーを降りた。

その民家に近づいてみると壁も雨戸もぼろぼろで、玄関の脇には段ボール箱やプラスチックのごみなどが落ちていた。とても人が住んでいるとは思えない外観だ。表札も出ていない。

藤木は民家の左右を見てみた。向かって左側は空き地で、雑草がはびこった状態だ。右側は築二十年ぐらいだろうか、こぢんまりした住宅だった。玄関先に飾りの付いたお洒落なポーチライトが付いている。

秀島とともに、その家を訪ねてみた。表札には《瀬名《せな》》とある。

インターホンのボタンを押すと、五秒ほどで応答があった。

「はあい」

「こんにちは。警察の者ですが、ちょっとよろしいですか」

「え……。今、行きます」

じきに玄関のドアが開いた。顔を出したのは四十代と思われる女性だ。髪を肩先辺りまで伸ばし、上はピンク色のセーター、下は黒っぽいジーンズという恰好をしている。

「警視庁捜査一課の藤木という者です」警察手帳を相手に見せた。「お隣ですが、空き家のようですね」

「あ、はい。もう十年以上になります。誰もいなくなってしまって、今は遠い親戚の方が管理しているようですけど」

「十三年前のことをお訊きしたいんですが……。竹下さんの家の事件です。今、あの件をあらためて調べていまして」

藤木は隣の家を指差した。瀬名は何か察したという表情を浮かべた。

「おっしゃるとおり、お隣に住んでいたのは竹下さんという家族です。私が越してきた当時は四人家族だったんですよ。容一《よういち》さんという旦那さんと清美さんという奥さん、長男の聡くん、それから容一さんのお父さんの、ええと……兼蔵さんですね。容一さんたちは仲のいいご夫婦で、聡くんのことをすごく大事にしていましたよ。出産のときだって、評判のいい病院にしようということで、わざわざ隣の市まで行ったそうだし……」

当時の捜査資料を読んできているのだが、確認のため藤木は尋ねた。

「越してきた当時は四人家族だった、とおっしゃいましたね。何かあったんですか？」

「十六年前だったかしら、容一さんが交通事故で亡くなったんです。それで清美さんが家計を支えることになったんですが、仕事先の人間関係でかなり苦労したみたいでね。それに加えて、同じ年に兼蔵さんが病気で起き上がれなくなってしまったんですよ」

「介護を受けるようになったわけですか」

「そう。まだ七十前だったと思うんですけど、じきにおむつが必要になったらしくて」

「清美さんは仕事に出かけていた。となると兼蔵さんの世話は……」

「一度ヘルパーさんを頼んだようですけど、兼蔵さんが他人に面倒見てもらうのを嫌がったんですって。わあわあ騒ぐものだから、ヘルパーさんを使うのは諦めたみたいでした。そうなると、昼間は清美さんが仕事に出ているわけだから、聡くんが面倒を見るしかなくてね。十六年前に兼蔵さんが起きられなくなって、それから二年半ぐらいかな。学校から戻るとすぐに汚れたおむつを替えて、食事の介助をして……」

「そのころ聡くんは中学生でしたかね」

「十三年前に中学三年だったはずですよ。それはよく覚えているの」

おそらく、警察に何度も事情を訊かれたから忘れずにいたのだろう。

当時のことをいろいろ思い出したらしく、瀬名の顔が曇ってきた。

「介護だけでもきついのに、兼蔵さんがお酒を飲むものだから、聡くんは本当に苦労したみたいでね」

これは意外な話だった。捜査資料にも載っていなかったはずだ。藤木は眉をひそめて瀬名に尋ねる。

「兼蔵さんは病気だったんですよね？」

「病気で寝込む前からもともと酒乱というか、アルコール中毒？　そういう感じだったんです。四人で暮らしていたころにも、兼蔵さんが大声を出して騒ぐことがよくありました。あれには私も夫も、本当に困ってしまって……」

瀬名というこの主婦に、藤木は大いに同情した。

隣の家で酔っ払いに騒がれては、うるさくて仕方がなかっただろう。だが近所づきあいがあるから、文句を言うのは憚られたのではないか。おそらく騒ぎのたび、瀬名夫妻の中で苛立ちが募っていったに違いない。

「起きられなくなっても、兼蔵さんはお酒を飲んでいたんです」瀬名は続けた。「もちろんお医者さんには止められていたでしょうけど、アル中の人ってそんなのは聞きませんからね。知り合いの酒屋さんがあって、そこでお酒を買ってくるよう聡くんに言っていたみたいです。本当はね、相手は中学生なんだし、おつかいだからってお酒を売るのはまずいですよね。だけど酒屋さんは、知り合いのよしみだからと……」

ひどい話だ、と藤木は思った。想像するに父・容一が亡くなったあと、竹下家では家族関係がいびつになってしまったのだ。酒を飲んで大声を出したり暴言を吐いたりする兼蔵が、最上位の立場になった。聡は祖父の機嫌を窺いながら、できるだけ静かにしてくれるよう祈っていたのではないだろうか。おとなしくなってくれるのなら酒でも何でも飲んでいてほしい、と思ったのかもしれない。

「聡くんね、だんだんと遅刻や早退も増えて、学校を休む日もあったようです」

「お母さんの清美さんは、それを知っていたんですか？」

「もちろんです。でも仕事がきつくて、どうにもならなかったみたい。これは噂で聞いたんですけど、そのころ清美さんは会社勤めのほかに、夜は水商売をしていたらしいんです。……兼蔵さんが動けなくなってから二年ぐらい経ったころ、限界が来ちゃったんでしょうね。夜になると清美さんの怒鳴る声や、泣く声が聞こえるようになりました。そうこうするうち、清美さんがときどき家に帰らなくなって……」

夜の街を飲み歩いていたのだろうか。それとも誰か交際相手でも出来たのか。夫が亡くなったあと金を稼がなくてはならず、そのほか息子の学校のこともあっただろうし、何より義父の介護がある。ひどくストレスが溜まっていたに違いない。

しかし、だからといって、病人と中学生の息子を放り出していいということにはならないだろう。

「清美さんが帰らない日もあったとすると、ますます聡くんの負担が増えたわけですね」

「お母さんが当てにならないから、もう、聡くんがひとりで頑張るしかなかったんでしょうね。彼、相当疲れているみたいでした。薄暗くなった夕方、縁側に座って何十分もぼんやりしていたりするの。それで私も見ていられなくなったんです。たまに食べ物を差し入れてあげるようになってね。……聡くんは泣きながら、今の暮らしが辛いってあれこれ話してくれました。それを聞いているうち、私も竹下さんちの事情に詳しくなってしまったんですけど」

いわゆるヤングケアラーとして、聡は祖父の面倒を見ていたわけだ。ほかに相談する相手も見つからず、彼は家庭の事情を瀬名に打ち明けたのだと思われる。

兼蔵は家でほぼ寝たきりの生活だったが、それでも酒を飲み続けていた。生活費としては母親が渡してくれる現金と兼蔵の年金、あとは兼蔵の貯金が頼りだった。

聡は二年半ほど、おむつや食事について祖父の世話をした。最後の半年ほどは母も当てにならず、ひとりで何もかもしなければならなかったわけだ。ところが兼蔵は感謝するどころか、聡に対してひどい暴言を吐き続けたという。

「すぐお隣でしょう。お祖父さんの声がよく聞こえるわけですよ。『馬鹿野郎、誰のおかげで飯が食えると思ってるんだ』とか『黙って言うことを聞け』とか『おまえは俺が死ねばいいって言うのか』とか……。世話をしてもらっているのに、それはないだろうと思いました。あれじゃ聡くんがかわいそうですよ」

思い出すだけでも辛い、という顔で彼女は言う。

ここで藤木は、ひとつ別の質問をした。

「ときどき女の人が来ていませんでしたか？　あの家をじっと見ていた人……」

すると瀬名は、何かを思い出したようだ。

「ええ、見たことがあります。私が気づいたのは三、四回だったかな。塀の外から家を覗くような感じで……」

しめた、と藤木は思った。これもまた大きな手がかりだ。相沢の供述を裏付けてくれる情報だと言える。

「どんな感じの女性でした？」

「そう言われると困るんですけど……。中年の女性のようでもあったし、もう少し若かったような気もするし。女の人って、お化粧でも印象が変わるじゃないですか」

「いつ見かけたか、正確な日はわからないですよね」

念のため訊いてみた。すると瀬名は家のほうを振り返って、

「昔の日記に書いてあるかもしれません。こう見えて私、けっこう几帳面なので」

「確認していただくことはできますか？」

「古いのは物置に入ってるんですよ。あとで探してみますね」

捜査本部の電話番号を渡して、見つかったら連絡をくれるよう依頼した。

そこへ、遠くから緊急車両のサイレンが聞こえてきた。あれは救急車だ。どこかで怪我人か急病人が出たのだろう。そのサイレンを聞いて、瀬名ははっとした表情になった。

「今思い出したんですけど、一度、兼蔵さんがすごく息苦しそうになったことがあったんです」

「いつごろですか？」と藤木。

「ええと、十四年前だったかな。日にちはしっかり覚えていますよ。たしか十二月二十日、夫の誕生日の翌日でした。清美さんが出かけているとき、『お祖父ちゃん大丈夫？』なんて声が聞こえてきたものだから、竹下さんちへ様子を見にいったんです。兼蔵さんがぜいぜいいっているのを見て、これは大変だと思いました。救急車を呼ぶよう聡くんに言ったんです。……結局、誤嚥性肺炎だったようですね。ほかにも持病がいろいろあるから、本当はじっくり入院するべきだったんですよ。でも兼蔵さんは一週間ぐらいで退院してきました。あんな金儲け主義の病院にはいられない、なんて言って」

様子が目に浮かぶようだった。藤木の中には頑固で聞き分けのない老人像がはっきり出来上がりつつある。

「さすがに入院の手続きは清美さんがやったみたい。兼蔵さんが病院にいる間、聡くんは久しぶりにゆっくり眠れたと思うんです。でも、じきに戻ってきたでしょう。ほっとしたあとにまた嫌なことが始まるのって、すごく辛いじゃないですか。聡くんは絶望的な気分になったんじゃないですかね。

退院してからは兼蔵さんの暴言が一段とひどくなったようでした。だってそれまでずっと我慢してきた聡くんが、夜中に怒鳴ったりしていましたからね。……なんとかしてあげたかったけど、うちはうちでそのころ、夫の母親を引き取るかどうかで揉めていたんです」

揉めていた時期を思い出したのだろう、瀬名は小さくため息をついた。

藤木はメモ帳のページをめくった。

「そしてその翌年、今から十三年前に事件が起こりましたよね。兼蔵さんと聡くんがいなくなってしまった」

「そうなんです。ええと……警察の人にいろいろ訊かれたから覚えていますけど、たしか六月四日のことでした。私は夫と大喧嘩をして家を出たんです。何時間かカラオケ店で歌っていました。夫はむしゃくしゃして飲みに行ったと、あとで話していました。

私が家に戻ったのは夜十一時ごろだったと思います。竹下さんの家の明かりは消えていました。翌朝もお隣からは何の声も聞こえませんでした。聡くんはそのとき中学三年生です。気になったので、いつも聡くんが中学校から戻ってきている午後五時過ぎ、竹下さんちの玄関を開けてみました。声をかけてみたけれど返事はありませんでした。

それまでにも入ったことはあったので、靴を脱いで上がらせてもらいました。奥の和室に兼蔵さんはいなかった。聡くんの姿も見えませんでした。でも和室の絨毯が血だらけだったんです。私はすぐに警察を呼びました。……捜査の人たちがやってきて、いろいろ調べてくれました。連絡を受けて家に戻ってきた清美さんも、警察から事情聴取を受けていました。兼蔵さんはともかく、聡くんがいなくなったと知って清美さんは取り乱していましたね。警察は捜査をしてくれたんですが、兼蔵さんと聡くんの行方はわかりませんでした。それっきりです。あれから今日まで、ふたりともどこにいるのかわからないんです」

「清美さんはどうなったんでしょうか」

「二年ぐらい経って、どこかへ越していきました。詳しいことはわかりません」

東大和事件について、彼女はそのように証言してくれた。

秀島が鞄から資料のコピーを取り出した。そこには、白骨遺体のそばにあった腕時計が写されている。

「この腕時計に見覚えはありますか？」

瀬名はコピーを真剣な目で見つめたあと、深くうなずいた。

「兼蔵さんがこういう時計を嵌めていました。お気に入りだったみたいで」

これで、あの白骨遺体が竹下兼蔵のものだという可能性が高まった。あとは歯の治療痕やＤＮＡ型などで最終的な判断が行われるだろう。

あとは孫の聡の行方だ。藤木は瀬名に質問してみた。

「聡くんの行き先ですが、今考えてみて何か手がかりになりそうな情報はありませんかね。小学校時代、中学校時代の友達の家とか」

「ごめんなさい、そこまではちょっと……」

「中学三年生ということは、誕生日を過ぎれば十五歳の年ですよね」藤木はメモ帳に目を落とす。「すると、今は二十八歳か……」

「そうですね。彼がまだ生きていれば」秀島が小声で言った。

その言葉を聞いて、藤木はぎくりとした。たしかにこれだけ失踪期間が長いとなると、すでに死亡している可能性は高い。事実、兼蔵のほうはあの白骨遺体になってしまったと考えられる。いくら凍結事案捜査班が力を尽くしても、亡くなった人を見つけて当時の事情を明らかにすることはできない。

あらためて、こうした事件を調べることの難しさを実感した。

捜査協力への礼を述べて、藤木たちは玄関から離れようとした。そのとき、慌てた様子で瀬名が話しかけてきた。

「私、できる限り捜査には協力します。だから聡くんを見つけてあげてください。これからも、知っていることは何でもお話しします。だから聡くんを見つけてあげてください。本当にかわいそうな子だったんですよ。生きていたとしても、亡くなっていたとしても、どうか見つけてあげてください」

瀬名は拝むようにして手を合わせた。

聡と家族の間にはさまざまな確執があったに違いない。気の毒な子だと藤木も思う。

──でも、隣人には恵まれていたんだな。それだけは救いか。

もう一度瀬名に頭を下げる。それから藤木と秀島は路地を歩きだした。

2

聞き込みの途中、公園のベンチで情報を整理することにした。

秀島がハンカチで座面を拭こうとするのを制して、藤木はすぐに腰を下ろす。ポケットからメモ帳を取り出し、最新の情報で人物相関図を修正した。

×遠藤哲郎（面識あり）……【西大井事件】12／2廃屋で刺殺、皮膚に血液　★盗聴器の部品

相沢功治（弟分）……【練馬事件】13年前、捜査中に行方不明　★小岩で発見

×青沼裕也（兄貴分）……【練馬事件】13年前、資材倉庫で絞殺　★廃工場に出入り？

×竹下兼蔵（死体遺棄）……【日野事件】13年前、死体遺棄　★腕時計、地図、写真

竹下聡（殺害？）……【東大和事件】

女性（殺害？）……【東大和事件】

「相沢功治の供述が補強されたな」藤木はメモ帳を指差しながら言った。「東大和事

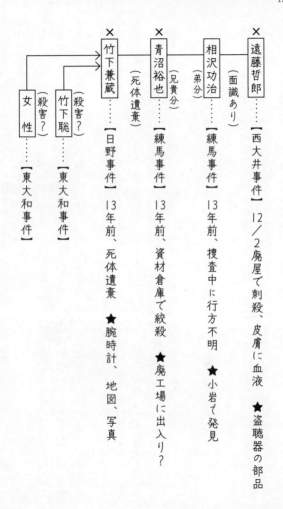

件で殺害されたのはおそらく竹下兼蔵さんだ。犯人は孫の竹下聡か、あるいは家を覗いていた女性。正体はまだわからないが……」

「青沼はその女性を尾行していて、図らずも東大和事件の発生を知ってしまった。ゆすりのネタにするため、青沼は兼蔵さんの遺体を日野市の廃工場に運んで隠した。……よくそんなことをしたものだと驚きますが、そこまで徹底するのが青沼という男の特徴だった、ということでしょうか」

「そこまでやってしまうから、犯罪者仲間の間でも嫌われていたんじゃないかな。たぶん敵も多かったに違いない」

藤木は、古物商の新谷への聞き込みを思い出していた。新谷は「青沼はやり方が汚かった」とか「あいつを恨んでいた人は多いと思う」などと話してくれた。青沼に煮え湯を飲まされた関係者は多かったのだろう。

ポケットからスマホを取り出して、藤木は大和田係長に架電した。

「はい、大和田……。藤木さん、捜査の状況はどうですか？」

「竹下家の隣人から詳しい話が聞けました」

先ほど入手した情報をかいつまんで報告する。大和田は相づちを打ちながら聞いていたが、やがてこう言った。

「わかった。その瀬名という隣人の証言について、裏が取れるかこちらでも確認してみます。少し時間をもらえますか」

「了解。俺たちは捜査を続けますので」

一旦電話を切り、藤木と秀島は近隣で話を聞いて回った。最近越してきた住民は別として、以前から住んでいる人たちは竹下家のことをいろいろ話してくれた。

総じて、竹下家の印象はよくなかった。兼蔵は病気で寝込む前からずっと酒乱気味で、酔って大声を出したり、近所の人に絡んだりすることがあったという。一般に、住宅街で騒ぐ者がいても、声が響いてしまってどこの家とは特定しにくいものだ。しかし兼蔵の場合は特別だった。普段から彼に関してよくない噂が多く、夜中に酔って騒ぐのは竹下さんちのお祖父さん、というふうに知れ渡っていたそうだ。

その一方で、孫の聡がヤングケアラーとして世話をしていたことは、あまり知られていないようだった。

「竹下さんのことですか」

一本裏の路地に住む主婦は、顔を曇らせて証言した。

「大声を出していたのは兼蔵さんだって、噂で聞いていましたよ。でもお孫さんのことを知ったのは、刑事さんが訪ねてきたときです」

「十三年前のことですね？」

「ええ、病気で寝たきりだったお祖父さんと、孫の男の子が行方不明になったといってね。そのとき初めて、お孫さんが世話をしていたことを聞かされたんです。そうとわかっていればねえ、行政がなんとかできたかもしれないのに」

たしかに、そんな状態であれば役所に相談するとか、民間の団体に助けを求めるとかするのが普通かもしれない。だが兼蔵が他人の出入りを嫌っていたから、中学生だった聡には何もできなかったのだろう。

聞き込みをするうち、徐々に気が滅入ってきた。

「聡くんがひとりで苦労していたことは、ほとんど知られていなかったんだな」

「まあ、仕方ないと思いますよ。そういうものですから」

秀島の言葉を聞いて、藤木は意外に思った。

「冷たいことを言うじゃないか。子供がひとりで困っていたというのに」

「いや、みんなそこまで知らなかったわけだし……」

「兼蔵さんが酒乱だってことは、かなり広まっていたみたいだぞ」

「それは近隣住民に共通する問題だったからでしょう。たぶんこのへんでは、夜中に騒ぐ兼蔵さんの声にみんな迷惑していたんです。彼の大声が何よりの悩みだったんじゃないですかね」

「まあ、それはわかるけどさ」

藤木が不機嫌な声で言うと、秀島はこう続けた。

「ごみ出しのときなんかに近所の人同士、そのことを話していたんじゃないでしょうか。あれは竹下という家のお祖父さんらしいですよ、と。それは困ったわねえ、なんとかならないかしらねえ、と。でもそこまでだった。わざわざ竹下家を訪ねて文句を言う人はいなかったでしょうし、まして家庭の事情に首を突っ込むような人はいなかった」

「隣の瀬名さんは助けてあげていたじゃないか」

「あれは仕方なく、でしょう。すぐ隣だから声が聞こえて、事情がわかってしまった。放っておけば兼蔵さんがまた騒ぐだろう。だから聡くんにいろいろアドバイスをしてあげたわけです」

「食べ物の差し入れもしたと言ってたぞ」

「何か食べさせれば、兼蔵さんがおとなしくなったからだと思いますよ」

「……すべて打算の上だったということか？」

「打算とまでは言いませんが、できる範囲で対応したということでしょう。誰だってよその家庭に首を突っ込みたくはないはずです。瀬名さんの場合はすぐ隣だから、介入せざるを得なかった。決して、好きでやっていたわけじゃなかったはずです」

身も蓋もない考えだな、と藤木は思う。

自分は瀬名から話を聞いて、人情味のある女性だと感じた。迷惑だと思っていたとしても、事情を知って手助けせずにはいられなかったのではないか。

「俺は、秀島とは違う意見だよ。瀬名さんはごく自然に、聡くんを助けてあげていたはずだ。お祖父さんの世話で大変だとわかっていたんだから」

「昭和の時代と違って、人間関係は希薄だったと思うんですが」

「まあいいよ。君は若いから、介護をする人間の気持ちはわからないんだろう」

藤木がそう言うと、秀島は黙り込んでしまった。しばらく思案する様子だったが、やがて彼は小さく咳払いをした。

「……すみません、そこまで気が回りませんでした。藤木さんは自宅で奥さんの介護をなさっていたんでしたね」

「ああ、そうだ」

「大変だったんでしょうね。僕はそういう経験がなかったもので……」

ばつの悪そうな顔をして秀島は言う。そんな彼を見ていると、藤木のほうも急に居心地が悪いような気がしてきた。

「いいよ。気にしないでくれ。俺が勝手に、聡という子に同情してしまっただけだ。本来、警察官が事件の関係者に感情移入すべきではないんだよな。それはわかっている」

わかってはいるのだが、聡のことが気になって仕方がないのも事実だ。

「どうも難しいものですね」秀島は声を低めて言った。「藤木さんにとって、この事件を調べるのはきついんじゃありませんか?」

「正直に言って、かなりきついよ」藤木はうなずいた。「でも、だからこそ俺が調べなくちゃいけないんだ。聡という子を見つけられるのは、俺だけじゃないかという気がする」

共通するのは介護という一点だけだ。しかし、それこそが大事なのだと思えた。自分には聡を見つける義務がある。そんなふうに、藤木は勝手に解釈をしている。

ポケットの中でスマホが鳴りだした。

液晶画面を見ると、大和田係長からだった。

「はい、藤木です」

「竹下兼蔵の経歴がわかりました。十三年前は刑事部だけで調べていたのでわからなかったんですが、今回は公安部から情報が得られました。竹下兼蔵は以前、東革のメンバーだったそうです」

「本当ですか。……そういえば西大井事件の現場に残されていたのは、東革がよく使っている盗聴器の部品でしたね」

「ええ。でも西大井事件の被害者・遠藤哲郎は、東革とは無関係だとわかっています。ということは遠藤を殺害した犯人が、東革と何らかの関わりがあるのかも……」

「東革をよく調べろという犯人からのメッセージですかね。あるいは十三年前に死亡した竹下兼蔵が、遠藤哲郎と何か関係があったとか?」

「……そういう可能性もありますね」電話の向こうから、資料のページをめくる音が聞こえた。「三鷹市に、元東革のメンバーで前山毅郎《まえやまたけろう》という男がいます。訪ねていって情報収集してもらえませんか。警察には協力的な人物で、いつでも話を聞けるようです」

「元東革のメンバー……。公安のエスだった男ですか?」

「いや、スパイではないらしい。引退後に警察との関係ができたとかで……。資料はメールで送りました」

「了解です。とにかく行ってみますよ」

電話を切って、すぐにメールを開いてみる。前山の住所が記載され、顔写真が添付されていた。

話を聞いて、秀島はスマホの地図アプリを起動した。場所を確認したようだ。

「三鷹駅からそう遠くはないですね。急ぎましょう」と秀島。

藤木たちは足早に、最寄りの駅へと向かった。

ＪＲ三鷹駅から徒歩約七分。住宅街の一画にその木造アパートはあった。

二階の手前から三番目が目的の部屋だ。表札を見てから、藤木はチャイムを鳴らした。

「どちらさん？」インターホンから男の低い声が聞こえてきた。

「藤木といいます。連絡が行っていると思いますが……」

返事はない。どうしたのかと様子を窺っていると、じきにドアが開いた。

ニット帽を被り、厚手のジャンパーを着た男が顔を出した。右耳の下に古い切り傷がある。先ほどメールで顔写真を見た人物だ。

「あ……。前山さん、どこかへお出かけですか？」

藤木が訊くと、男は自分の服装を見て「いや、別に」と首を横に振った。

「出かける用はないよ。まあ、入りな」

前山はくるりと背を向け、屋内に戻っていく。藤木たちは靴を脱ぎ、上がらせてもらった。

間取りはおそらく2DKだろう。入ってすぐの部屋は台所で、四人掛けのテーブルには新聞や雑誌、スーパーのレシートなどが無造作に置かれていた。男のひとり暮らしはこんなふうになりがちだ。人が来ることを想定していないから、部屋の中は散らかり放題になる。自分の家も似たようなものだった。

椅子を勧められ、藤木と秀島は並んで腰掛けた。その向かい側に前山が座った。

「警視庁捜査一課の藤木です」

「秀島です」

藤木たちは警察手帳を呈示した。前山は興味なさそうに一瞥しただけだ。

このときになって藤木は気づいた。前山は暖房を使っていないようだ。真冬ではないものの、十二月に入っている今、ストーブもエアコンも使わないことには違和感がある。

藤木の様子を見た前山は、先回りするように言った。

「悪いな。いろいろ節約しているもんでさ」

なるほど、と藤木は思った。それで前山は、家の中でも厚手のジャンパーを着ていたのだ。

「今年から来年にかけて、暖冬らしいですね」

藤木がそう言うと前山は、ふん、と鼻を鳴らした。

「暖冬だからって、我慢にも限度があるけどな」

「今はまだ大丈夫なんですね？」

「ストーブなんてのは一度使い始めると癖になる。年内はこの恰好で頑張るつもりだ」

前山はにやりと笑った。上の前歯が一本欠けているのが見えた。また、下のいくつかの歯には茶色い汚れが付着している。おそらく歯科医院に行く余裕もないのだろう。

鞄のファスナーを開いて、藤木は資料ファイルを取り出した。

「前山さんは東革――東アジア革命武装戦線のメンバーだったそうですね」

「やめてから十年になるかな。今はもう革命だなんだっていう時代じゃないからな。……それに、俺も歳をとった」

資料によれば前山は現在七十四歳。十年前、六十四歳で活動をやめたということになる。

「警察に協力するようになったのは、そのあとですか」

「そうだ。公安もよく見ているよな。俺が東革を抜けた途端に接触してきた。知っていることを話してくれと言うんだ。やめたんだから、もう義理もないだろうってな。……ずいぶん都合のいい話だと思わないか」

「でもあなたは協力したわけですね？」

藤木が訊くと、前山は椅子の背もたれに体を預けた。しばらく何かを考える様子だったが、じきに彼は尋ねてきた。

「東革の今のメンバーの平均年齢を知っているか」

そこまでは資料にも書かれていない。藤木は隣にいる秀島の顔をちらりと見た。彼も詳しくは知らないようだ。首をかしげながら秀島は口を開いた。

「そう若くはないでしょうね。五十代というところですか？」

「五十代の後半だよ。最近の若い奴はテロどころか、デモにもストライキにも興味がない。結局、年寄りの活動家が集まって昔話に花を咲かせるばかりだ。いずれは老人ホームみたいになるだろうな」

「前山さんはそんな組織に幻滅した、と……」

「気がついたら独身のままこんな歳になっちまった。さすがに考え方も変わるさ。なあ、人間っていうのは変わっていくものだろう？」

なるほど、と言って秀島は神妙な顔をする。

「秀島さんといったっけ？　あんただっていずれ変わるよ。警察の仕事なんかやってられるか、と思うときが来るかもしれない」

「まあ、そうかもしれませんね」

「そっちの……ええと、藤木さん？　あんたならわかるだろう。こんな仕事、辞めたいと思ったことがあるよな、絶対」

そう問われて藤木は戸惑った。妻のことがあって半年以上休職したが、その間、たしかに何度か退職しようと考えたのは事実だ。

「おっしゃるとおりですよ」藤木はうなずいた。「昔は、定年まで続けるのは当然だと思っていた。でもこの春その考えが変わって、もう辞めようと思うようになりました。ところが最近また考えが変わって、やっぱり続けようかと」

「そういうのを優柔不断って言うんだよ」

言いながら前山は笑った。欠けた前歯がまたちらりと見えた。

そのとき、藤木のポケットでスマホが振動した。誰かから着信があったようだが、しばらくすると振動は止まった。あとで発信者を確認することにしよう。

咳払いをしてから藤木は本題に入った。

「竹下兼蔵さんをご存じですよね。同じ東革のメンバーだった人です」

「……竹下さんは十何年か前から行方不明だな。俺のちょうど十歳上だから……生きていれば今は八十四歳か」

「その竹下さんが、遺体で発見されたようなんです」

驚くだろうと思ったが、藤木の言葉を聞いても前山は平然としていた。

「なるほどね。それで俺のところへ話を聞きに来たわけか」

「以前の竹下さんはどんな感じでしたか」

「職人っぽい人だったよ。東革は極左団体だったから、昔は爆破事件なんかも起こしていた。竹下さんは技術面で活動をサポートしていたんだ。爆発物や無線機、盗聴器を作ってくれた。その一方で、鍵や書類の偽造にも詳しくてね。いろいろ世話になったもんだ」

藤木は考えを巡らした。

西大井事件の被害者・遠藤哲郎の遺体のそばには、盗聴器の部品が置かれていた。犯人は竹下兼蔵を知っていて、彼に罪をかぶせようとしたのだろうか。そうだとすると、犯人は竹下が十三年前に死亡しているのを知らなかった、ということか。

「竹下さんが活動をやめたのはいつでしたか」藤木は尋ねた。

「俺がやめる六年前だから、今から十六年前だな。あの人は技術があったから、歳をとっても引き留められてずいぶん長く活動していたんだ。でも六十八歳のときだったかな、体を壊して東革をやめた。もともと酒を飲みすぎだったから仕方がないところもある。病気が悪化して、足腰も悪くなって、ほぼ寝たきりになったと聞いた」

話がうまく繋がった。六十八歳でほぼ寝たきりになった兼蔵は、息子の妻である清美や孫の聡に介護されるようになった。そして三年後、今から十三年前に行方不明になったというわけだ。

「前山さんは東革をやめたあと、竹下さんとは一度も会わなかったんですか」

「会わなかったな。ただ……人づてに聞いたことがある。竹下さんは息子の嫁さんにちょっかい出していたらしいよ」

え、と言ったまま藤木は黙り込んでしまった。想像もしなかった生々しい話だ。

「それはいったい、どの程度の……」

戸惑いながら藤木が尋ねると、前山は口元に笑みを浮かべた。

「あんたが考えているようなひどい話じゃないよ。竹下さんがちょっかいを出したのは、体が悪くなったあとだからね。ほら、入院患者が女の看護師にセクハラするような、あんな感じだと思う。ただ、やられる側からすると嫌だっただろうし、許せなかっただろう。ただでさえ介護が大変なのに、なんでこんなことをされなくちゃいけないんだってな」

まったく竹下兼蔵という男はろくなことをしない。彼の行動のせいで清美が夜も家を空けるようになり、聡の負担が大きくなったのではないだろうか。

「ほかに覚えていることはありますか?」秀島が尋ねる。

「そうだなあ」前山は記憶をたどる表情になった。「……まだ俺も竹下さんも東革にいたころだけど、あの人、子供が嫌いだ、みたいなことを言ってたよ。孫の男の子が可愛くないとか、好きになれないとか、そんなふうにね。孫にはずっときつく当たっていたみたいだな。あいつを見ているとイライラする、なんてことまで言っていた。まだ子供なのに、孫もかわいそうだよなあ」

しみじみした口調で前山は言う。彼から見れば、家庭を持っていた竹下は羨ましい存在だったのではないか。ほかにも東革の中で結婚していた者はどれくらいいたのだろう、と藤木は考えた。

「昔は、俺たちの活動で世界を変えるなんて息巻いていたけどね」前山は小さくため息をついた。「テロ活動なんかしたって、あとには何も残らないよ。市民の支持も得られないし、すっかり時代遅れだ。自分がしてきたことを思い出すたびに虚しくなる。たぶん、東革に関わった人間はみんな後悔しているんじゃないかな」

あらためて藤木は目の前の老人を見つめた。人生の大部分を左翼活動に費やした結果、家族も持たずにこの歳になってしまった。その上、暖房費を節約しなければならないし、歯の治療もできずにいるのだ。

ただ、それを憐れむべきかどうかは判断できなかった。他人の人生を評価できるほど、藤木は立派な人間ではない。自分はそんな資格を持ってはいない。

そのほかいくつかの質問をしてから、藤木たちは前山に礼を述べた。

アパートを出て、藤木はスマホの液晶画面を確認した。

先ほど架電してきたのは大和田係長だった。階段を下りたところでコールバックする。じきに相手が出た。

「藤木さん、まずいことになった」

大和田の声には、普段の落ち着いた印象がなかった。ひどく緊張しているように感じられる。

「いったい何です?」

「警視庁本部から緊急連絡があったんですよ。足立区綾瀬で殺しです」

「綾瀬で事件……ですか?」

自分たちの捜査本部があるのは品川区の大井警察署だ。なぜ無関係な足立区の件で緊急連絡が入ったのだろう。そして、なぜ大和田はこれほど慌てているのか。

「被害者はベッドに縛り付けられていたそうです」大和田は言った。「西大井事件との共通点がみられます。至急、現場の確認が必要だ。綾瀬に向かってもらえませんか」

ぎくりとして藤木は眉をひそめた。

つまりそれは、同一人物の仕業ということだろうか。まだ西大井事件の解明はおろか、練馬事件、東大和事件の捜査も進んでいない。そんな中、新たな事件が起こってしまったということなのか。

呼吸を整え、スマホを握る手に力を込めた。

「了解しました。現場へ急ぎます」

電話を切ってから、藤木は相棒のほうを向く。

秀島は事情を察したらしく、真剣な顔をして深くうなずいた。

3

電車を降りて、藤木と秀島は綾瀬駅の南側に向かった。

焦りが出て、ふたりとも徐々に急ぎ足になってくる。辺りは民家の建ち並ぶ住宅街だ。庭先で洗濯物を干す女性、ベビーカーを押して歩く若い母親などの姿が見えた。

角を曲がると、行く手に警察車両が何台か停まっていた。

制服の警察官や私服の捜査員、活動服姿の鑑識課員などが集まっている。彼らが出入りしているのは二階家で、店舗と住居を兼ねたものらしい。一階部分にすりガラスを嵌めたドアがあり、《喫茶タカヤマ》と書かれていた。あれが現場だろう。

近づいていくと、建物にはあちこちガタがきていることがわかった。雨樋は外れてしまっているし、店舗にある窓は汚れ、何枚かガラスが割れていた。壁にはラッカースプレーでいたずら書きされた意味不明な記号がある。

足を止めて店を観察していると、覆面パトカーのほうから声をかけられた。大和田係長が右手を上げているのが見えた。

「お疲れさまです」藤木は目の前の廃屋を指差した。「かなり古い建物ですね」

「厄介なことですよ」うなずきながら大和田は言った。「最近は都内でもこういう建物が増えている。犯罪者にとっては好都合な場所でしょう」

藤木は辺りを見回した。少し離れたところで、近隣住民たちが不安げに様子を窺っている。写真を撮っている若者や、腕を組んで難しい顔をしている男性、何かささやき合う女性たちがいた。

彼らの中には、以前からこの建物を気にしていた人がいるのではないか、と藤木は思った。おそらくこの建物は数年、いや、もしかしたら十数年の間、廃屋となっていたのだろう。人の出入りがない建物は犯罪に利用されやすい。そう危ぶんでいたところへ、実際に今回の事件が起きてしまったのではないだろうか。

「すみません、遅くなりました」

そう言いながら岸がこちらに近づいてきた。うしろには石野もいる。彼女は藤木に気づいて会釈をしてきた。うん、と藤木はうなずいてみせる。

「こいつはまた、うってつけの場所だ」岸は建物を見上げた。「最近こういうのが多いですからね。まずいですよねえ」

岸は大和田と同じようなことを言った。現場を知る警察官にとって、それは共通の認識なのだ。

元喫茶店のドアは開け放たれている。そこを出入りする捜査員たちを見ているうち、藤木は知り合いの姿を見つけた。

「玉井《たまい》、ちょっといいか」

鑑識課の活動服を着た、三十代後半の男性だ。小太りで温厚そうな人物だった。

「あれ、藤木さんじゃないですか」

玉井由紀夫《ゆきお》は進路を変えて、こちらにやってきた。懐かしそうに藤木を見たあと、少し顔を曇らせた。

「奥さんの件は、本当に何と言ったらいいか……」

「ああ、気にしないでくれ。それより、事件現場を見せてもらえないかな」

「藤木さんたちは大井署の捜査本部に参加しているそうですね。どうぞこちらへ」

先に立って玉井は歩きだす。藤木は大和田に向かって、行きましょう、と目で合図をした。それから両手に白手袋を嵌めた。

藤木は玉井とともに古い建物の中へ入っていく。秀島と大和田がそれに続き、岸、石野もあとについてきた。

元喫茶店のフロアはこぢんまりした造りだった。カウンター席が五つ、テーブル席が三つという構成だ。住宅街にある店だから、客は近隣住民ばかりだったのだろう。そうであれば、この規模でも席は足りていたのだと思われる。

喫茶フロアを通り、玉井は住居スペースに案内してくれた。廊下の途中にいくつかドアがあり、ひとつが大きく開かれている。

血のにおいがした。

そこは六畳相当の洋室だった。右手の壁に、ほとんど空になった書棚がひとつ。反対側、左手の壁際にはベッドがある。マットレスの上に人の姿があった。

女性が仰向けの状態で横たわっていた。両手を大きく広げている。左右の手首にはロープが結ばれ、その先はベッドの脚に縛りつけられていた。これでは上体を起こすこともできなかったはずだ。

被害者は紺色のスカートを穿き、ベージュのシャツと茶色いカーディガンを着ていた。だがシャツとカーディガンはボタンをすべて外され、左右に開かれた状態だ。そして露出した腹部から胸、さらに顔までが血で真っ赤になっている。西大井事件の被害者と同じ状態だった。

藤木はベッドのそばに行くと、女性の創傷部分を観察した。

腹を刺されたのだろう、出血がひどかった。大量の血液と、漏れ出した尿とでシーツが汚れている。いや、シーツだけではないようだ。腰の下に、大きさはバスタオルほど、色は薄緑の防水シートが敷かれていて、それも汚れているのがわかった。

妙だな、と思った。西大井事件のとき、遠藤哲郎も同様にベッドに縛りつけられていたが、あのときは防水シートなど敷かれていなかったはずだ。

「この被害者、口に何かを詰められているんです」

そう言って玉井は女性の顔を指し示した。藤木たちはベッドを取り囲み、被害者の顔に注目する。

その中年女性は何かに怯えるように目を見開いていた。そして歯科治療を受けるときのように、口を大きく開けている。玉井の言うとおり、口いっぱいに何かが詰め込まれているのがわかった。白い粉だ。

「いったい何だ、この粉は」

小麦粉のようにも見えるが、一部が唾液で濡れてドロドロになっている。半透明になった部分もある。

「先ほどわかったんですが、これは片栗粉ですね」

「片栗粉？　なんでそんなものが……」

藤木は眉をひそめ、首をかしげる。岸と石野も腑に落ちないという様子だ。

そのとき、秀島が急に大きな声を出した。

「この人！」

どうした、と藤木は相棒に問いかける。秀島は真顔になってこちらを見た。信じられないという表情だ。

「この女性、菅野栄子さんじゃないですか？」

「菅野って……えっ？」

藤木はあらためて女性の顔を見つめた。そして秀島と同様、驚きの声を上げた。

「本当だ。……ちょっと待ってくれ。なぜこの人が」

顔まで血まみれだったから、すぐには気がつかなかった。

昨日、亀戸のスナック愛で会った女性オーナーだ。聞き込みをするなら何か注文してくれと笑っていた人物。明るくて、人好きのするタイプの女性だった。あの菅野がどうしてここで死亡しているのか。

「知っている人なんですか？」

鑑識の玉井が怪訝そうに尋ねてきた。秀島はこくりとうなずく。

「昨日の夕方、聞き込みで会った人です。名前は菅野栄子。亀戸でスナックを経営しています」

「それが、なんでこんな場所にいるんだ」と岸。

「わかりません。僕にもまったくわからない……」

普段冷静な秀島も、今は動揺を隠せずにいるようだった。

昨日藤木たちがスナック愛を出たのは午後五時半ごろだった。そのあと菅野はどんな行動をとったのか。着替えをしたようだから、人と会うために出かけたことは間違いないだろう。

彼女は誰かに恨まれていたのだろうか。いや待て、と藤木は思う。それよりも気になることがある。

「菅野さんは、遠藤哲郎とどんな関係だったんだろうか」

「ええ、それを考えなくてはいけませんよね」秀島は唸った。「遠藤さんと同じような形で殺害されていた。……ということは、同じように犯人に恨まれていたのかもしれない」

昨日菅野に遠藤の写真を見せたときは、知らないということだった。だが相沢の供述を信じるなら、それは嘘だ。菅野には、何か警察に話せないような事情があったのだろうか。

ベッドサイドテーブルを見ていた石野が、みなを呼んだ。

テーブルには、上半身に血を塗るとき使ったらしい真っ赤なタオルがある。その横にミネラルウォーターのペットボトルと、半分ほど水の入ったコップが置かれていた。

「これ……水を飲ませようとしていたみたいに見えませんか」

石野の言葉を聞いて、岸は怪訝そうな顔をした。

「しかしこの女性の口は、白い粉でいっぱいだ。犯人が用意した水だったとして……まあ、そうとしか考えられないけど、奴はどういうつもりだったんだろう」

「水を見せたけれども与えなかった、とか？」石野が言う。

「被害者を苦しめるために、そうしたってことか？　一種の拷問かな。でも今は十二月だし、そんなに喉が渇くとは思えない」

「この女性は粉で窒息しそうな状態ですよね。水をほしがったのでは」

「ここまで粉を詰め込まれたんじゃ、ちょっとばかり水を飲んでも無駄なように思えるんだが……」

石野も岸も、真剣な表情で考え込む。

タオル、ペットボトル、コップのほか、テーブルには消臭剤のスプレー缶も置かれていた。特別なものではなく、ドラッグストアやスーパー、ホームセンターなどで普通に手に入る商品だ。

「犯人はにおいを気にしたんでしょうか……」石野が首をかしげる。

一歩中に入ったときから藤木も感じていた。血のにおい、それにわずかに混じった尿のにおい。だが遺体それ自体を片づけずに消臭剤を撒いてみても、あまり意味がないような気がする。

「もうひとつ遺留品がありました。ベッドの上、遺体の顔の近くに置かれていたんですが」

玉井はポケットからデジタルカメラを取り出し、ボタンを操作した。液晶画面に画像が表示される。

シーツの上に置かれた複数枚のカードが撮影されている。表面に知らない男性、女性の顔写真があった。運転免許証だ。

「これ、偽造されたものです」

「偽造免許証……」

待てよ、と藤木は思った。偽造といえば、ひとつ覚えていることがある。以前、東革のメンバーだった前山毅郎の証言だ。前山と同じく東革にいた竹下兼蔵は爆発物や無線機、盗聴器のほか、鍵や書類の偽造にも詳しかったという。

西大井事件で、遠藤哲郎の遺体のそばには盗聴器の部品が置かれていた。あれもまた、竹下兼蔵を示唆する品だ。

――やはり犯人は、竹下兼蔵を巻き込もうとしているんじゃないのか？

その竹下本人は十三年前に死亡していた可能性が高く、犯人はそのことを知らないのだと思える。あるいは、現場に竹下と関係のある品を置くことで、被害者への手向けにでもしているつもりなのか。

とにかくこの現場を見れば、西大井事件との共通点がよくわかる。被害者をベッドに縛りつけていたこと、腹を刺して殺害したらしいこと、上半身に血を塗っていたこと。それらの事実から、同一人物の犯行だと考えていいだろう。

犯人は第二の殺人事件を起こした。そしてそれは、過去の事件と結びついている可能性が高かった。

ドアのほうに人の気配があった。

目を向けると、そこに立っていたのは五係の真壁係長だ。

「凍結班か。別におまえたちは来なくてもよかったんだぞ」

渋い顔をして真壁は言った。機嫌がよくないのは、新たな事件が起こってしまったからだろう。この先、捜査はさらに難しくなることが予想される。

「いえ、我々も捜査本部に参加しているわけですから……」

眼鏡のフレームを押し上げながら大和田が言った。いくらか緊張しているのがわかる。

真壁は大きく咳払いをした。

「今起こっている事件は殺人班が担当している。おまえたち凍結班は過去の事件を調べてくれればいい。そういう分担だったはずだろう、大和田さん」

「おっしゃるとおりですが、しかし……」

大和田に加勢すべきかどうか、藤木は迷った。相手は捜査本部を指揮する真壁だ。何か意見するにしても、礼を失するような言い方だけは避けなくてはならない。

あの、と藤木が言いかけたとき、隣にいた秀島が口を開いた。

「真壁係長、木を見て森を見ないのでは、一連の事件は解決できないと思います」

「なに？」

硬い表情のまま、真壁は秀島のほうに視線を向けた。しばらく彼の顔を見ていたが、やがて、ふん、と鼻を鳴らした。

「秀島といったな。俺の捜査方針に不満があるのか」

「……不満はありませんが、不思議だな、とは思います。先日発生した西大井事件と十三年前の練馬事件、東大和事件は関係あることがわかってきています。だからこそ今、殺人班と凍結班が同じ捜査本部で活動しているんですよね？」

「最初は、相沢功治を捜すためにおまえたちを呼んだわけだがな」

「初めはそうでしたが、相沢の供述によって、それぞれの事件は切り離せないことが明らかになりました。だったら、大きな役割分担はあるとしても、情報の共有は必要だと私は考えます」

それはわかっている、と真壁は言った。

「しかし凍結班は未解決事件の専門部署だ。手を広げすぎると収拾がつかなくなるぞ。過去の事件だけ調べておけばよかった、とあとで言われても困る」

「ですが多くの場合、過去の事件がきっかけになって今の事件が起きています。恨みが犯行を引き起こすわけです。それを無視はできません」

「ああ、そうだよ」面倒くさそうに真壁は言った。「だから未解決事件を解決するための部署が出来たんじゃないか。おまえたちは目の前の仕事に集中して、結果を報告してくれればいいんだ。よけいなことはしなくていい」

これを聞いて秀島はかちんときたらしい。口調が強くなった。

「係長、よけいなこととおっしゃいますが、そもそも過去の事件が解決できなかったのが問題ではありませんか？　殺人班がしっかり解決してくれていれば、私たちが出てくる必要もなかったわけで……」

「何だと？」

真壁は険しい顔で秀島を睨みつける。これはまずいと感じて、藤木は秀島の腕を引っ張った。

「ちょっと待て。真壁係長に失礼だろう」

「しかしですね……」

藤木が相棒をたしなめている横で、大和田が深く頭を下げた。

「申し訳ありません」大和田は秀島に目配せをした。「おい、おまえもお詫びしろ」

「そうだぞ」藤木は秀島の背中を軽く叩いた。「ほら、早く」

まだ不満げな顔をしていたが、促されて秀島も頭を下げた。その隣で藤木も深く一礼する。

三人を順番に見て、真壁は小さく舌打ちをした。

「つまらんな。上に意見するなら覚悟を持てよ」

「おっしゃるとおりです。こいつにはよく言って聞かせます」と藤木。

「そうじゃない。簡単に詫びたりするなってことだ」

藤木たちは真壁の表情を窺った。彼は険しい顔で腕組みをしていた。

「やるんなら徹底的にやれ。秀島、おまえは自分が正しいと思っているんだろう？」

「それは……」

さすがの秀島も返答に困っているようだ。ここで本心を語ってしまっていいのかどうか、迷っているのだろう。

「言いたいことも言えないようじゃ面白くないからな」真壁は口元を緩めた。「秀島、おまえは遠慮せず、どんどん意見を言ったらいい」

「ありがとうございます」

「ただし責任は自分でとれよ。おまえがどうなろうと、周りの人間には関係ないんだからな」

「わかりました」神妙な顔をして秀島はうなずいた。

藤木はほっと息をついた。なんとかこの場は収まった。とはいえ、秀島をあとで諭しておくべきだろう。彼は、前にいた部署でも上司に楯突いて不興を買ったと聞いている。警察という組織で仕事を続けたいのなら、同じ過ちを何度も繰り返すな、と言い聞かせなくてはならない。

「話が長くなった」真壁はすぐに気持ちを切り替えたようだ。「今後の捜査方針を検討しよう。この現場を見て、凍結班から何か意見はあるか?」

「私から説明させてください」

藤木は自分たちの筋読みを真壁に報告した。手口から見て、同一犯の仕業だというのは間違いないだろう。そして、ふたつの現場に東革関係の品が置かれていたのは、竹下兼蔵を示唆する意図があったのではないか、と。

「もしそうだとすると、いったい誰がそんなことをしたんだ?」

真壁が真剣な目をして尋ねる。藤木は少しためらった。

「まだ想像の域を出ませんが……」

「かまわない。言ってみろ」

「孫の聡かもしれません。彼は子供のころ、竹下兼蔵の介護をしていたんです。遺体の上半身に血を塗ったのは、清拭《せいしき》を模していたんじゃないでしょうか」

「清拭というと……」

「寝たままの病人の体を、タオルなどで拭いてあげることです。犯人は水の代わりに、血液で体を拭いた。その結果、血を塗りたくるような形になったんじゃないでしょうか」

言いながら、藤木は裕美子のことを思い出していた。

ある時期まで、彼女は藤木の手を借りてシャワーを浴びていた。だが寝たきりになってしまってからは、ベッドの上で体を拭いてやることしかできなかったのだ。それでも妻は微笑を浮かべ、さっぱりした、気持ちがいいね、と言ってくれた。

犯人はその清拭を、血を使って行った可能性がある。実際に清拭を経験した藤木から見れば、信じられない蛮行だった。ひどく悪意のある行動だし、常軌を逸したことだと言える。

許せない、という思いがあった。清拭は、起きたくても起きられない人を対象とした大事なケアだ。それをこのような形で模したのは、患者や看護者、介護者への侮辱ではないか。そこに藤木は強い怒りを感じるのだ。

「よし、藤木の考えはわかった」真壁は言った。「参考にさせてもらおう。このあと殺人班は、現場周辺で情報収集を行う」

「我々はどうしましょう？」と大和田。

「凍結班は昨日、菅野のスナックを訪ねているんだよな？　このあとうちの捜査員と一緒に、店や住居を調べてくれ。関係者にも当たってほしい」

「わかりました。至急、捜索活動に入ります」

大和田は姿勢を正して答えた。

藤木たちは大和田の周りに集まり、作業の分担について打ち合わせを始めた。

4

亀戸駅から五分ほど歩いて、スナック愛に到着した。

今回の捜索メンバーは、凍結班から藤木・秀島組と岸・石野組の四名。また、捜査一課五係と大井署からも四名が参加して、合計八名での活動となる。

もともと西大井事件は捜査一課五係が指揮を執っていた。藤木たち凍結班は過去の事件を調べるのが仕事だから、あくまでサポート役だ。そういう立場だったから、今日これからの捜索も五係の指示に従うことになった。

「じゃあ、津田《つだ》がリーダーってことだな」

藤木は五係の刑事に声をかけた。

顔見知りの巡査部長で、名前は津田武《たけし》、歳は三十八だ。色白でインテリ風に見えるが、意外と我が強く、強情なところがあると聞いている。

津田はほかのメンバーを見回したあと、深くうなずいた。

「そうですね。うちのチーム四人の中では、自分が一番年上ですから」

藤木たちの任務はこのスナック兼住居を調べ、事件に関係ありそうな証拠品を見つることだ。重要な仕事だから、真壁係長は八人もの人員を充てたのだろう。

「じゃあリーダー、指示を出してもらおうか。誰がどこを調べる？」

スナックの建物を指差して、藤木は尋ねた。こちらのほうがはるかに年上だが、今は津田に従うべき場面だ。

「住居は我々が捜索します。凍結班は店舗のほうをお願いします」

「……店舗は調べるところも少ないから、じきに終わってしまうだろう。あとでそちらを手伝おうか」

藤木が提案すると、津田はすぐさま首を横に振った。

「作業の場所はしっかり分けておきましょう。そのほうがいいと自分は思います」

「そうか。うん、わかった」

一応納得したような顔を見せたのだが、正直に言うと釈然としなかった。店舗と住居なら、住居のほうに大事なものをしまっておくのが普通だ。そちらの捜索を担当し、藤木の手伝いを断るということは、要するに手柄を自分のものにしたいのだろう。

まだまだ若いな、と藤木は思った。だが、そういう功名心がなければ成果を挙げられないのも事実だ。昔の自分を思い出して、藤木はひとり苦笑いを浮かべた。

不動産会社から鍵を借りてきている。住居と店舗は中で繋がっているが、鍵は店の出入り口と住居側、二種類あるということだ。

藤木は白手袋をつけてスナック愛のドアを開けた。壁のスイッチを入れると、店内に明かりが点いた。

昨日訪問したときと同じ光景が目の前にあった。スツールの並んだカウンター、さまざまな料理が記されたメニュー、背後の棚に並んだ洋酒の瓶。だがカウンターの中に人影はない。昨夜そこに立って焼きおにぎりやピザトーストを作ってくれた女性は、今、冷たい遺体になってしまっている。

「嫌なことを考えたんだが」藤木は秀島のほうを向いた。「昨日、俺たちがこの店に来たせいで菅野さんが殺害された、ということはないかな」

「それは……」言いかけて、秀島は首をかしげた。「違うと思いますよ。菅野さんは遠藤哲郎とよく似た形で殺害されていました。犯人は事前に準備をしていたはずです。僕らが菅野さんに接触したかどうかは、あまり関係ないでしょう」

「そうか。だったら、少しは気持ちが楽になるな」

四人で手分けをして店舗の捜索を開始した。岸と石野はカウンターの中に入る。藤木と秀島は店の奥にあるレジの周辺を調べていった。仕入れ先の一覧や、料理に関するメモ、店の改装工事の見積もりなどが出てきた。

「これは、お客からもらったんでしょうか」

秀島が名刺フォルダーを掲げてみせた。彼がページをめくると、中には名刺が十数枚収めてあった。業種はさまざまで、食品メーカーの主任もいれば建設会社の課長もいる。中には雑誌編集者の名刺もあった。ここに来ていた客のうち、一部の者はこうして自己紹介をしていたのだろう。

「スナックで名刺を出す人って、こんなにいるんですね」

驚いたように秀島が言う。そうだな、と藤木はうなずいた。

「店のママにとって特別な客になりたかった、ということじゃないかな」

「下心があったってことですか？」

「いや、そういう客ばかりじゃなかったと思うよ。それより、菅野さんと個人的な話をしたかったとかさ……」

「なぜ個人的な話をするんですか。交際したいわけじゃないんでしょう？」

秀島はよくわからないという表情だ。諭すような調子で藤木は言った。

「歳をとると、話し相手がほしくなるんだよ。俺みたいにね」

「藤木さんの気持ちはわかります。奥さんのことがありましたから……」

「俺みたいな立場でなくても、ある年齢になると、誰かと喋りたくなるものさ。そうだよな、岸」

え、と言って岸は顔を上げた。彼は冷蔵庫を調べているところだった。

「たしかに、人と話したくなることはありますけどね」

岸は今四十四歳だ。藤木よりは年下だが、若いと言える年齢でもない。どちらかといえばこちら側の人間だよな、と藤木は思っている。

「でもまあ、俺の場合は勝ったら飲みに行くって感じですからね。ぱーっとやって、気持ちよく話せればＯＫです」

公営ギャンブルなどで勝ったときのことを言っているのだ。聞いた話だと、岸は勝った分を気前よく人に奢ってしまうという。明るく飲むのが好きらしいから、藤木が人恋しく思うのとは事情が違うのだろう。

中腰になっていた石野がこちらを向いた。小型の棚の中段、ファクシミリ付き電話機のそばを指差している。

「藤木さん、電話帳のそばに小さなアルバムがありました」

「見せてくれ」

彼女の手にあるのは、かつて写真店などでもらえたミニアルバムだ。一ページにサービス判の写真が二枚入るようになっている。

どうやら店の客たちを写したもののようだ。みな酔っていい気分になっているらしく、派手なポーズをとったり、大きく口を開けて笑ったりして楽しそうだった。中には菅野が客と一緒に写っている写真もあった。

ページをめくっていくうち、見覚えのある男性が現れた。髪の毛にはパーマがかかっている。眉が薄くて、酷薄そうな感じのする人物だった。

「……遠藤哲郎だ」

遠藤はカメラに向かってVサインを出している。その横には、こちらもVサインの菅野がいた。

岸や秀島も近づいてきて、その写真を覗き込んだ。本当だ、と秀島が言った。

「相沢の言ったとおり、遠藤はこの店の常連だったんですね」

「遠藤は暴力団の下働きをしていた。その関係で誰かの恨みを買ったんだろうな。菅野さんもそのことを知っていた。いや、もしかしたら彼女も一枚嚙んでいたのかもしれない」

藤木はさらにミニアルバムのページをめくっていく。最後に出てきた写真を見て、はっとした。

六十代ぐらいの男性と四十代ぐらいの女性。オレンジ色のごみ集積場の囲いのようなもの。白っぽい円筒形の物体。そして《液化》《火気厳禁》《立入禁止》の文字。

「あの写真じゃないか！」

「白骨遺体のそばで見つかったものですね。どうしてここに……」

秀島も眉をひそめて写真を見ている。もともとあの写真は何枚かあったのかもしれない。そのうちの一枚は菅野が持ち、別の一枚は白骨とともに隠されていたのではないか。そうだとすれば菅野は、竹下兼蔵の遺体を運んだ青沼裕也とも関係があったと考えられる。

「そもそも、この男女は何者なんですかね」秀島が言った。「男性のほうも女性のほうもフォーマルな服装です。どこかへ出かけるような感じに見える。でも背景が変です」

そうだよな、と岸が応じた。

「オレンジ色のごみ置き場みたいなものと円筒形の物体。《液化》に《火気厳禁》に《立入禁止》だろ？　危ないから中に入るなということだよな。火気厳禁ってことは、燃えやすいものがあるってことだ」

「そんな危ない場所に、なぜフォーマルな服装の人たちがいるのか……」石野も不思議そうな顔をする。「なんだか、ちぐはぐな印象です」

彼女の言うとおりだ。どうもこの写真にはしっくりこないものがある。会社かどこかに出かけるような男女。背後の建物はこのふたりの職場なのだろうか。あるいは何かの施設なのか。それはいいとして問題はやはり、ごみ置き場のようなものと円筒形の物体だ。なぜそんな危険なもののそばに彼らがいるのか。

あれこれ思案してみるが、どうしても行き詰まってしまう。

藤木は別のことを考え始めた。この男女の写真は白骨遺体の近くにあった。青沼が何かの目的で残したものだと考えられる。白骨遺体の正体は、おそらく竹下兼蔵で間違いないだろう。

竹下は極左団体・東革をやめて寝たきりになった。彼は病床に就いて、二年半ほど自宅で過ごした。家族は息子の嫁と孫の男の子だ。嫁のほうは出かけたまままあまり戻らなくなり、最後は中学生の孫に面倒を見てもらうようになった。

大変だっただろうな、と藤木は思う。その少年には心から同情する。

裕美子のことが頭に浮かんだ。介護の辛さは経験した者でなければわからない。決まった時間に薬をのませ、栄養をとるための点滴袋を交換する。ときどき顔や体を拭いてやり、尿や便のにおいがすれば紙パッド、紙おむつを取り替える。その間、譫妄《せんもう》状態にある妻の話につきあい、どうにか会話を成立させようと努力する。

そうだ、最後の一週間ぐらいは血中の酸素濃度が低くなって、酸素吸入をしていたのだ。胸には栄養を入れるチューブ、腹には痛み止めの強い薬を入れるチューブ、そして鼻には酸素を入れるチューブ。すでに寝返りも打てない状態だった。褥瘡《じょくそう》ができないよう、時折クッションで圧を抜いてやる必要があった。

人間、最後にはあんな姿になってしまうのだ。

痛みを訴える妻を見るのは辛かった。薬が効いて、静かに寝てくれているときは安心できた。最後のころ、仕事を休んで藤木はずっと妻のそばにいた。時間だけはあったから、ネット通販で取り寄せた看護の本を読み、介護の本を読んだ。医師が栄養の点滴の量を減らしたら、いよいよ終わりが近いのだと知った。

看護の本だったか介護の本だったかで、藤木は酸素濃縮装置について読んだ。裕美子のために用意されたものは、部屋の空気を圧縮して酸素濃度を高め、鼻から吸入させるものだった。だが病院で使われるのはもっと本格的な装置なのだろう。どれくらい差があるのか自分にはよくわからなかったが——。

そこまで思い出して、藤木ははっとした。妙なところから答えが見つかった。

「液化酸素ってことはないかな」秀島のほうを向いて、藤木は言った。「あれも火気厳禁だと、どこかに書いてあったはずだ」

「調べてみます」

秀島はスマホを取り出し、ネット検索をしてくれた。じきに彼は大きくうなずいた。

「本当だ。僕は液化石油ガスかと思っていましたが、液化酸素も火気厳禁ですよ」

「画像はないか？　液化酸素のタンクの画像だ」

待ってください、と言って秀島はさらに検索を行う。しばらくして彼は感心したような声を出した。

「これか……。藤木さんの言うとおりです。遺留品の写真に写っている円筒形の物体は、おそらく液化酸素のタンクですよ」

「じゃあ写真の建物は、その液化酸素を使う施設ってこと？」岸も興奮気味な声で尋ねてきた。「それって、どこなんだ」

秀島の顔をちらりと見たあと、藤木は答えを口にした。

「病院だよ。たぶんね」


石野がノートパソコンを持っていたのは幸いだった。

スマホでは、細かい条件を指定してネット検索するのに手間がかかる。だがパソコンならそれが容易にできた。

いろいろな病院のウェブサイトを調べてくれるよう、藤木は彼女に頼んだ。あのフォーマルな服装をした男女はどこかの病院の関係者ではないか、と推測したからだ。もしかしたら、あの写真の男女が病院の職員として掲載されているかもしれない。

石野は画像検索ツールなども使って、あの男女を捜してくれた。結果は意外に早く出た。三十分ほどのち、男性のほうが見つかったのだ。

「この人じゃないでしょうか。立川市にある豊崎《とよさき》病院というところの理事長です」

藤木たちは石野のノートパソコンを覗き込んだ。髪をきちんと整えた男性が写っている。身ぎれいな感じだし、石野の言うとおり、写真の人物によく似ていた。

「たしかに似ているけど、ちょっと印象が違うような気も……」と岸。

「遺留品の写真は十三年前か、またはそれ以前に撮影されたはずです。最近の顔とは少し違っている可能性があります。おそらくこの人ではないかと、私は思いますが」

石野は真剣な顔で説明する。藤木はパソコンの画面を見つめていたが、やがて岸のほうを向いた。

「この男で間違いない。ネクタイピンがよく似ている」

え、と言って秀島も画面を凝視した。それから、本当だ、とつぶやいた。

「飾りが大きいし、何か特別な価値のあるタイピンなのかもしれない。こういうものには持ち主のこだわりが出る。もしこのタイプを好んでいるのなら、同じメーカーの似たタイピンを買って使い続けているんじゃないかな」

なるほど、と岸も納得したようだ。

そのウェブページを詳しく確認してみた。男性は病院の理事長で、豊崎紀一郎《きいちろう》というらしい。掲載された経歴から、現在七十三歳だとわかった。

「七十三ということは、十三年前は六十歳か。年齢的にも間違いなさそうだな」

遺留品の写真の撮影者は不明だが、重要な手がかりだということは間違いない。このあと豊崎理事長から話を聞けば、何かわかるのではないだろうか。

「ここは任せていいか？」藤木は、岸と石野に尋ねた。「俺と秀島は豊崎理事長に会ってみる」

スナックの住居部分を捜索している津田たちは、まだ何も言ってこない。彼らの作業はこのあと、しばらく続くはずだ。

「わかりました。こっちは大丈夫ですよ」岸はうなずいた。

「私、この豊崎という人を調べてみます」パソコンを指差して石野が言った。「顔と名前がわかっていますから、ネットでいろいろ見つかる可能性があります」

「うん、よろしく頼む。何かわかったら教えてくれ」

そう言って藤木は鞄を手に取った。秀島とともにスナックを出る。

藤木たちはＪＲ亀戸駅へと急いだ。

5

立川駅で個人タクシーに乗り込み、藤木は運転手に行き先を告げた。

「すみません、豊崎病院までお願いします」

「クリニックではないほうですよね？」

眼鏡をかけた運転手がそう尋ねてきたので、藤木は隣をちらりと見た。秀島も、おや、という顔をしている。

「豊崎クリニックというのもあるんですか」

藤木が訊くと、運転手はルームミラー越しにこちらを見て、小さくうなずいた。

「すぐ近くですけど、病院とは別なんです」運転手はサイドブレーキを解除した。

「さっき、たまたまクリニックに行くお客さんを乗せたところでして」

「ああ、そうなんですか」

「じゃあ、病院に行きますね」

タクシー用のロータリーを抜けて、車は北のほうへと走りだした。

「実は私も、あの病院にはお世話になっているんです」

眼鏡の運転手は話し好きらしい。藤木は世間話を装って尋ねてみた。

「大きい病院なんですか？」

「ええ。内科、外科、整形外科はもちろん、眼科に耳鼻科、皮膚科に泌尿器科……。ああ、産婦人科もありますよ。うちのかみさんも、そこで子供を産みましてね。あそこなら安心だからって」

「なるほど、人気なんですね」

「産前、産後のケアがしっかりしてるし、食事が美味しいらしいです。今はそういう売りがないとね」

「お子さんは男の子？　それとも女の子ですか」秀島が尋ねた。

「女です。この前、三歳になりまして」

わがままでねえ、などと言いながらも運転手は楽しそうだ。

後方からサイレンの音が聞こえてきた。藤木は振り返ってうしろを見る。

「左に寄ってください。救急車が通ります」

救急車のスピーカーから男性の声が聞こえた。タクシーの運転手はバックミラーを見たあと、スピードを落として車を左に寄せた。前後の車もみな同じようにしている。すぐ横を救急車が通っていく。緊急走行中だから、患者室にはすでに傷病者を乗せている可能性がある。

「行き先は同じかもしれませんね」運転手が言った。

「豊崎病院ですか。なるほど、救急患者の受け入れもやっているんですね」

救急車が通り過ぎると、一般の車はみなゆっくり動き始めた。タクシーもその流れに乗って走りだす。

咳払いをしてから、藤木はあらためて運転手に問いかけた。

「豊崎病院の件ですが、豊崎紀一郎さんというのが病院の理事長ですよね」

「ああ、すみません。私はあんまり……」そう言ったあと、運転手は続けた。「同業者に、詳しいのが何人かいますよ。病院のタクシープールでよく会うんです。理事長と同じ中学の出身だというドライバーもいたような」

これはいいことを聞いた。藤木は運転手に頼んでみた。

「その人を紹介してもらえませんか。実は我々、警察の者なんです」

運転手は「えっ」と言って身じろぎをした。赤信号の前で車を停めてから、驚いた様子でこちらを振り返る。彼に向かって、藤木は警察手帳を呈示した。

「びっくりした」運転手は何度かまばたきをした。「本物の刑事さんですか」

「豊崎病院のことを調べていましてね。噂でも何でも、聞かせてもらいたくて」

「じゃあ、病院の前にそのドライバーがいたら紹介しましょう」

「いなければ、連絡先だけでも」

「わかりました」

信号が青になった。運転手はすぐに車をスタートさせた。

しばらくスマホを見ていた秀島が、ふと顔を上げて質問した。

「運転手さん、ここから日野市まではけっこう近いですよね」

「ええ、すぐ隣の市ですから。日野は立川の南側です」

「じゃあ、ここから東大和市は？」

「それもわりと近いですね。東大和は立川の北側です」

ざっくり言うと、北から順に東大和市、立川市、日野市という位置関係だという。

藤木は首をかしげた。秀島はいったい何が言いたいのだろう。

「地理的なことが、何か気になるのか？」

「東大和市から日野市まで、『あるもの』を運ぶのにどれくらい時間がかかるのかと思って……。地図で見るとけっこう近いんですよね」

彼が言う「あるもの」とは竹下兼蔵の遺体のことだろう。青沼裕也と相沢功治は深夜、車で遺体をひそかに運んだ。そして廃工場の研修所に隠したのだ。

「まあ、車で三十分ってところですかね」

話を聞いていた運転手が、そう教えてくれた。

東大和市から別の市に運んだというから、かなり距離があるのかと思っていた。しかし実際はそうでもないらしい。比較的近い場所だから、もともと青沼は日野市について土地鑑があったのかもしれない。

やがて前方に角張った建物が見えてきた。

あれが目的地だろう。藤木が財布を取り出そうとしていると、病院の少し手前にクリニックの看板が見えた。《訪問診療》《在宅医療》といった言葉が見える。

一瞬、みぞおちの辺りが痛んだ。そういうことか、と藤木は思った。クリニックのほうは個人宅への訪問診療を行っているのだ。

訪問診療の医師には藤木も世話になった。――というより、妻の裕美子が世話になった。がんの末期、もう通院することができなくなった彼女は、医師に来てもらって診察を受けていた。薬の処方もしてもらった。その医師は治療を専門とするのではなく、もっぱら緩和ケアを行う人だった。

そして妻が自宅で亡くなったあと、最後に死亡診断書を作ってくれたのが訪問診療の医師だったのだ。

豊崎病院は大通り沿いにある、五階建ての建物だった。壁は灰色で、写真に写っていたものとよく似ている。バス停からやってきた人たちが、正面の出入り口から中に入っていくのが見えた。タクシー乗り場で車を待っている人もいる。

「いたいた。あの緑色のタクシーです」

眼鏡をかけた運転手は、タクシープールに停まっている車のうち、一台を指差した。料金を払って車を降りる。すぐ紹介するからと言って、運転手もついてきてくれた。緑色のタクシーに近づき、彼は初老の運転手に声をかけた。

「こんちは、小室《こむろ》さん。ちょっといいかな。こちら警察の人なんだけど」

「えっ、警察？」

小室と呼ばれた白髪交じりの運転手は、慌てた様子で藤木たちを見た。

「我々、この病院のことを調べているんです」藤木は軽く頭を下げた。「理事長は豊崎紀一郎さんといいますよね。その人のこと、何かご存じでしょうか」

「ああ、知ってるよ」小室はうなずいた。「豊崎病院の二代目で、お父さんから病院を引き継いだの。紀一郎さんは有名人だよ。地元の名士だもん」

「さすが、お詳しいですね。中学校が同じだそうで」

「聞いたの？　向こうは俺よりだいぶ前の卒業生なんだけどね、親しみを感じちゃって」

「紀一郎さんは今、七十三歳ですよね」

「ええと、それぐらいかな？　息子さんも病院に勤めているはずだよ」

「やっぱりお医者さんですか」

「いや、総務部長だって聞いたけど」

医師の息子が必ずしも医師になれるわけではない。そのへんはいろいろと事情があるのだろう。

「ほかに何か、豊崎さんのご家族について知っていることはありませんか」

「まあ、それはいろいろとね……」

小室は意味ありげなことを言う。藤木は声のトーンを落として訊いた。

「教えてもらえませんか。これも捜査ですので」

「……紀一郎さんは昔、かなりのプレイボーイだったんだよ」

プレイボーイとはまた、古風な言い方だ。

「つまり、道楽者ということですか？」

と藤木は尋ねた。自分で言っておいて何だが、それもまた古い言い方だ。

「道楽者というか、ドンファンだね」

「女たらし？」

「そうね。なにしろ金持ちだからさ。若いころから、とっかえひっかえというか。いや、まあそういう噂がね……」

多少、周りのやっかみもあったのだろう。しかし火のないところに煙は立たないという言葉もある。

「女遊びが派手だったせいで、なかなか結婚しなかったって話だよ。でも、最後にはお見合いで所帯を持ったみたいだね」

そんな噂を、小室はいくつか聞かせてくれた。

小室と眼鏡の運転手に礼を言って、藤木たちはタクシープールから離れた。

歩きながら、秀島が小声で話しかけてきた。

「イメージが変わりましたね。写真を見たときは立派な理事長だと思ったんですが」

「どうなんだろうな。あいにく俺は医者になるような能力もないし、金を持っているわけでもない。よくわからないよ」

藤木は秀島とともに駐車場に回ってみた。一般の車が百台ほど停められるスペースがあり、今は三割ほどが使用されていた。制服の警備員に会釈をしながら、藤木たちは建物に沿って進んでいく。

建物の奥のほうに《周産期センター》という看板が見えた。

「周産期センターってことは、ここに赤ん坊が大勢いるのかな」と藤木。

「そうでしょうね。病院の産婦人科と連携しているはずですが、こっちからも中に入れるみたいですね」

豊崎病院の産婦人科はケアがしっかりしている、と眼鏡の運転手が言っていた。建物自体も病院とは別だから、出産のための施設としてはかなり大きい。

「藤木さん、あれを……」

秀島が駐車場の隅、周産期センターの手前を指差した。そちらに視線を向け、藤木は深くうなずいた。捜していたものが見つかった。オレンジ色の壁に囲われたごみ集積場、《火気厳禁》《立入禁止》などの看板。そして《液化酸素》と書かれた円筒形のタンク。そのタンクは高さが二メートルほどもある。

あの写真に写っていた場所が自分たちの前にあった。

目を転じると、病院の灰色の建物がある。写真の男女はここを通って出入り口に向かったのだろう。

正面の出入り口に戻る。車寄せの横を通って、藤木たちは病院に入っていった。

一階ロビーには広い待合室があった。用意された椅子は百五十人分ぐらいだろうか。会計を待つときなど、ここに腰掛けて過ごすのかもしれない。右手には売店、左手には相談室などがあった。

正面奥に受付カウンターが見えた。初診者用、再診者用、会計用などいくつかの窓口に分かれている。

辺りを見回したあと、藤木は秀島の肘をつついた。進路を変え、壁際の自販機に近づいていく。

「どうかしましたか」秀島が尋ねてきた。

「ここから三十メートルぐらいうしろ、ごみ箱のそばに男がいるだろう」

「……え？」

何気ないふうを装って、秀島は後方の様子を窺った。それからこちらを向いて、小さくうなずいた。

「黒いウインドブレーカーの男ですね？」

そうだ、と藤木は答えた。その男は身長百七十五センチぐらい。ニット帽をかぶり、色の濃いレンズの眼鏡をかけていて、顔ははっきりわからない。スマホを見るようなふりをしているが、周りに注意を払っていることは間違いなかった。

「周産期センターを見に行った辺りから、俺たちをつけてきていた。もしかしたらタクシープールにいるとき、すでに目をつけられていたのかもしれない」

「何者ですかね」

「職質をかけてみるか」

藤木たちがそんな話をしていると、男はスマホをポケットに入れて、こちらに背を向けた。そのまま正面の出入り口へと向かう。

慌てて藤木たちは不審者のあとを追った。ところが自動ドアの手前で高齢の女性が転倒し、弾みで連れの男性までもが転ぶというハプニングがあった。藤木はふたりを助け起こそうと手を伸ばす。

秀島はすぐドアの外に出たが、五分ほどで戻ってきた。

「すみません、見失いました」

「不可抗力だな。それに、被疑者というわけじゃないんだし」

「まさかとは思いますが、一連の事件の犯人だったという可能性は……」

「竹下聡じゃないか、ということかい？　それは考えられないだろう。奴がこんな場所にやってくる理由がないからな」

そうですね、とつぶやいて秀島は軽く息をついた。

腕時計を見てから、藤木は病院の受付カウンターのほうへ歩きだした。

6

藤木たちが近づいていくと、窓口の女性職員は顔を上げて会釈をした。

ポケットから警察手帳を取り出し、藤木は彼女に呈示する。

「警視庁の藤木といいますが、理事長の豊崎紀一郎さんはいらっしゃいますか」

刑事だと知って、職員は少し驚いたようだ。だが慌てることなく、すぐにこう答えた。

「申し訳ございません。豊崎は本日、お休みをいただいております」

「そうですか。……じゃあ理事長の息子さんは？　こちらに勤めていらっしゃると聞いたんですが」

「総務部長の豊崎幸彦《ゆきひこ》ですね。確認してまいりますので少々お待ちください」

女性職員はスチールキャビネットの向こうに消えた。

そのまましばらく待たされた。ロビーには多くの患者が出入りしている。救急隊が空になったストレッチャーを押していくのが見えた。どこからか子供の泣く声が聞こえてきた。

二分ほどで職員は戻ってきた。彼女に案内されて、藤木と秀島はカウンターの中に入った。事務スペース脇の壁際を進んでいくと、十五メートルほど先に《応接室》というプレートの掛かったドアがあった。

入ってみると、そこはガラステーブルとソファが用意された部屋だった。思っていたよりも広く、窓からは先ほどの駐車場がよく見える。

女性職員が去っていったあと、まもなくドアがノックされた。

「お待たせしました。総務部長の豊崎幸彦です」

会釈をしながら男性が部屋に入ってきた。

紺色のスーツを着て、茶色いフレームの洒落た眼鏡をかけている。顎が細く、やや神経質そうな印象があった。ネクタイの色は上品な青だ。

ひとめ見て藤木は意外に思った。部長にしては、幸彦はかなり歳が若そうだったからだ。一見した感じでは三十前といったところだろうか。

「警視庁の藤木です」

「秀島です。お忙しいところ、すみません」

「どうぞお掛けください」

藤木たちにソファを勧めて、幸彦自身も腰を下ろした。空咳をしたあと、彼は声のトーンを落として遠慮がちに尋ねてきた。

「今日はいったいどのようなご用件で……」

「我々はある事件を捜査しています」藤木は言った。「その中で、豊崎紀一郎さんにお話を伺う必要が生じました。紀一郎さんは今日お休みだと聞きましたが」

「ああ……休みというか、不規則な勤務になっているんですよ」幸彦は壁に掛かったカレンダーを見た。「毎週、月、木、金曜にこちらへ出てきます。それ以外は在宅勤務といいますか、自宅のほうで過ごしておりまして」

今日は水曜だから、紀一郎はもともと出勤しない日だったというわけだ。

「わかりました。すみませんが、紀一郎さんのご自宅を教えていただけますか」

「かまいませんが……刑事さん、うちの父が何か問題でも起こしたんでしょうか」

幸彦は不安げな目でこちらを見ている。あまりに真剣なので、何か特別な理由があるのかと疑いたくなってきた。

相手をしばらく観察してから、藤木は穏やかな口調で言った。

「紀一郎さんのところへ行く前に、まずはあなたにお尋ねしましょうか。お父さんの行動に関して、何か気になっていることがあれば聞かせてもらえますか」

「別に、私からは何も……」

どうも歯切れが悪かった。幸彦は単に心配性なだけなのだろうか。いや、やはりこれは何かあるな、と藤木は感じた。

「幸彦さんは今おいくつですか？」

「……二十八です」

やはり彼は三十前だった。父親の紀一郎は現在七十三歳だから、四十代半ばで出来た子ということになる。それ自体は別に珍しくはないが、ひとつ引っかかることがあった。

「こんなことを訊いたら失礼かもしれませんが、紀一郎さんはその……女性との交際が盛んだったとか」

「どこでお聞きになりました?」

「そういう噂があるようでしてね」藤木のほうも少し声を低めた。「もちろん警察が口を出すようなことではありません。ですが息子さんからご覧になって、もし心配なことがあればお聞かせ願えないでしょうか」

幸彦の表情が曇った。五秒、十秒と、藤木は気長に待った。

やがて幸彦は、仕方ないという表情になって口を開いた。

「事件の捜査と聞いて、ちょっと身構えてしまいました。おっしゃるとおり、父は若いころからいろいろな女性と関係があったようなんです。今はもう七十三ですが、それでもまだ夜になるとハイヤーで出かけていくもので……」

「特定の女性とおつきあいがある、とか?」

「決まった人はいないと思いますが、いい歳をして何をしているんだと、私も気を揉んでいまして」幸彦はため息をついた。「すみません。本当にお恥ずかしい話です」

「ああ、いえ……」

藤木は首を振ってみせた。放蕩息子に手を焼く父親というのはよく聞くが、このケースでは逆なのだ。羽目を外す父親を心配する真面目な息子、という構図らしい。

しばらく紀一郎に関する愚痴を聞いたあと、藤木は念のためいくつか確認をした。白骨遺体となった竹下兼蔵と、その孫の竹下聡という名前に聞き覚えはないか。また、西大井事件の被害者である遠藤哲郎、そして綾瀬事件の被害者である菅野栄子を知らないか。

だが、いずれも記憶にないということだった。

自宅の場所を聞いて礼を述べ、藤木たちはソファから立ち上がった。

「あの、刑事さん」幸彦は拝むような仕草をして言った。「父はもうアルコールにもかなり弱くなっていると思うんです。酔っ払って、自分でもよくわからないまま何かしでかしているかもしれません」

「まあ、息子さんとしては気になるところでしょうね」

「歳が歳ですから、もし何かあっても大目に見ていただけないでしょうか……」

「とにかく、一度お会いしてみますので」

そう言って藤木は話を切り上げた。秀島も幸彦に一礼する。

冴えない表情のまま、幸彦は藤木たちをロビーへと案内した。

日が傾いて、外は暗くなりつつあった。急いだほうがいいだろう。

藤木たちは病院前からまたタクシーに乗り込んだ。今度の運転手は女性だ。丁寧な対応をしてくれるので安心感がある。幸彦から教わったとおり、目印となる司法書士事務所の名前を告げると、運転手は「ああ、はいはい」とうなずいた。

「その事務所って、豊崎さんちのそばですよね？」

「そう。実は豊崎さんの家に行きたいんです」藤木は彼女に尋ねた。「この辺りじゃ有名なんですか？」

「ええ、大きいお宅ですから」

行ってみると、たしかに大きな家だった。敷地の広さはほかの家の七、八軒分ぐらいありそうだ。塀の上には先の尖った忍び返しが設置されていて、少し異様な感じがする。その塀の向こうには、壁に茶色いタイルが貼られたきれいな洋館があった。一見すると美術館とか資料館とか、何かの施設のように感じられる。

タクシーが走り去ったあと、藤木たちは門のほうに向かった。

マイクロバスが入れそうな大きさの門扉がある。だが今そこは閉ざされていて、出入りすることはできなかった。秀島が脇の通用口に近づき、インターホンのボタンを押す。

「はい……」

女性の声が聞こえた。モニターでこちらの姿を見ているのだろう、少し警戒するような雰囲気がある。

「警察の者ですが、豊崎紀一郎さんはいらっしゃいますか」

「どちらの警察署の方でしょうか」

「警視庁捜査一課の秀島と申します」彼は丁寧な口調で答えた。「ある事件の捜査をしている途中、豊崎さんの写真が見つかりまして……。その件でお話を伺いたいんです。お取り次ぎをお願いします」

少しためらうような間があった。秀島は相手の反応を待っていたが、続けてこう言った。

「確認が終われば、すぐに引き揚げます。長くはかかりません」

「……今、豊崎は部屋で仕事をしておりまして」

「なるほど、お忙しそうですね。ですが聞いてください。この件については、息子さんも心配なさっています。我々は先ほど幸彦さんにお会いしました。ぜひ紀一郎さんから話を聞いてほしい、と思っていらっしゃるようでした」

若干ニュアンスが違うのだが、秀島はその方向で押し切るつもりらしい。

幸彦の名前が出たことで、相手の考えが変わったようだった。

「確認してまいりますので、少々お待ちください」

そう言って女性は通話を切った。藤木は秀島と顔を見合わせる。

そのまま三分ほど待つと、再び女性の声が聞こえてきた。

「今、お迎えに上がります」

通用口から中を覗いてみた。よく見ると茶色い二階建ての向こうにもう一軒、小さめの家があった。いや、小さめといっても近隣の民家より一回り大きいだろう。茶色い壁の家が母屋で、奥にあるのは離れだろうか。その二軒が建っていてもなお、敷地にはかなりの余裕がある。車庫には海外の高級車が二台。南向きの庭にはよく手入れされた芝生や花壇、築山《つきやま》などが見えた。

母屋の頑丈そうなドアが開いて、ひとりの女性が出てきた。黒っぽいスカートにクリーム色のカーディガン。髪は長めのストレートで肩の下ぐらいまである。若い人ではないが、清楚な印象があった。

その女性の顔を見て、藤木ははっとした。秀島のほうを見ると、彼もすでに気づいているようだ。

あの写真に写っていた女性に間違いなかった。上品な雰囲気は今も変わっていない。

「お待たせして申し訳ありません」女性は丁寧に頭を下げた。「豊崎の妻です」

「そうですか、奥さんでしたか……」

藤木は頭の中でざっと計算してみた。あの写真では豊崎紀一郎は六十代ぐらい、この女性は四十代ぐらいに見えた。ふたりは、かなり歳の差がある夫婦だったのだ。写真を見たとき、そこまでは考えが及ばなかった。

藤木たちは建物の中へ案内された。

通されたのは広い応接室だ。お待ちください、と言って豊崎の妻は廊下に出て行った。

右手の壁には洋酒の入った棚があった。反対側の壁を見ると、やけに大きな油絵が掛かっている。大胆に絵の具を盛った抽象画で、何が描かれているのか藤木にはさっぱり理解できなかった。

数分後にノックの音が聞こえた。入ってきたのは、茶色いズボンにグレーのセーターを着た男性だ。豊崎病院のウェブサイトに載っていた理事長、豊崎紀一郎だった。本人を見ると、白骨遺体のそばにあった写真の人物と同じだというのがよくわかる。眼光の鋭さは昔のままだ。紀一郎のうしろには彼の妻がいた。

藤木たちは警察手帳をふたりに見せた。

「お忙しいところ恐縮です。警視庁捜査一課の藤木です」

「秀島と申します。よろしくお願いします」

藤木たちの手帳を見てから、紀一郎は「まあどうぞ」とソファを勧めてくれた。礼を言って藤木たちは腰掛ける。

「豊崎紀一郎です」そう言ったあと、彼は隣の女性を紹介した。「妻の佐代子《さよこ》です」

彼女は黙ったまま会釈をした。藤木たちも軽く頭を下げる。

「妻から聞きましたが、何か私に確認したいことがあるそうですね」

「ええ、どうかご協力ください。早速ですが、先日、日野市にある廃工場から、男性の白骨遺体が見つかる事件がありました。ご存じでしょうか」

「日野市……」紀一郎は首を横に振った。「いや、知りませんな」

藤木は一枚の写真をふたりに見せた。捜査本部が入手してくれた竹下兼蔵の顔写真だ。まだ兼蔵が極左団体で活動していたころ、公安部が撮影したものだという。

「この人を見たことは？」

紀一郎は胸のポケットから老眼鏡を取り出した。写真をじっと見てから答える。

「いえ、知りません。いったい誰ですか」

「竹下兼蔵という男性です。この人のご遺体のそばで、紀一郎さんたちの写真が見つかったんです」

「私たちの写真が？」

藤木は二枚目の写真をテーブルの上に置いた。

「豊崎病院の駐車場近くで撮影されたものと思われます。ここに写っているのは紀一郎さんと佐代子さんですよね」

怪訝そうな顔をして、紀一郎はその写真に目を向けた。

「たしかに、私と妻ですね」

「いつごろの写真なのか、わかりますか？」

「どうだろう……。駐車場から病院の玄関へ向かうところかな。おまえ、わかるか？」

紀一郎に問われて、佐代子も記憶をたどる表情になった。だが、彼女も覚えていないようだ。

藤木は右手を伸ばして、写真を指差した。

「見た感じだと紀一郎さんは六十代ぐらい、奥さんは四十代ぐらいでしょうか」

「うん、そうですね。……私が六十だったとすると、佐代子は四十五か」

なるほど、と藤木は思った。ふたりの年齢差は十五歳らしい。現在紀一郎が七十三歳だから、佐代子は五十八歳ということになる。その年齢を知って藤木は軽く驚いた。目の前の彼女は、とてもそんな歳には見えなかったからだ。

ここで佐代子は何か思い出したようだった。隣にいる夫に小声で問いかける。

「あの……お話ししてもよろしいですか？」

「何を遠慮することがある？　早く話しなさい」

「……すみません」佐代子は夫に詫びてから話しだした。「十何年か前、私は病院の仕事を手伝いに行ったことがありました。あのときじゃないかと思って……」

「何の仕事だ？」

「小児科の相談会があって、そのお手伝いをしたんです」

「……ああ。そういえば、そんなことがあったな」紀一郎はうなずいた。「ばたばたして手が足りなかったものだから、おまえにも来てもらったんだ」

ふたりは当時のことを話し始めた。徐々に記憶が鮮明になってきたようだ。

「たぶん十二、三年前のものです」紀一郎は写真を見ながら言った。「いや、しかしなぜこんなものがあるのかわかりませんな。わざわざ誰かに撮ってもらう理由もないし」

「だとすると、いわゆる盗撮かもしれません」

藤木の言葉を聞いて、佐代子は表情を曇らせた。女性にとっては特に不快な言葉だろう。

ポケットを探り、藤木は三枚目の写真を取り出した。そこには青沼が写っている。

「これは青沼裕也という男性ですが、知っていますか？」

「いや、まったく……」

「十三年前、練馬区でこの男性の遺体が見つかりました。調べていくと、どうやら彼が紀一郎さんと佐代子さんの写真を持っていたようなんです」

「この男が盗撮したということですか？」

「その可能性が高いですね。たとえば、こういう推測ができます。十三年前、青沼が紀一郎さんたちの写真を撮った。青沼は竹下兼蔵さんの遺体がある場所を知っていた。そして彼は何らかの事情で、竹下さんの遺体のそばにおふたりの写真を置いた……」

「どうしてそんなことを」

「わかりません」

その言葉を口にするのは、刑事として恥ずかしいことだった。だが実際のところ、一連の事件にはわからないことが多すぎる。

竹下聡という男性のことも訊いてみたが、特に情報は出てこなかった。今日のところはここまでだろうか。

そろそろ終わりにしようかと藤木が考えていると、秀島が口を開いた。

「息子さんが紀一郎さんのことを気にかけていました」

「え？」紀一郎は秀島に視線を向けた。「あいつが何を……」

「以前よりアルコールに弱くなっているから、あまり無理をなさらないでほしいと」

「そんなことを言っていたんですか」紀一郎は不機嫌そうな表情を浮かべた。「一人前の仕事もできないくせに、何を偉そうなことを」

「本当に心配しているようでしたよ」そう言ったあと、秀島は佐代子に目を向けた。「奥さんからご覧になって、いかがです？　ご主人について心配なことはありませんか」

私は、と言いかけたが、佐代子は黙り込んでしまった。彼女がちらりと夫のほうを見たのがわかった。妙だな、と藤木は感じた。夫の機嫌を窺ったのだろうか。いや、それだけではなさそうだ。慎重に、ミスをしないようにと気をつかっている気配があった。

年齢差があるせいなのかもしれない。それに加えて、紀一郎は大きな病院の理事長だ。結婚してからずっと、彼は昔ながらの強権的な夫だったのではないだろうか。そんな夫のうしろを、佐代子は静かに、息をひそめるようにしてついてきたのだ。紀一郎は女性関係が派手だったという。それを知っていながら、佐代子は何も言えない立場だったに違いない。

自分と妻との関係を思い出して、藤木は複雑な気分になった。仕事仕事でいつも忙しくしていた自分は、はたして裕美子にとっていい夫だっただろうか。

たぶん、そうではなかっただろうな、という気がした。

7

住宅街を歩いている途中、藤木のスマホにメールが届いた。送信者欄には石野の名が表示されている。メールを開いてみると、先ほど頼んでおいた豊崎紀一郎に関する調査の件だった。結果がまとまったので電話で話したい、と記されている。彼女はいつも仕事が速くて助かる。

道端で足を止め、一本電話をかけさせてくれ、と秀島に言った。それから石野に架電する。待っていたのだろう、彼女はすぐ電話に出てくれた。

「お疲れさまです。今、報告してよろしいですか？」

「ああ、すまない。頼む」

藤木はスマホを操作し、秀島にも聞こえるようスピーカーモードにした。

石野の説明が始まった。

「豊崎紀一郎さんは医大の付属病院に勤務したあと、父親の設立した豊崎病院に移って内科医のひとりになりました。その後、三十八歳のとき父親が病死したため、紀一郎さんは院長に就任。医師としての評判は悪くなかったようですが、一点大きな問題がありました」

「もしかして、女癖が悪かったという話かい？」

「え？　もうご存じだったんですか」

彼女はかなり驚いたようだ。藤木は慌てて補足する。

「俺たちが知っているのは噂レベルだ。もし裏が取れているのなら、ぜひ聞かせてくれ」

わかりました、と言って石野は報告の続きを話しだした。

「病院経営者の二代目ということで、紀一郎さんは大学時代から自由奔放だったそうです。豊崎病院で働くようになってからも、女性関係の噂が絶えませんでした。どうも病院の女性職員や女性看護師などに、節操なく声をかけていたようです。関係を持ったあと、飽きると金を与えて手を切る。そしてまた別の女性とつきあう、ということを繰り返していたらしくて……」

「聞いていた以上のドンファンぶりだな」

「その結果、ある事件が起こります。週刊誌の記事が見つかりました」

電話の向こうでキーボードを叩く音が聞こえた。

「今から二十六年前……ということは、紀一郎さんが四十七歳のときですね。結婚から七年、息子さんが二歳の年ですが、まだいろいろな女性と交際を続けていた。その年の春、紀一郎さんを恨んだ女性が、刃物で切りつけたそうなんです」

「そんなことがあったのか」

週刊誌に書かれたということは、内々に済ませるわけにはいかなかったということだ。そもそも傷害事件なのだから、警察沙汰になっているはずだった。

「立川署に問い合わせて、当時の捜査資料を確認してもらいました」

「ありがたい。本当に君は仕事が速いな」

「週刊誌に書かれていた内容は事実です。紀一郎さんは左腕に傷を負いましたが、軽傷でした。犯人の名前は岩永友枝《いわながともえ》。豊崎病院の看護師でした。当時二十八歳ですから、現在五十四歳ですね」

石野は調べたことを詳しく説明してくれた。

それにしても、聞けば聞くほど紀一郎という人物の身勝手さが伝わってくる。

「自分が蒔いた種だという気がするな」そう言ったあと、藤木はすぐに付け加えた。

「いや、まあ警察官としてそんなことを言ってはいけないんだが……」

「いえ、私もそう思います。その女性たちに、私は同情します。……大人ですから男女合意の上だったことになるんでしょうけど、でも紀一郎さんは院長だったわけですから、自分の立場を利用したと言えますよね」

「それはそうだろうな」

「ですから自業自得だと思います。ただでさえ男性は腕力もあるし、社会的にも優位です。こういう男性は絶対に許せない、という気持ちがあります」

石野は強い調子で言った。話しているうち、個人的な感情が抑えきれなくなったようだ。父親のＤＶに苦しめられ、その後、男性不信に悩むようになった彼女だから、こうした反応になるのも理解はできる。

しかし、と藤木は思った。個人的な事情を捜査に持ち込むのはまずいだろう。そういう感情は、ときに刑事の目を曇らせてしまうからだ。

どう伝えたものかと迷っていると、横から秀島が言った。

「石野、結果を見れば、その女性の罪だけが残るんだよ。彼女はおそらく傷害罪で逮捕されているだろう？」

「ええ、そうです」

「そして紀一郎さんは何の罪にも問われていない。倫理的な問題は別としてね」

「……はい」

「途中経過を調べるのは大事だが、最終的には法がすべてということになる。仕方がない。僕らがやっているのはそういう仕事なんだ」

「わかりました。すみません……」

秀島に諭され、石野の声はずいぶん小さくなっている。それに気づいたのだろう、秀島はフォローの言葉を口にした。

「まあ、飲んでいるときなら、僕も君に賛成するかもしれない。でも今は我慢だ」

「そうですね。承知しました」

藤木は秀島に向かって、ひとつうなずいてみせた。彼が石野を指導してくれて助かった。こういうときは、年が近い者が諭してくれたほうが、石野も聞き入れやすいはずだ。

咳払いをしてから、藤木はスマホに向かって言った。

「紀一郎さんは結婚後も女性と交際があった。つまり不倫ということだよな」

「おっしゃるとおりです」と石野。

「奥さんはそれを知っていたんだろうか」

「紀一郎さんがずっと派手な交際をしていたのなら、奥さんの耳にも入っていたんじゃないでしょうか」

「気づかないふりをしていたわけか……」

藤木の頭に、佐代子の姿が浮かんできた。上品で、常に控えめに振る舞う印象の女性だ。当時、夫は病院の院長で、しかも十五歳も年上だった。そんな状況では、夫の不倫に対して彼女が何も言えなかったのも無理はない。

「それで、切りつけた女性はどうなった？」秀島が尋ねた。

「示談が成立して執行猶予の判決が出ました。今は国分寺市に住んでいるようです。

メールで情報を送りますね」

「ああ、よろしく頼む」藤木は言った。「ぜひその人から話を聞いてみたい」

通話を切ってしばらく待つと、メールの着信音が鳴った。

住所を確認して、藤木たちはすぐに移動を開始した。


国分寺駅を出て、住宅街のほうへ歩いていく。

夜になって、だいぶ気温が下がってきていた。時折、全身が冷気に包まれたように感じて、体がぶるっと震えてしまう。もうそろそろコートを出さなくては駄目だな、と藤木は思った。コートはどこだったかと考えているうち、家の状態を思い出した。

「そうだ。部屋の片づけの途中で出てきたんだった」藤木は顔をしかめた。

「ああ、そう言ってましたね」

「戻ったら、あの続きをやらなくちゃいけないんだよな。気が重いよ」

「今回の事件は複雑ですから、いつ戻れますかね」

「まさか、戻ったときには年末の大掃除になってしまうのかな。……いや、それはそれでいいのか。一石二鳥かもしれない」

秀島は何か考える様子だったが、じきに藤木のほうを向いた。

「藤木さん、まだ一年経たないのに、よく覚悟を決めましたね」

「遺品整理のことかい？　うん……まあ、いつまでも思い出を引きずってちゃいけないからさ」

「立派ですよ。すごく立派なんですけど、あまり無理をしないほうがいいと思いますよ」

「無理はしていないつもりだけどな。長いこと休ませてもらったし、今ならできるという気になったんだ」

「そう簡単に片づくものじゃないでしょう。物も記憶も」

秀島の言葉を聞いて、おや、と藤木は思った。もしかして、それは彼自身の話だろうか。秀島はあまり自分のことを話さないから、詳しく聞いてみたい気がした。

「片づかないのかい、奥さんの持ち物が」

「がらくたを山ほど残していきましたよ。全部処分していけばいいのにね。そういうところがよくないんだって、前から注意していたんですけど」

秀島はぶつぶつ言っている。普段は知的で冷静な彼が、別れた妻の話になると少し態度が変わるようだ。

「まあ、お互い大変だよな。新年を迎える前には片づけたいよ」

藤木は口元を緩めて言った。それから、今日このあと訪ねていく女性のことを考えた。

藤木も秀島もかつては結婚していた。藤木は病気で妻を亡くし、秀島は事情があって離婚したわけだが、どちらも結婚した当初は幸せを感じ、充実した日々を送っていたのだ。

しかし、豊崎紀一郎と交際していた女性はどうだったのか。紀一郎と関係を結んだせいで、その後の人生が無為なものになってしまったということはないのか。

「ここですね」

秀島がスマホから顔を上げた。

そこには古めかしいアパートがあった。比較的交通量の多い道に面していて、しかも目の前には横断歩道がある。赤信号になるたび車が停まるから、エンジンの響きやカーステレオの音がうるさいのではないだろうか。

建物は二階建てで下に三戸、上に三戸入居しているようだ。階段にはあちこち赤錆が浮いていた。共用廊下を覗くと、各部屋の前には洗濯機が置いてあった。最近はどこも屋内に洗濯機を設置するから、この設計を見るとかなり古いアパートだということがわかる。

蛍光灯のちらつく廊下を進んでいく。あちこちに破れたチラシやレジ袋、飲み残しのお茶が入ったペットボトルなどが落ちていた。まるで廃屋のようだが、電気のメーターは回っているし、どこかの部屋から掃除機の音が聞こえてきていた。

表札を確認すると、１０３号室が目的の部屋だとわかった。ここでは秀島に聞き込みをしてもらうことにした。

だが彼がチャイムを鳴らそうとしたとき、いきなりドアが開いた。出てきたのは赤いジャンパーを着た中年女性だ。髪は明るい茶色に染めたショート。化粧は全体的に濃いめだった。

外にいた秀島とぶつかりそうになって、彼女は「あ」と小さく声を上げた。

「すみません。岩永友枝さんでしょうか？」

秀島が尋ねる。女性は怪訝そうな顔でうなずいた。

「そう……ですけど」

「警視庁の秀島と申します」彼は警察手帳を呈示した。「少しお話を聞かせてほしいんですが、よろしいですか」

「ごめんなさい。私、これから仕事に行くところなんです」

「お手間はとらせませんので」

「出かけなくちゃいけないんですよ」

岩永は秀島を軽く睨んだ。秀島は動じることなく、彼女にこう言った。

「二十六年前の事件についてお聞かせ願えませんか。豊崎紀一郎さんとの間に何があったのか、詳しく教えてほしいんです」

その名前は岩永にとって、何よりも不快だったに違いない。彼女は秀島の顔を凝視した。不安と戸惑い、そしてわずかな怒りが入り混じったような表情だった。

「帰ってください」

冷たい口調で彼女は言った。ドアに施錠し、共用廊下を歩きだす。

秀島は身を翻し、彼女の横に並んで歩いた。藤木もふたりのあとを追う。

「岩永さん、あなただけじゃないと私は思っています」と秀島。

「何がですか」

「豊崎紀一郎さんを恨んでいた女性のことです」

「昔の話はもういいでしょう？」

岩永は足を速めようとする。今にも駆け出しそうに見えた。

「あなたにとっては済んだことかもしれません。でもほかにも大勢、豊崎さんの『被害』に遭った人がいますよね？」

その言葉を聞いて、藤木は眉をひそめた。秀島が「被害」などという言葉を使うとは思っていなかった。この言い方だと、豊崎が犯罪者のように聞こえてしまう。

岩永も不審に思ったようだ。彼女は問いただすような声で言った。

「いったい何が目的なんです？」

「私たちは未解決事件の捜査班です。捜査をするうち、豊崎紀一郎さんが事件に関わっている可能性が出てきました」

岩永は廊下の途中で足を止めた。秀島の話に興味を感じたようだ。

「豊崎さんがどう関わっているかはまだわかりません」秀島は続けた。「ですから、手がかりとして過去のことをお訊きしたいんです。あなたがどんな目に遭って、何を考え、どのように豊崎さんを恨んだか。それは、ほかの多くの『被害者』とも共通することではないかと思っています」

秀島の前で、岩永はゆっくりと首を横に振った。

「今ごろ現れて、何をするっていうんです？　もう過ぎたことじゃないですか」

「時間が経っていても、私たちの捜査班なら解決できる可能性があります。多くの人が諦めてしまった事件も、今あらためて捜査することができます。そのために作られた部署ですから。……どうか話していただけませんか」

数秒ためらう様子を見せてから、岩永は言った。

「警察の記録でも、裁判の記録でも、探せばいいでしょう」

「しかしあなたは示談に応じましたよね。示談の条件として、当時ほかの人たちに隠していた事実はありませんか？」

「それは……」

岩永は言葉を濁した。やはり彼女は隠し事をしている、と藤木は確信した。もう一押しすれば、事情を聞き出せるのではないか。

だがこちらの考えを察したのか、岩永は急に声を荒らげた。

「やめてください。もう私に近づかないで」

靴音を響かせて彼女は走りだした。

立ち尽くしたまま、秀島は渋い表情を浮かべていた。さすがにこれ以上追いかけるのは難しいと感じたのだろう。

どうやら今日は諦めるしかなさそうだ。

「仕方ない。よそを当たろう」

相棒の肩をぽんと叩いて、藤木はアパートの出入り口に向かった。

8

午後十時半を過ぎて、捜査本部もだいぶ空席が目立ってきた。

先ほど夜の会議が終わったところだ。ほとんどの捜査員は食事に出かけたり、弁当を買いに行ったりしているのだろう。その一方、仕事が立て込んでいるのか、休憩せずに資料をまとめている者もいる。

藤木たち凍結班は講堂後方の席で、ミーティングを始めたところだった。

自分たちが集めてきた情報と、先ほどの会議で得られた情報を照合しようという考えだ。そろそろ事件の全体像を推測する筋読みが必要だ、と藤木は感じる。過去の事件、そして今起きている事件。複雑に絡み合う出来事を解きほぐしていく必要がある。

メモ帳を広げて、大和田係長は部下たちの顔を見回した。

「今の会議でも話が出たが、菅野栄子さんは五十五歳、結婚歴なし、子供なし。スナックを始める前の経歴については、調べているところだ。死亡推定時刻は昨日の二十一時から二十三時の間。いつもより早く店を閉めて出かけたんだろう。死因は出血性ショックだ」

菅野の死に関して、藤木には悔しい思いがある。昨日会っていたにもかかわらず、事件の予兆を何ひとつ感じ取ることができなかったのだ。刑事の勘も、あの場ではまったく働かなかった。

「話は変わるが、岸と石野の組は東大和市の中学校に行ってくれたんだったな」

大和田の質問に、ええ、そうです、と岸が答える。彼は机の上に一枚の写真を置いた。

「竹下聡の写真をもらってきました。これが中学三年生のときの聡です」

集合写真の一部を引き伸ばしたものらしい。聡は学生服を着てカメラを見つめていた。目鼻立ちの整った少年で、ドラマの子役などが似合いそうだ。だが彼の表情は暗かった。

――いや、暗いというより、疲れていると言うべきか。

藤木は聡の境遇に思いを馳せた。これまでの情報によって、聡は小学六年生から中学三年生まで祖父の介護をしていたことがわかっている。母親は仕事で忙しかったし、のちにはなかなか家に帰ってこなくなった。本来なら勉強や部活動に費やすはずの時間を、聡はヤングケアラーとして過ごさなければならなかったのだ。

「彼に関する出来事を整理してみよう」大和田はコピー用紙にメモをとりながら言った。「隣人の証言によれば、十二年前の六月五日、東大和市に住む竹下兼蔵が行方不明であることが確認された。また、孫の竹下聡も失踪していた。この事件の状況については、相沢功治の供述が参考になる。相沢の言うことがたしかなら、経緯はこうだ。

六月四日、青沼裕也はある女性を車で尾行した。女性は竹下兼蔵の家をじっと見ていた。以前から何度かそうしていたことがあったらしい。青沼が女性を観察していると、聡が家から飛び出していった。それを見た女性は屋内に入り、しばらくするとやはりどこかへ去っていった。青沼は弟分の相沢を呼び出し、家に侵入。死亡した兼蔵を発見した。その日の夜、青沼と相沢は遺体を運び出した。ふたりは東大和市から日野市へと移動。青沼が知っていた廃工場に行って、研修所の畳の下に兼蔵の遺体を埋めた……」

「なぜ遺体を運んだかというと、女性を脅す材料にするためだったようです」藤木は言った。「青沼は詐欺や恐喝の常習犯でした。以前からその女性のあとをつけて、ゆすりのネタを探していたらしい。そして、ついに彼女の弱みが見つかったというわけです。……その後、脅迫したかどうかは知らない、と相沢は話していました。恐喝まで相沢に手伝わせると、分け前を与えなくてはいけないから、青沼は金を惜しんだのかもしれませんね」

愚かな男だ、と藤木は思う。そこをケチらず、相沢と一緒に行動していれば殺されずに済んだのではないだろうか。

「六月四日の東大和事件について、細部を考えてみよう」大和田はペンの先で机をこつこつと叩いた。「一番の問題は、竹下兼蔵を殺害したのは誰なのかということだ。普通に考えれば竹下聡か正体不明の女性、どちらかだ。みんなはどう思う？」

「まあ普通に考えれば、やったのは竹下聡でしょうね」岸が言った。「兼蔵を殺害したあと、怖くなってどこかへ逃げた。それを見た女性が家に入り、遺体を発見してやはり逃走、ということだったのでは？」

「それが、考えられる第一のケースですね」秀島が口を開いた。「第二のケースはこうでしょうか。少年は祖父と言い合いになるなどして、家を飛び出した。次に女性が家に入って、何らかの理由で兼蔵さんを殺害した。……兼蔵さんはほぼ寝たきりだったので、彼のほうから女性に何かアクションを起こしたとは考えにくい。女性は前から兼蔵さんを恨んでいたのかもしれません」

「そうだったとして、なんで恨まれたんだろう？」

岸は隣にいる石野のほうを向いた。彼女は少し考えてから答える。

「兼蔵さんはかつて極左団体にいました。犯人はそのころの恨みを晴らしたんじゃないでしょうか。家族が東革に殺害されたとか、東革が起こした事件に巻き込まれたとか、過去の恨みがあって……」

たしかにな、と大和田がうなずいた。

「組織が組織だから、一般市民の恨みを買う場面はいくらでもあっただろう」

「少しひねった想像ですが、第三のケースはこうです」秀島が話を続けた。「聡は祖父を殺害してしまったと思って逃げた。しかし実はまだ生きていて、あとからやってきた女性がとどめを刺した……」

「うん。その線もあり得るな」

「その場合、女は竹下聡の罪をかぶったんでしょうかね」岸が疑問を差し挟んだ。

「最初に兼蔵を傷つけたのは聡なんだけど、自分がやったということにしたかった、とか？」

「だとすると、なぜ少年をかばったか、ですよね」

石野は岸のほうに視線を向ける。

「いったい何者だったのか。……女がどこの家から車で出発したのか、知りたいよなあ。相沢はその後、どう話しているんだっけ？」

岸が質問すると、すぐに秀島が答えた。

「女性がどこに住んでいるかは、青沼から聞いていなかったそうです。まあ、車で移動していたわけだから、竹下宅からかなり離れた場所でしょうね」

そうか、とつぶやいて岸は考え込む。

ここで大和田は腕を組み、思案の表情になった。

「聡が失踪したことを考えると、やはり竹下兼蔵を殺害したのは彼だろうという気がするな。そうだった場合、動機面はどうなんだろう。二年半ほど彼は熱心に祖父の世話をしていたんだよな？　ときには学校を休んでまで面倒を見ていた。自ら進んでやっていたわけではないにしても、献身的にずっと頑張っていた。その聡が突然、祖父を殺害しようとするだろうか」

「だからこそ、じゃないでしょうか」

藤木が言うと、大和田は不思議そうな顔をした。

「どういうことです？」

「隣の家の住人から聞きましたが、兼蔵さんは寝たきりになっても酒を飲み、大声で騒いでいたそうです。病人の介護をする人間はどんどん消耗します。肉体的にもそうですが、精神的にも非常にきつい。見返りを求めて世話をするわけじゃありませんが、でも感謝の言葉はほしいものですよ。これだけ一生懸命世話をしているんだから、何かご褒美があってもいいじゃないかという気分になります。そういうものです」

藤木の頭にあるのは裕美子のことだ。最後の二週間ほどは本当にきつかった。痛み止めのせいで譫妄状態になり、話もうまく通じなくなっていたから、よけいに辛かったのだ。

「竹下聡は責任感のある子だったんだと思います。なんとかして祖父の面倒を見ようとしていたんでしょう。だから、酒ばかり飲んで自分の体を大事にしない祖父が許せなかった。緊張の糸が切れるには、小さなきっかけがあれば充分です。相当、不満が蓄積していたでしょうから、暴言を吐かれるとか、そんなことでも怒りは爆発します。それは大人でも子供でも同じですよ」

気がつくと、みな黙り込んでいた。藤木の妻のことを知っているから、どう反応したものかと迷っているのだろう。

咳払いをしてから岸が言った。

「この先は、少し自由に考えてみますかね。十三年前の東大和事件のあと、聡は身を隠した。たとえば、裏社会に入って金を稼いでいたとしましょう。今年になって、いろいろと事態が動いたのかもしれません。裏社会の仕事をしているうち、聡は遠藤と知り合った。ふたりの間に何か大きなトラブルが起きて、聡は遠藤を始末することにした……」

「だいぶ飛躍がありますが、まあ聞きましょうか」と秀島。

「聡には忘れられない記憶があったんだ。中三のとき、介護していた兼蔵を殺害してしまったことだよ。いまだに祖父への恨みや憎しみが残っていて、介護というものに異様な執着があった。それで遠藤を殺害したとき、介護を模したような現場状況を作ったんじゃないかな。さらに聡の恨みは、祖父のかつての罪を糾弾する方向にも進んで、東革のテロ活動を暴くような遺留品を用意したわけだ。どうかな?」

岸はみなの顔を順番に見ていく。

秀島が言うように、岸の考えには少々飛躍したところがある。だが、藤木の意見もそれに近いものだった。

「岸の言うことも一理あると思う」藤木は言った。「遠藤哲郎殺し、菅野栄子殺しの犯人は、あまりにも強い怒りで我を忘れてしまっているように見える。そうでなければ、あんな現場状況を作ったりはしないだろう」

「……まあ、そうですね」大和田はうなずいた。「猟奇的な事件でありながら、何かの意図が感じられるような現場だ。被害者をベッドに縛りつけ、さまざまな遺留品を配置して……。いったい、なぜあんなふうにしたのか」

　みなしばらく黙り込んだ。

　藤木は現場の状況をもう一度頭に思い浮かべた。不可解な細工と不可解な遺留品。だが、介護を経験した人物がやったことだとしたらどうか。

　そう考えるうち、腑に落ちる答えが見つかった。藤木は大和田の顔をじっと見つめた。

「突飛な発想ですが、聞いてください。綾瀬事件のときに話しましたが、被害者の上半身を血で真っ赤にしたのは清拭を想像させます。それから、西大井事件の現場ではベッドサイドに林檎がありました。これは病人や怪我人の看護、介護を思わせるものです。

　また、綾瀬事件の現場では清拭を模した細工のほか、被害者の口に片栗粉が詰められていました。ベッドサイドにはミネラルウォーターのペットボトルと、半分ほど水の入ったコップがあった。そこからの連想ですが、呑み込む力が弱くなった人の場合、水やお茶、みそ汁などをそのまま飲ませるとむせてしまうので、『とろみ剤』で誤嚥を防ぐんです。あれと関係ある気がします。

　また、ベッドサイドに消臭剤がありましたが、布団などのにおいを消すために使うことが多いんです。さらに、普通のシーツの上に防水シートを敷くのも、介護のときの特徴です。これらのことから、ふたつの事件現場の細工はどれも介護の現場を模したものだと思われます」

岸と石野は深くうなずいている。大和田や秀島はそれぞれ思案する様子だったが、特に異論はないようだった。

「藤木さんは介護の経験がありますものね」

石野に言われて、藤木はみなに打ち明けた。

「そう。妻を介護したことを思い出していたよ。寝たきりになってから体を拭いてやったり、紙パッドやおむつを替えたり……。正直、あれがずっと続くと思うときつかった。まあ実際には、末期のがん患者は急に具合が悪くなって、何週間かで亡くなってしまうんだけど……」

「ありきたりな言葉ですみませんが……本当に大変でしたね」と石野。

「いや、俺なんかに比べたら、竹下聡のほうがよほど辛かったはずだ。まだ中学生なのに、ずっと祖父の面倒を見ていたんだからね。正直、俺には彼に同情する気持ちがある。だがその一方で、介護を模した事件現場を残すなんて許せないんだよ。本当に腹が立つ」

介護の苦労がわかっているのなら、なぜそれを強調するような事件現場を残したのだろう。そんなことをして気が晴れるとでも言うのか。あまりに幼稚だし、あまりに愚劣なことだ。

「大和田さん、俺はこの事件の犯人を捕まえてみせます」藤木は言った。「捕まえて、自分がどれほど愚かなことをしたのか、思い知らせてやりますよ」

「それは殺人班の仕事だと言いたいところですが……まあ、いいでしょう。この際、誰の手柄かは関係ない。犯人が捕まるのなら、殺人班も文句は言わないはずです。いや、言わせませんよ、私が」

「いやあ、これは頼もしい」岸がくっくっと声を出して笑った。「係長が守ってくれるのなら、俺たち、誰にも遠慮せずに仕事ができるというもんです」

よろしくな、と応じて大和田も笑顔を見せた。


ミーティングのあと、藤木は休憩室でお茶を飲んだ。

室内にはほかに誰もいない。廊下からいくつか靴音が聞こえてくるが、ここにやってくる気配はなかった。深夜の休憩室は、普段よりもずっと落ち着ける場所だ。

藤木はポケットからスマホを取り出し、メールアプリを起動した。

大西美香からのメールを表示させる。昨夜届いたものに、まだ返信ができていなかった。藤木は指先で文字を入力し始めた。

《すみません。仕事が忙しくて返信が遅れました》

そんなふうに打ち込んでいった。ときどき自分の文章が気に入らず、書いては消し、書いては消しを繰り返す。これまでの大西へのメールで、自分は単なる地方公務員だと伝えてあった。だから警察だの捜査だのという言葉は使っていない。

しかし、おかしなものだな、と藤木は苦笑いをした。

仕事が忙しいと自分は書いたが、同じ捜査をしているのだから石野は当然それを知っているのだ。にもかかわらず彼女は身元を偽り、「そうなんですか、大変ですね」などという返事をくれるだろう。それに対して藤木はまた、何も知らないふりをしてメールを打つ。この関係はいったい、いつまで続くのだろう。

今日のメールを送り終えて、藤木は椅子から立ち上がった。かなり遅い時間だが、弁当を買いに行こうと思った。急いで食べて、急いで寝よう。そうして明日の捜査に備えるのだ。

廊下の角を曲がろうとして、藤木はふと足を止めた。前方のエレベーターホールで、大和田係長と石野が立ち話をしている。先ほど密かにメールを打っていたこともあって、なんとなく声をかけにくかった。そのまま聞き耳を立てていた。

ふたりともこちらには気づかず、話を続けている。

「そうか、またメールが……」

「今ちょうど返事が来たところなんです」

「藤木さんも楽しみにしているだろうな。石野に頼んでよかった」

「少しはお役に立てたでしょうか」

危うく、驚きの声が出てしまうところだった。心臓の鼓動が速くなり、額に汗が滲んできた。

――大和田さんの命令だったのか。

石野がメールを送ってきたのは、本人の意志で行ったことではなかった。上司の命令で、いわば業務として引き受けたことだったのだ。

復職した藤木のメンタル面を気にして、大和田は石野にそれを命じたのだろう。彼らの気持ちには感謝しなければならない。だが、どうにも割り切れない思いがあった。急に今までの行動が恥ずかしくなってきた。

浮かれていたつもりはない。だが自分はメールの返事を打つことを日々の楽しみにしていた。石野が自発的に送ってくれたのだと思い、彼女の存在を好ましく感じてしまっていたのだ。ひとつ間違えば、それは無様な中年男の勘違いに繋がってしまうところだった。

藤木はひとつため息をついた。まあ、そうだよな、と思った。石野のような若い女性が、自ら進んで冴えない五十歳の男を励ましたりはしないだろう。そのことに、もっと早く気づくべきだった。

このまま石野や大和田に会うのは、あまりにも気まずかった。何を話したとしても、動揺が顔に出てしまうのではないか。そんな気がした。

靴音を立てないよう注意しながら、藤木は休憩室のほうへと戻っていった。

第四章　呪いの日

1

歯を磨き、口をゆすいでから鏡を覗き込む。

そこには少し疲れた中年男の顔が映っている。もう五十歳だ。最前線で仕事をしていたころに比べると、頬がたるんできたように見える。肌の張りもなく、たまに吹き出物が出来るとなかなか治らない。毛染めをしないから、最近は白髪も目立つようになってきた。頭のてっぺんから足の先まで、まんべんなく活力が薄れているようだ。

鏡に映った顔を見ているうち、ため息が出た。

普段の自分なら、これほどネガティブになることはないのだ。ではなぜ今こんなに冴えない気分なのかというと、原因は明らかだった。昨夜、石野たちの話を聞いてしまったせいだ。自分ひとりで空回りしていたことが、なんとも情けなく感じられる。

どうするかなあ、と思いながら藤木はタオルで口元を拭いた。

いや、どうするもこうするもない。今までどおりに捜査を続けるまでだ。個人的なことを気にして、仕事がおろそかになってはいけない。

ネクタイをきゅっと締め、背筋を伸ばして髪を整えた。自分を鼓舞して廊下へ出る。階段を上り、深呼吸をして講堂に入っていく。捜査本部では、若手の捜査員を中心に十数名が今日の仕事を始めていた。

捜査本部の後方、いつも凍結班が使っている長机のほうに歩いていく。いるかな、と思っていたらやはりいた。石野は椅子に腰掛け、真剣な目でノートパソコンを操作している。

藤木が近づいてきたのに気づいて、彼女は顔を上げた。

「おはようございます、藤木さん」

「……おはよう。今日も早いんだな」

ごく自然に挨拶したつもりだったが、どう見えただろう。自分の態度は変ではなかっただろうか。

「もう四日目ですよね。もっと手がかりを集めないと……」

キーボードを叩きながら石野は言う。

そうだな、と応じて藤木はスマホの画面を見た。十二月七日、午前七時四十二分。

凍結班が参加してから四日になるが、捜査本部が設置された日から数えれば六日目だ。殺人班としてはそろそろ西大井事件、綾瀬事件について犯人の目星をつけなくてはならない時期だろう。それをサポートする藤木たちも、過去に起きた練馬事件、東大和事件の真相を解明しなければならない。

それにしても、四つの事件はかなり複雑に関係しているように思われる。現在の事件と過去の事件、両者を同時に調べていくことの難しさを、藤木は実感している。

石野のふたつ隣の席に腰掛け、藤木は捜査資料を開いた。聞き込みの予定を立てようとしたのだが、雑念が多くてなかなか集中できない。

すぐそばに石野がいるせいで、なんとも気詰まりだった。一度席を外してコーヒーでも買ってこようか。いや待てよ、と思った。周りにほかのメンバーがいないのだから、今は話しかけるチャンスではないか。この機会を逃してはならない、という気がする。

「石野……」そっと声をかけてみた。「今、少し話してもいいかな」

「はい？」彼女はキーボードを叩く手を止め、こちらを向いた。「何でしょう」

彼女の表情からはいつものとおり、おっとりした雰囲気が感じられる。

「ええと……」声をかけたはいいが、何を話したものかと迷ってしまった。「最近、仕事はどうだ？」

「おかげさまで毎日すごく充実しています。……ああ、すみません、そういう言い方はよくないでしょうか」

「いや、いいと思うよ。やり甲斐があるんだな」

「大和田係長には本当に感謝しています。私が働きやすいよう、配慮してくださって」

「そのようだな」

石野は刑事らしい厳しさには欠けるが、凍結班の仕事は気に入っているらしかった。本人も言うように、最近は充実した仕事をしている。特にパソコンを使った情報分析では、藤木たちを何度も助けてくれていた。以前の部署では前向きになれなかったが、ここに来て自信が持てたのだろう。

ああそうか、と藤木は思った。自信を得て、気持ちに余裕が出てきた彼女は、他人に目配りできるようになったのだ。十月になるまでは自分がチームの中でも序列最下位だった。だがそこへ、妻を亡くして気落ちしている藤木が現れた。ちょうど大和田から頼まれたこともあり、施しをするような気持ちで藤木にメールを送っていたのではないか。

「……どうかしたんですか？」

急に石野に訊かれて、藤木は戸惑った。不審に思われないよう笑ってみせる。

「いや、石野と話す機会ってあまりないからさ。たまには……あれだ、コミュニケーションをとろうと思って」

「ありがとうございます。藤木さんのおかげで班もまとまってきたし、みんな感謝していると思いますよ」

そう言って石野は微笑んだ。屈託のない、いい笑顔だな、と藤木は思った。


朝の会議のあと、いつものように秀島とふたりで捜査に出かけた。

昨日までは比較的晴れていたのだが、今日は朝から雲が出ている。日が射さないから肌寒く感じられた。予想ではところにより雨ということだった。崩れなければいいが、と藤木は空を見上げた。

「藤木さん、どうかしましたか」

「え?」

「なんだか今日は、顔色が冴えないみたいだから」

秀島にも指摘されてしまった。これはよくないな、気をつけなければ、と藤木は自分に言い聞かせた。後輩に心配されるようでは仕事にも差し支える。

「事件のことを考えていた」藤木は言った。「今日こそは犯人の尻尾をつかまないとな」

「そうですね。気を引き締めていきましょう」

藤木たちは四日目の捜査を始めた。

過去の事件と現在の事件、それらの接点を見つけなければならない。そのためにも入念な聞き込みが必要だ。刑事の価値は持久力と忍耐力で決まる、と藤木は思っている。その考えは若かったころも、歳をとった今もずっと変わらない。捜査の基本は足で稼ぐことなのだ。

十三年前に竹下兼蔵が殺害され、聡が行方不明になった東大和事件。その兼蔵の死体遺棄を行った青沼裕也が殺害された練馬事件。それらに関係ありそうな者をリストアップして、藤木たちは順番に訪ねていった。

昔のことだから、よく覚えていないという人が多かった。未解決事件の捜査が難しいのは、このように人の記憶が薄れていってしまうからだ。下手をすれば、思い込みで誤った証言をしてしまう人もいる。それを藤木たちは見分けなければならない。

午前中いっぱい聞き込みを続けたが、これといった成果はなかった。足で稼ぐものだと思ってはいるが、空振りが続くとさすがに不安になってくる。この方針で捜査を続けてよいのか、という疑問が湧く。

立ち食いそば店で昼食をとったあと、藤木は秀島に話しかけた。

「どう思う？　なかなか当たりが出ないんだが、捜査の方向が間違っているのかな」

秀島は首をかしげて考えていたが、やがてこう答えた。

「少し気分転換——と言ったら変ですが、聞き込みの合間に別の捜査を挟んでみますか」

「何をするんだい？」

「僕は昨日のスナックのことが気になっていましてね」

昨日、藤木たちは亀戸に行き、スナック愛の店舗を捜索した。だが途中で豊崎紀一郎のことがわかったので、立川市に移動してしまったのだ。あとの捜索は岸と石野に任せたのだが、特に発見はなかったと聞いている。

「岸たちが確認してくれたけど、もう一度自分たちで調べてみようってことだな？」

「いえ、僕が気にしているのは店の奥です。住居部分」

「そっちは殺人班が担当したわけだが……」藤木はまばたきをした。「え？　彼らが信用できないってことかい」

「そうは言いませんが、ほら、人ってどうしてもミスをするじゃないですか。何度も調べたら、思わぬ発見があるかもしれません」

「君の勘か？」

「まあ、藤木さん風に言えばそうですね」

彼の言うことにも一理ある。関係者への聞き込みでも、同じ相手に対して別の日に繰り返し質問することがあった。一見無駄なように思えるが、それで手がかりが得られることも少なくない。

「わかった。スナックに行ってみよう」

一旦捜査本部に戻り、スナック愛の鍵をもらって亀戸に向かった。

昨日大勢で捜索した場所だが、今日は誰もいないから静かだった。藤木は白手袋を嵌めたあと、ドアを解錠して店に入った。秀島もあとからついてくる。

カウンターの中に入って奥を見ると、住居スペースに続く廊下があった。暖簾を分けて、そちらへ進んでいく。住居部分の一階には台所と居間、風呂、トイレ、納戸などがあった。二階は和室が三つという間取りだ。

早速、秀島と手分けして屋内を調べ始めた。

箪笥の引き出しや、押し入れの段ボール箱などはすでに殺人班が確認しているだろう。今日はそれ以外のところ、わかりにくい場所や盲点になりそうな場所を先にチェックすることにした。

たとえば冷蔵庫の中。可能性は低いと思うが、お茶の葉が入った缶や、食べ物の入ったタッパーなどを調べてみる。

あるいは流しの下の収納スペース。しまってある鍋の蓋を取ってみたり、ラップの細長い箱を開いてみたりする。いくつかある化粧箱などはいかにも怪しく見えたが、中に入っていたのは夫婦茶碗やコーヒーカップばかりだ。

一階から二階へと移動していったが、結局めぼしいものは見つからなかった。中腰で作業していたものだから、だいぶ腰が痛くなってきた。

「何も出てこないなあ」

腰をさすりながら藤木は言う。秀島は腕組みをして唸った。

「おかしいですね。勘が外れたのかな」

「まあしかし、何もないとわかればそれも成果だ。もう、この建物を気にする必要はなくなるわけだから」

「いや、何かあるんじゃないかと思うんですよね、僕は」

秀島はあらためて一階の居間を覗き込む。それから廊下を通って、店舗のほうへ戻っていった。どうやらまだ諦めきれないようだ。仕方なく藤木もスナックのほうへ移動した。

「こっちは昨日俺たちが出たあと、岸たちがさらに調べてくれたはずだよ」

「そうなんですが、何か見落としたものはないのかな……」

ぶつぶつ言いながら秀島はスナックの中をうろついている。もうそろそろ諦めてもいいんじゃないか、と藤木が思ったときだった。カウンターの中で備品を見ていた秀島が、「あれ」と言った。

「どうした？」

「エラーサインが出ていますね」

藤木もカウンターの中に入った。

秀島はしゃがみ込んで、小型の棚の中段辺りを指差している。そこにファクシミリ付き電話機が置かれていた。家庭用プリンターにコピー機やスキャナーの機能を付けたものだが、電話の機能もあり、ファクシミリとしても使うことができる。飲食店や各種専門店など、あまり事務用スペースのない店で使われている機種だ。

そのファクシミリ付き電話機の前面パネルで、オレンジ色のランプが点滅していた。

「何のエラーでしょうね。インク切れじゃなさそうだけど」

「用紙切れじゃないのか？」

「ああ、なるほど」

手袋を嵌めた手で、秀島はファクシミリの下部にある給紙トレイを引き抜いた。予想に反して、中にはきちんと紙が入っている。

「紙は大丈夫みたいですけど……。いや、待ってください」

よく見ると、コピー用紙の束が少し上に膨らんでいるのがわかった。秀島は紙の束を丁寧に取り出す。

「え？　なんでそんなものが……」

藤木は思わず声を出してしまった。給紙トレイの底に、銀行の預金通帳が一冊隠してあったのだ。

「ほら藤木さん、出てきましたよ。怪しいものが」口元を緩めながら、秀島は通帳を手に取った。「名義人は菅野栄子さんですね」

彼は手早く通帳のページをめくっていく。

「けっこう大きな額の入出金がありますよ」

「どうしてこんな場所に置いてあったんだろうな」

「ええと……公共料金なんかの引き落としは一切ありません。正体不明の入出金のみ。隠しておいたということは、いわく付きなのかも」

秀島はさらに通帳を調べていったが、あるページで手を止めた。前後のページを確認し、眉間に皺を寄せている。藤木のほうに通帳を差し出した。

「見てください」

不審に思いながら、藤木は通帳に目を落とした。そこで、はっとした。

「これは……どういうことだ？」

日付は今から二年前の六月十六日だった。菅野栄子からある人物に対して、五十万円が振り込まれている。相手の名前は《アイザワ　コウジ》となっていた。

「……相沢功治。あいつか！」

藤木は大井署の取調室を思い出した。今日も相沢はあの部屋で事情聴取を受けているはずだ。状況次第では、そろそろ逮捕状が用意されるかもしれない。

「相沢は青沼裕也の弟分でした」秀島は言った。「青沼が殺害された練馬事件のあと、彼は行方をくらましていた。僕たちが発見するまでの暮らしは謎でしたが、菅野さんから金をもらったことがあったんですね」

「相沢と菅野さんは繋がっていたわけだ。相沢が金を受け取ったのは、この一度だけかな……」

藤木は通帳を詳しくチェックしてみた。

もうひとつ気になることがあった。通帳に《ＳＴ》という名前が頻繁に出てくるのだ。その人物から百万円、二百万円、三百万円といった大金が、この口座に振り込まれている。初めての振り込みは二年前の六月九日で、金額は三百万円。これは相沢功治に五十万円を振り込む一週間前のことだ。相沢への出金はその一度だけだが、ＳＴから菅野への入金は一年半経った今月まで断続的に行われていた。

「ＳＴという口座からの振り込みはずいぶん多いな」

「ざっと見たところ、合計二千万円ぐらいになりそうです」

「二千万！」藤木は目を見張った。「ＳＴっていうのはいったい何者なんだろう」

「わかりません。でもこの入出金から断定できることがあります」通帳を指し示しながら秀島は言った。「一年前の六月から、STは菅野さんに大金を振り込むようになった。そして菅野さんは、受け取った金の中から五十万円を相沢功治に振り込んだということです」

菅野と相沢の間には特別な関係があったようだ。それだけではない。菅野とSTとの間にも、何か秘密の関係があったと考えられる。彼らのその関係こそが、一連の事件の謎を解く鍵ではないだろうか。

「相沢功治を問い詰めよう。何もかも自供させるんだ」

スナックを施錠して、藤木たちは駅に向かった。

2

藤木たちが取調室に入っていくと、相沢功治は怪訝そうな顔をした。

現在、まだ彼の逮捕には至っていない。いずれそうなるだろうが、今の時点では任意の事情聴取に応じてもらっているところだ。今日は朝から別の捜査員が話を聞いていた。そこへ急に藤木と秀島が現れたものだから、相沢は不思議に思ったようだ。

秀島は補助官の席に腰掛ける。

テーブルを挟んで、藤木は相沢の前に座った。しばらく彼を見つめてから、ゆっくりと話しだした。

「相沢さん、これから私は大事な質問をする。正直に答えてもらいたい」

「……俺は今までも、ちゃんと話してきましたけど」

「一昨日、君はいろいろなことを話してくれた。だが、まだ隠していることがあるだろう？」

相沢はよくわからないという顔をしている。藤木は資料ファイルから何枚かのコピー用紙を取り出した。そこにはスナック愛の経営者・菅野栄子の預金通帳がコピーされていた。

「君は菅野栄子さんから金を受け取っていたな？　今から二年前の六月十六日、五十万円が振り込まれている。言い逃れはできないぞ」

藤木は相手の表情を観察した。相沢はコピー用紙をじっと見ている。何気ないふうを装っているが、机の下では貧乏ゆすりが始まっていた。

「……何のことだかわかりませんけど」

「相沢さん、時間稼ぎはやめてもらおう」藤木は強い口調で言った。「どのみち、君の罪は暴かれるんだ。それに、こんなことをしている間に次の事件が起こるかもしれない。三人目の被害者が出れば、君の責任ということになる」

「責任なんて言われても……」

「遠藤哲郎さんと菅野栄子さん、ふたりを殺害した犯人はまだ捕まっていない。奴はきっと次の事件を起こすぞ」

　相沢は黙り込み、上目づかいにこちらを見ている。

　机の上で両手の指を組んで、藤木は言った。

「この通帳を見れば、君が菅野栄子さんと深く関わっていたことは明らかだ。君は遠藤さんや菅野さんのために何かをした。青沼裕也のときと同じように下働きをしたのか？　それとも何かを調達して売ったのか？」

「そんな……大したことはしていませんよ」

「大したこともせずに五十万円も受け取ったのか。そんなはずはない」藤木はコピー用紙を指差した。「君が五十万円を受け取る一週間前、ＳＴという人物から菅野さんに三百万円が振り込まれている。振り込むとき、名義人の名前をＳＴに替えたんだろう。そして、その振り込みは今月までずっと続いていた。どういうことだ？」

「知りませんよ。菅野さんの通帳なんて初めて見たし……」

「こうだったんじゃないか？　君は情報を売ったんだ。その情報をもとに、遠藤さんや菅野さんはＳＴという人物を脅した。最初に遠藤さんや菅野さんが金を振り込ませたのが六月九日。それを確認して、菅野さんは君に情報料の五十万円を支払った。そういうことだろう？」

「いや、それは……」

「黙っていたら君自身が不利になるんだぞ」

そこまで言い詰められて、相沢はついにごまかしきれなくなったようだ。渋い表情を浮かべながら彼は説明した。

「ええ、そうです。藤木さんの言うとおり、五十万円は情報料です。情報というのは、十三年前の竹下兼蔵殺しに関するものでした。……立川に豊崎病院というのがあるんですが、知ってますか？」

「ああ、知っている。豊崎紀一郎さんや奥さんの佐代子さんに会ってきた」

「じゃあ話が早いですね」

相沢は記憶をたどりながら、彼が二年前、遠藤たちに売った情報のことを話し始めた。

「面倒なことになると思って今まで黙っていたんですが、仕方ない、全部話しますよ。ちょっと事情が複雑なんですが……十三年前、青沼さんは立川の豊崎家について探っていたんです。二十六年前、豊崎紀一郎が看護師に切りつけられた事件がありました。そんな事件が起こったあとも、紀一郎の女癖の悪さは変わりませんでした。それで青沼さんは金をゆすろうと考え、証拠を探していたらしいんです。……ああ、そういったことは、あとで青沼さんから聞いたんですけどね」

青沼が豊崎紀一郎と面識があったという情報は、捜査会議でも出ていない。青沼は、恐喝のために普段からアンテナを高くしていた。そのアンテナに紀一郎が引っかかったということだろう。

「最初、青沼さんは紀一郎自身のことを調べていたけれど、そのうち妻の佐代子がひとりでよく出かけるのに気づいたそうです。立川の家から車に乗って、何度も出かけていたらしい。青沼さんは自分の車で尾行しました。

そして十三年前の六月四日だったか、竹下の家で兼蔵が死んでいるのを見つけました。逃げた子供は竹下聡。あとから家に入ってすぐ出て行ったのが豊崎佐代子です。青沼さんと俺はその夜、兼蔵の遺体を日野市に運びました。……翌日から青沼さんは急いで兼蔵のことを調べたようです。その結果、かつて極左団体・東革に所属していたことがわかりました。

一昨日は言わなかったんですけど……俺はまた青沼さんに呼ばれて、もう一度日野市に行きました。青沼さんは遺体の身元を示す証拠品として、腕時計や手書きの地図を残した。密かに撮影していた豊崎夫妻の写真も一緒に残しました。佐代子を脅すときいずれ必要になるかもしれないから、ということでした。青沼さんは恐喝の相手をいじめ抜くのが好きだったから、もし相手が刃向かってきたら、白骨遺体のありかを警察に通報するつもりだったのかもしれません。あの人にはそういうサディスティックなところがあったんです。言うことを聞かない奴は最悪の形で破滅させてやるって、よく話していました」

青沼という人間について、藤木はおおまかなことしか知らない。だが聞けば聞くほど、悪質な犯罪者だったのではないかと思えてくる。

「十三年前の六月末ごろ、準備万端整えて青沼さんは佐代子に接触しました。俺も一緒に来るよう言われて立ち会いました。あの爺さんを殺したのはおまえだろう、と青沼さんはしつこく佐代子を追及しました。結局、佐代子は抵抗できなくなり、青沼さんに金を手渡すようになったんです」

「金の出どころはどこだったんだろうな。佐代子さんが自分の貯金を崩したのか……」

藤木は首をかしげる。相沢は深くうなずいた。

「問題はそこですよ。もしかしたら、夫の紀一郎の金を使っていたのかもしれない。そのことがばれて、紀一郎が激怒したんじゃないですかね。それで誰か裏社会のツテを使って、脅迫者を始末しろって話になったんだと思います。脅迫を始めてから約四カ月後、その年の十月に青沼さんは殺されました」

「練馬の事件だな。十三年前の十月二十一日、建設現場の資材倉庫で青沼裕也の遺体が発見された」

「何か知らないかと、刑事が俺のところにやってきました。俺のほうも、刑事から何か聞き出せないかと思って事情聴取に応じていたんです。ところが何日か経った夜、俺はガタイのいい男たちに襲われました。なんとか逃げだしたけれど、あれはヤバかった。豊崎紀一郎が手配した連中だろう、と俺は思いました。青沼さんだけでなく俺のことも消そうとしているんだ、とね。身の危険を感じて、俺は行方をくらますことにしました。それから十三年間、父親のいる自宅には戻らず、ずっと裏社会に潜伏していたんです」

そのまま日野市の遺体は放置され、誰に知られることもなく白骨化したわけだ。

相沢はひとつ深呼吸をした。予想外に大きな呼吸音がして、本人も驚いたようだ。ばつの悪そうな顔をして、彼は居住まいを正した。

「結局、十三年前の練馬事件については、はっきりしたことはわからないんだな？」

「そうですね。その後、俺は暴力団や半グレ、窃盗団なんかと関わりましたけど、練馬の事件については情報がありませんでした」

「自分で豊崎紀一郎さんのことを調べようとはしなかったのか？」

「少し調べましたよ。でも想像以上にヤバい奴だとわかりました。あいつは中国系のマフィアと繋がっていたみたいです。ほら、紀一郎は女関係のトラブルが多かったでしょう。そういう問題をいくつか、マフィアに解決してもらっていたようでね。金で納得しない女がいれば、おっかない連中を差し向けて強引に黙らせていたらしいですよ」

豊崎紀一郎にはそんな過去があったのか。相沢の話を鵜呑みにはできないが、女性スキャンダルの多かった人物だし、信憑性はありそうな気がする。いざとなればマフィアに頼れるから、紀一郎はいつまでも女遊びを続けたのではないだろうか。

相沢の話が事実なら、青沼裕也が消されるのは必然だったのかもしれない。彼は自分の力を過信し、脅迫する相手を間違えたのだ。

秀島は黙ったまま記録をとっている。何事も聞き漏らすまいと耳を澄ましているようだ。

少し間を置いてから、藤木は別の質問に移った。

「昔の事情はだいたいわかった。次はこの通帳に関することだ。二年前、いったい何があった?」

藤木に問われ、相沢は空咳をしてから続きを話し始めた。

「二年前の五月ごろだったかな、俺は人から教えてもらって、ひとりでスナック愛に行ったんです。カウンター席で飲んでいると、男の客とママの話が聞こえてきました。ふたりが豊崎紀一郎のことを話していると気づいて、俺は驚きました。ママは豊崎家の事情に詳しいようでした。一方、男のほうは俺と同じように、裏社会に関わっている人間らしくてね。そういうのは態度や言葉づかいから感じ取れるんです。聞き耳を立てているうち、どうやらふたりは以前、男女の関係だったらしいことがわかりました。腐れ縁という感じで、男は店に来ていたんだと思います。

俺は豊崎紀一郎のことを恐れながらも、ずっと恨んでいました。青沼さんを殺したのは豊崎の依頼を受けた奴だろうし、俺自身も襲われていますからね。だけど俺は、豊崎佐代子が竹下兼蔵の死に関わったらしいことを知っているんです。それまで自分ひとりで豊崎に楯突こうとはしませんでしたが、誰かに情報を与えて引っかき回してもらうのは面白いような気がしました。

思い切って、俺は男に話しかけてみました。男は遠藤哲郎、ママは菅野栄子という名前だとわかりました。会話をするうち、向こうも俺の稼業に気づいたようでした。ほかに客もいなかったので俺は、いいネタがあるんですよ、と持ちかけた。以前青沼さんが使っていた脅しのネタ、竹下兼蔵殺しの件をふたりに話しました。そして後日、青沼さんから複写してもらっていた豊崎夫妻の写真を、遠藤と菅野に譲りました。ネタに付けるおまけのようなものでした。

遠藤と菅野は竹下兼蔵のことを知りませんでしたから、俺は竹下の家の場所を教えました。それから彼らに言いました。そのネタや写真は好きに使ってもらってかまわない、でももし金になるようなら少し謝礼がほしい、と。欲をかくつもりはなかったけれど、もらえるものはもらっておきたいですからね。

その情報をもとに、遠藤と菅野は豊崎佐代子を脅迫し始めたようでした。東大和の事件からもう十年以上も経っていたのに、佐代子はまた竹下兼蔵のことで脅されたわけです。さぞ驚いたでしょうね。遠藤と菅野は三百万円を脅し取って、その謝礼だと言って俺に五十万円くれました。その後のことはよく知りません。本当です」

今の話ではっきりした。うすうす感じていたのだが、通帳に記載されていたSTというのはやはり「サヨコ・トヨサキ」のことだったのだ。

「君はそれ以降、金を受け取らなかったのか？」

「もう豊崎家には関わりたくなかったから、あとは好きにやってくれ、と遠藤に言いました。……あれから一年半経ちますよね。遠藤と菅野はけっこうな額をゆすり取ったんじゃないですか？」

「約二千万円だ」

「そんなに！」相沢はまばたきをした。「結局、あいつらも欲張りすぎたんですよ。青沼さんと同じだ。豊崎紀一郎を舐めてかかっていた。だから始末されたんだ」

「危険があることを、遠藤にアドバイスするべきだったんじゃないのか？」

「気をつけたほうがいい、とは言いましたよ。でも遠藤は鼻息が荒かった。どこかへの上納金に困っていたみたいでね。……俺は金儲けのネタを売っただけです。その結果、豊崎佐代子がまた苦しむことになったし、紀一郎も妻をなじって相当イライラしただろうと思います。俺からすれば、ささやかな復讐ですよ。遠藤はそれを代行してくれたんです」

小心者だし、自分で物事を判断できない性格だと聞いていた。だがこのとき初めて、相沢のしたたかな一面を垣間見た気がした。

「結局、豊崎紀一郎と佐代子、ふたりが共謀して、遠藤さんや菅野さんを殺害したということか？」

「共謀したというより、佐代子が夫に泣きついたんでしょうね。十三年前、青沼さんがやられたときと同じです。紀一郎は妻を叱りつけただろうけど、自分の身にも影響があることだから放ってはおけない。仕方なく、マフィアを使って脅迫者を始末させたというわけです。俺はそう思っています」

相沢の言うことは筋が通っている。だが、ここで藤木は首をかしげた。もしそうだとすると、どうにも腑に落ちないことがある。

――竹下聡は犯人ではないということか？

しかし、紀一郎から依頼を受けた者が犯人だったとすると、なぜあのような細工をしたのかがわからない。遠藤のときも菅野のときも、介護の現場を模したような状況になっていたのだ。さらに盗聴器の部品や偽造免許証なども残されていた。あれは竹下兼蔵と極左団体の関係を示唆する遺留品ではないのか。そんなことをするのは聡以外にいないだろう、という気がする。

ひとつ可能性があるとすれば、豊崎紀一郎が竹下聡に罪をかぶせようとした、ということだ。だが紀一郎が竹下聡を嵌めようとする理由などあるだろうか。

そこまで考えたとき、藤木ははっとした。

「今思ったんだが、竹下聡が紀一郎さんの隠し子だったという可能性はないか？」

「……ああ、それはないはずです。青沼さんが殺されたあと、俺は紀一郎と佐代子のことを調べたんですよ。女好きだったけど、紀一郎は遺産相続のことを考えて、相手の妊娠にだけは注意していたそうです。出来てしまったときは堕ろさせたと聞きました。紀一郎のそういうところも、俺は嫌いなんですよ。……佐代子についても、不倫の子などはいないはずです」

よく考えてみれば、仮に聡が隠し子だったとしても、なぜ紀一郎が聡を罠に嵌めようとするのかがわからない。自分の子なら逆に大事にするはずだ。

相沢の話で、だいぶ過去の出来事が明らかになってきた。だが肝心の犯人像はまだはっきりしない。また、すべての発端についても謎が残っていた。そもそも豊崎佐代子は、なぜ竹下兼蔵の家に何度も行ったのか。何かの理由で、兼蔵のことが気がかりだったのだろうか。それとも聡のことを気にしていたのか。

もしかして聡は佐代子の子供だったのか、という考えが頭に浮かんだ。しかし相沢によれば紀一郎にも佐代子にも、隠し子などいないはずだという。実際問題として、男性なら隠し子を作る可能性もあるだろうが、女性の場合は難しい。洋服などでごまかしたとしても、妊娠していることを最後まで隠し通すのはまず無理だろう。

豊崎佐代子は、なぜ無関係な家を何度も見に行ったのか。そして竹下聡はどこに消え、今は何をしているのか。

腕組みをして、藤木はじっと考え込んだ。

3

別の捜査員と交代して、藤木と秀島は取調室を出た。

廊下には大和田係長がいた。今の事情聴取の様子を、隣の部屋からマジックミラー越しに見ていたようだ。彼は真剣な表情で話しかけてきた。

「藤木さん、よく情報を引き出してくれた。さすがです」

「でも大事な部分がわかっていません」藤木は渋い顔をしてみせた。「どうして豊崎佐代子さんは何度も竹下さんの家に行ったのか……。佐代子さん自身に訊くのが一番ですが、それは難しいんですよね？」

「夫は社会的地位のある豊崎紀一郎さんですから、今の段階ではできないと思います。このあと、殺人班の真壁係長とも相談しますが……」

「もう少し情報が集まったら、佐代子さんへの事情聴取もできるんでしょうか」

「そうですね。もし証拠固めができれば、奥さんにも事情を訊けるでしょう」

そんな話をしていると、ポケットの中でスマートフォンが振動した。藤木はスマホを取り出し、液晶画面を確認する。岸からだった。

「藤木だ。お疲れさん」

「お疲れさま、岸です。頼まれた件ですが、今話してもいいですか？」

「ああ、聞かせてくれ」藤木はスマホをスピーカーモードに切り替えた。

藤木たちが相沢の事情聴取をしている間、岸と石野には東大和市に行ってもらった。竹下宅の隣にある家を訪ねてもらったのだ。

「瀬名という近隣住民から話を聞きました」岸は言った。「藤木さんに指示されたとおり、豊崎佐代子の写真を見せてみたんですよ。ときどき竹下宅を見ていたのはこの女性ですか、と質問したら、たぶんこの人だと思う、ということでした」

菅野栄子の預金通帳を見たあと、しばらく考えてみて、STは「サヨコ・トヨサキ」ではないかと藤木は気づいていた。それで大和田係長に相談し、岸組に裏を取ってもらうことにしたのだった。

「竹下宅を見に来ていたのは、豊崎佐代子で間違いなさそうですね」と岸。

「ありがとう、助かった。こちらもたった今、相沢の事情聴取を一段落させたところだ。相沢はふたつの恐喝事件に関わっていた。十三年前と今年だ。いずれも被害者は豊崎佐代子さんで……」

藤木はつい今しがた入手したばかりの情報を岸に伝えた。いくつかの事実を知って、岸も驚いたようだ。

「なるほど。その預金通帳を見つけたことで、豊崎佐代子と遠藤、菅野の繋がりが判明したわけですね」

「遠藤と菅野さんをやったのが誰なのかは、まだわからないんだが……」

「ところで藤木さん、もうひとつ重要な情報があります」岸は言った。「念のため、事件の関係者の写真を全部、瀬名さんに見せてみたんですよ。そうしたら、この人は見たことがある気がする、という新しい証言が得られました。いったい誰だと思います？」

藤木は少し考えてから首をかしげた。岸に問いかける。

「わからないな。誰だ？」

「菅野栄子ですよ」

「え？」思わず藤木は眉をひそめた。「豊崎佐代子さんだけでなく、菅野栄子さんも来ていたって？　どうして彼女が……」

「それまでは、ひとりの女性だと思っていたそうですが、写真を見て気づいたと言っていました。実は、竹下宅を覗いていたのは複数の女性だったんだと」

そういえば聞き込みに行ったとき、「中年の女性のようでもあったし、もう少し若かったような気もするし」と曖昧なことを言っていた。瀬名が見かけたのは、ふたりの女性だったのだ。

「それでですね」岸は続けた。「瀬名さんに昔の日記を確認してもらいました。菅野を見かけたのは過去に三回ほどで、古くは十五、六年前じゃないかということです。一方、豊崎佐代子を見たのは十三年前のようですね」

妙だな、と藤木は思った。十三年前の東大和事件で佐代子を脅していたのは、青沼と相沢のふたりだ。一方、菅野栄子は十五、六年前から竹下宅を見に来ていたという。なぜそんなころから訪れていたのだろう。何らかの事情で兼蔵と関わりがあったのか。それとも聡を見に来ていたのか。今まで以上に謎が深まってしまった。

岸に礼を言って、藤木は電話を切った。

一度情報を整理する必要がありそうだ。

講堂にある捜査本部に戻って、藤木は大和田や秀島とともにミーティングを始めた。
まずは、メモ帳に簡単な図を描いてみた。

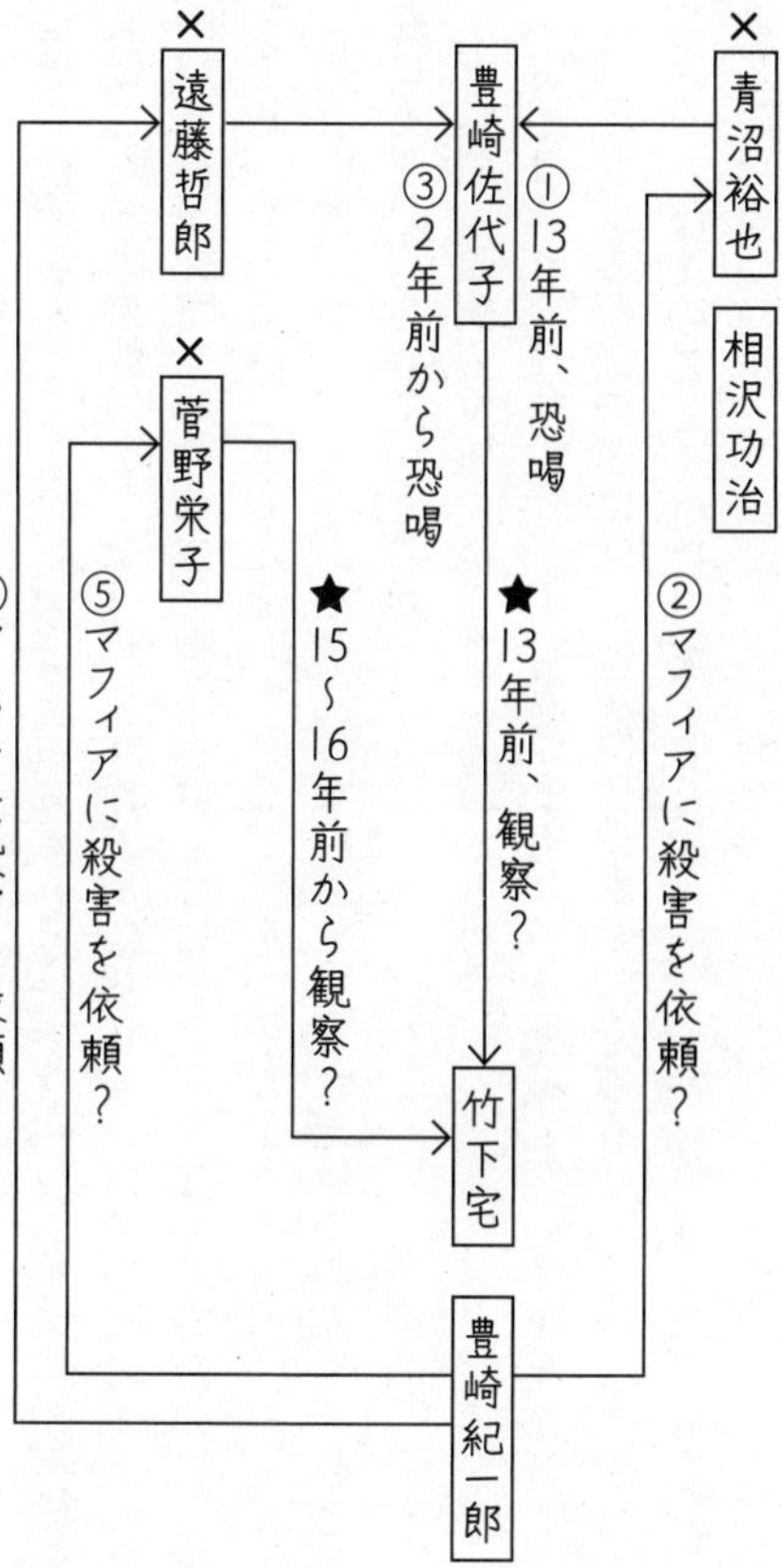

秀島が図を指差しながら言った。

「問題はこの星印ですよね、……菅野栄子さんは本当に十五、六年前から竹下宅を観察していたのか。そうだとすると彼女は、竹下兼蔵さんが殺害される前から竹下宅を見張っていたことになります」

「そこが変なんだよな」藤木は腕組みをした。「今から二年前に相沢はスナックで、兼蔵さん殺害事件のことを遠藤や菅野さんに話している。恐喝のネタにしてかまわない、と言ってだ。そのとき菅野さんはすでに竹下宅を知っていたのに、竹下兼蔵のことを知らないと話していたらしい。なぜ嘘をついたんだろう」

相沢の前だから、とりあえず知らないふりをしただけなのか。それとも、菅野は遠藤にも隠し事をしていたのか。

大和田は眼鏡の位置を直して、首をかしげた。

「時期は違うが豊崎佐代子も菅野栄子も、竹下兼蔵と聡の家を見に行っていたわけだな。佐代子と菅野の間には、何か関係があるんだろうか」

「ふたりは誰のことを気にして、見に行っていたのかですよね」藤木は言った。「竹下兼蔵だったのか、それとも聡だったのか……」

「それはやはり聡だろう」大和田は藤木のほうを向いた。「兼蔵はかつて極左団体の所属だったし、アルコール中毒でもあった。普通に考えれば厄介者という存在ですよ。そんな彼より、聡のほうが気になるでしょう」

ここで秀島が口を挟んだ。

「聡が豊崎佐代子さんの隠し子ではないとしたら……。そうだ、菅野栄子さんが聡の母親だった、というのはどうでしょう。突飛な発想だというのは承知していますが」

藤木は頭の中で年齢を計算してみた。

「菅野栄子さんは五十五歳。ということは、聡が生まれた二十八年前は二十七歳だ。年齢的には可能性があるが、実際はどうだったんだろう」

藤木はメモ帳に問題点を書きつけていった。

（1）東大和事件（十三年前）
①豊崎佐代子が竹下宅を見に行っていたのはなぜか。
②菅野栄子が竹下宅を見に行っていたのはなぜか。
③竹下兼蔵殺しは聡の犯行か、それとも豊崎佐代子の犯行か。

（2）練馬事件（十三年前）
①青沼裕也を殺害したのは誰か（豊崎紀一郎の配下？）。
②青沼裕也が殺害されたのはなぜか（豊崎佐代子への恐喝のせい？）。

（3）西大井事件（十二月二日）

①遠藤哲郎を殺害したのは誰か（竹下聡？　または豊崎紀一郎の配下？）。

②遠藤哲郎が殺害されたのはなぜか（豊崎佐代子への恐喝のせい？）。

（4）綾瀬事件（十二月五日）

①菅野栄子を殺害したのは誰か（竹下聡？　または豊崎紀一郎の配下？）。

②菅野栄子が殺害されたのはなぜか（豊崎佐代子への恐喝のせい？）。

どの事件にも、豊崎佐代子が関わっている可能性があることがわかる。

藤木は、昨日会った佐代子の姿を頭に思い浮かべた。彼女には常に夫を立て、自分は一歩引くという印象があった。

だが、そんな彼女が十三年前、ひとりで何度も東大和市に出かけていた。その結果、竹下兼蔵の殺害事件に関わってしまい、青沼から脅迫を受けることになった。あとで紀一郎が事情を聞いたとしたら、妻を激しく叱りつけたに違いない。おまえはいったい何をやっているんだ、となじったのではないか。

それが一回目、十三年前の出来事だ。そして二年前になって、佐代子は再び竹下兼蔵の亡霊に苦しめられることになった。今度は遠藤と菅野に脅されてしまったのだ。

再び助けを求められたのなら、紀一郎は驚き、呆れたに違いない。

「キーパーソンは豊崎佐代子さんです」藤木は言った。「彼女の夫・紀一郎さんは裏社会と繋がりがあると言われている。そのへんを調べる必要があるでしょう。それから長男の幸彦さん。彼は父親の女癖の悪さに困っているようでした。子供のころから紀一郎さんの身勝手な行動を知っていたとすれば、父親を嫌い、母親に同情していたかもしれません」

藤木の隣で、秀島が資料ファイルを開いた。

「ここで、関係者のプロフィールを詳しく見てみましょうか。豊崎紀一郎さんは年齢七十三歳、立川市の出身。市内の高校から医大に進学して、のちに父親の病院を継いでいます。妻の佐代子さんは旧姓・三島《みしま》。神奈川県出身で現在五十八歳。大学卒業後、地方銀行に就職しましたが、見合いで紀一郎さんと結婚することになり、退職しました」

「たしか紀一郎さんは結婚が遅かったんだよな？」大和田が尋ねる。

そうなんです、と秀島は答えた。

「あらためて確認しましたが、紀一郎さんが四十歳、佐代子さんが二十五歳のときに結婚。幸彦さんが生まれたのは、紀一郎さんが四十五歳のときです」

「五年後か。結婚から少し経っているな」

「その幸彦さんは現在二十八歳。大学は経済学部でした。紀一郎さんとしては医学部を目指してほしかったようですがね……。商社に就職しましたが三年後には退職。病院で総務の仕事を始めました」

「そして今は総務部長というわけだ」大和田は少し声を低めた。「念のために訊くが、紀一郎さんには、ほかに子供はいないよな？」

大和田に問われ、秀島は深くうなずいた。

「戸籍上は幸彦さんだけです」

「……今わかっているのはこんなところか」

椅子に体をもたせかけ、大和田は渋い顔で天井を見上げた。それから眼鏡を外し、ハンカチでレンズを拭き始める。

「一方、竹下家のほうですが」秀島は資料ファイルのページをめくった。「聡の父親・竹下容一さんは機械部品メーカーの社員でしたが、今から十六年前に交通事故で死亡。それ以来、母親の清美さんが家計を支えることになりました。追い打ちをかけるように、同じ年、聡の祖父・兼蔵さんが寝たきりの状態に……。当時小六だった聡は、ときどき学校を休みながら祖父の世話をしました。そして今から十三年前、兼蔵さんが死亡し、中三だった聡は失踪したというわけです」

「聡の母親・清美さんだが、その後はどうしているんだろう」

藤木が何気なく言うと、大和田がメモ帳を開いた。

「岸たちが調べてくれました。清美さんは十一年前に再婚しています。相手は電子機器の販売会社に勤める松倉隆博《まつくらたかひろ》という男性。再婚してすぐ北海道支社に転勤になりました。清美さんも一緒に引っ越しました」

「北海道か。どうします？　誰か行かせますか」

藤木の問いに、大和田は渋い顔をして答えた。

「残念ながら、清美さんは一昨年、病気で亡くなっているんです」

「そうなんですか……」

母親の再婚によって、聡には新しい父親が出来ていたわけだ。父親を亡くすというのは相当辛いことだろうが、新しい父親が出来るというのも、子供にとっては複雑なものであるに違いない。

「どう思っていただろうな」藤木はぼそりと言った。「聡が、母親の再婚のことを知っていたとしたら」

秀島は思案する様子だったが、やがて難しい顔で口を開いた。

「いい気分ではなかったでしょうね。十三年前、清美さんは水商売に出かけたまま、何日か家を空けることがありました。兼蔵さんの世話で一番大変だった時期に、母親が家のことを放り出してしまったんです。聡は清美さんを恨んでいたんじゃないでし

「まあ、そうだろうな」大和田もうなずいている。

「でも、その清美さんはもう死んでしまった……」

「まったく、わからないものですよ」秀島は軽くため息をついた。「小さいころは聡も両親にすごく大事にされていたらしいんです。隣の瀬名さんの話では、こうでした。清美さんは出産のとき、評判のいい病院がいいと言って、隣の市まで行ったのだと」

たしかにそう言っていたな、と藤木も思い出した。初めての子だったのだ。容一も清美も幸せいっぱいだったはずで——。

そこまで考えて、藤木はひとり首をかしげた。

最初は小さな違和感を抱いただけだった。だがそれをきっかけとして次々と疑問が浮かび、推測を重ねていくうち、とんでもないことに気がついた。

「まさかとは思いますが……」藤木は大和田のほうを向いた。「ちょっと調べたいことがあります。大和田さん、情報を集めるのに協力してもらえませんか」

藤木は自分の考えについて、大和田たちに説明し始めた。

雲が出てきて、風がかなり寒く感じられる。

いくつかの証拠を集めたあと、藤木と秀島は国分寺駅に向かった。

交通量の多い道路に面した、かなり古いアパート。共用廊下にはごみが散らかっている。これを見ても掃除をしようという人はいないらしい。住人たちは心に余裕がないのだろうか。それとも、どうせまた汚れるのだからと諦めてしまっているのか。いずれにせよ、よそから来た者が少し身構えてしまうような荒んだ場所だ。

１０３号室のチャイムを鳴らすと、しばらくしてインターホンから応答があった。

「はい……」

岩永友枝の声だ。

「昨日お邪魔した警視庁の秀島です。少しお時間をいただけませんか」

一瞬、躊躇するような間があったが、じきにぶっきらぼうな声が聞こえてきた。

「何もお話しすることはありません」

「岩永さん、我々は殺人事件の捜査をしていて、あなたに伺いたいことが……」

「帰ってくれませんか」

「あなたが不利になるようなことはしません。豊崎紀一郎さんについて情報がほしいだけなんです」

「帰ってと言ってるでしょう」

強い調子で拒絶されてしまった。どうしますか、という顔で秀島がこちらを向く。

彼に代わって、藤木がインターホンの前に立った。

「岩永さん、あなたは二十六年前、豊崎紀一郎さんに怪我をさせてしまった。でも我々が訊きたいのはそのことじゃありません。それより前の出来事なんです。あなたは知っているんじゃありませんか。今まで誰も気づかなかった重大な事実を」

「あなた、いったい何を……」

「知っています。我々は知っていますよ」

急に通話が切れた。そのまま待っていると、数秒後にドアが開いた。

出てきたのは茶髪の岩永だ。彼女の顔に浮かんでいるのは警戒の色だけではなかった。詳しく事情を知りたいという気持ちが滲み出ている。やってきた刑事が何を切り出すつもりなのか、確認してみたいのだろう。

「入ってください」

「助かります」

藤木は彼女に向かって丁寧に頭を下げた。

岩永に従い、藤木たちは靴を脱いで廊下に上がった。台所のダイニングテーブルに案内され、椅子に腰掛ける。お茶を出すというのを断って、藤木はすぐ本題に入った。

「知っていることを話していただけますか。我々が聞きたいのは『紀一郎さんが何をしたのか』、そして『紀一郎さんは何をされたのか』ということです。過去、大変な出来事があったのではないかと私は考えています」

「……どこまで知っているんですか」

「あなたと菅野栄子さんの関係を調べさせてもらいました。あなたも菅野さんも以前、豊崎病院の看護師でしたよね。その後おふたりとも退職してしまいましたが」

「ええ」岩永はゆっくりとうなずいた。「そうですけど」

「ふたりは親しい間柄だったようですね。……それで岩永さんにお尋ねしたいんですが、当時、菅野さんから何か聞きませんでしたか？　彼女の秘密を」

正面から見つめられ、岩永は居心地が悪そうな顔をした。最初は、なんとかごまかせないかと考えたのかもしれない。だが、それは無理だと悟ったようだった。

しばらく渋っていたが、やがて彼女は声を低めて話しだした。

「菅野さんは私のひとつ上の先輩でした。同じ職場だったし、映画や食べ物の趣味が合ったので一緒に食事をするようになりました。しばらくして、今度は飲みに行こうと誘われて、勤務のあと居酒屋に行ったんです。そこで、一年ぐらい前のことだけど面白い話がある、と言って菅野さんは驚くようなことを私に打ち明けました。それは、菅野さんが犯した重大な罪の話でした」

「今から何年前のことですか？」

「話を聞いたのは……私が豊崎紀一郎を襲う前の年だから、二十七年前ですね」

「その時点で、菅野さんが罪を犯してから一年ぐらい経っていたわけですね」

「そうです。一年も経ってしまっているんじゃ、今さら公表しても仕方ないと思って、私は黙っていることにしたんです。もしかしたら菅野さんも、一年経ったから私に話したのかもしれません。あの人、すごく楽しそうでした。まるで自分の手柄話をするみたいで……」

「あなたはその後もずっと黙っていたんですね？」

「ええ、特に行動は起こしませんでした。そうこうするうち、次の年になって私が豊崎を切りつけてしまって……。示談にはなりましたが、当然私は病院にいられなくなって退職しました。菅野さんもしばらくして退職したと聞きました」

なるほど、と藤木は深くうなずく。

「では、肝心の部分を聞かせてください。菅野さんの犯した罪とは、いったい何だったんですか」

緊張した面持ちで、岩永は重大な事実を語り始めた。

彼女の顔をじっと見つめながら、藤木たちはその話を聞いた。

4

　タクシーを降りて、藤木は空を見上げた。

　朝から晴れ間の少ない日だったが、雲はさらに厚くなっている。そのうち雪交じりの雨になりそうな空模様だ。時折強い風が吹いて、街路樹の枝がざわざわと揺れた。

「事件はすべて繋がっていた」歩きながら藤木は言った。「まず遠藤哲郎が殺害された西大井事件。続いて菅野栄子さんが殺害された綾瀬事件。これらの原因はおそらく、竹下兼蔵さんが殺害された十三年前の東大和事件だ。そして青沼裕也が殺害された練馬事件も無関係ではない」

「予想したとおり、四つの事件の間には密接な関係があったわけですね」

「だが、実はもうひとつ我々には見えていない重大な事件があった。それがすべての元凶だったんだ」

　近くを走っていたトラックがクラクションを鳴らした。急に車線変更をした車があったようだ。

　不快な音に眉をひそめながら、藤木はこれから起こるであろうことを考えた。

　自分たちはまず、聞き込みという体《てい》で関係者を訪ねる。いろいろ話を聞いたあと、実は今日来たのには理由があって、と本題に入る。事前に入手した情報を相手にぶつけ、反応を見る。相手にとって、それは予想外のことであるはずだ。驚きと動揺と不快感。向こうはどう応じるだろうか。曖昧に笑ってごまかそうとするのか、それとも怒ってみせるのか。

いずれにせよ、このあと捜査は大きな山場を迎えることになる。覚悟して臨まなくては、と藤木は自分に言い聞かせた。

車寄せの奥に正面の出入り口がある。藤木と秀島は豊崎病院のロビーに入っていった。

まもなく診察の受付が終わりになるという時間だ。午前中はかなり患者が多いと思われるが、今はロビーに十数名しかいない。普段は列が出来ているであろう自動精算機にも、並んでいる人の姿はなかった。

藤木は辺りを見回し、ロビーにいる人たちを確認した。約束した相手はまだ到着していないようだ。

「じきに来るだろう。座って待つか」

秀島を誘ってベンチに腰掛けようとした。だがそこで、藤木は異変に気づいた。

事務用カウンターの向こうから、制服姿の女性職員が慌てた様子で走り出てきたのだ。三人、四人――いや、もっといる。中には転んでしまった者もいた。

ロビーに出た職員たちは、険しい顔で言葉を交わしている。「警察」とか「避難」とか「館内放送」などという言葉が聞こえた。職員のうち、ひとりはスマホを取り出した。別のひとりは廊下を走っていく。

何かあったのだ。藤木と秀島は女性職員たちに近づいていった。

「警察の者です。どうかしましたか？」

突然そう言われたものだから、みな驚いたようだ。藤木は警察手帳を呈示した。それを見て、職員たちはほっとした様子を見せた。

「不審者です。奥の応接室に……」眼鏡をかけた職員が言った。

「男ですか？」

「はい。理事長に話があるというので応接室に案内しました。そうしたら急に刃物を取り出して……」

「部屋にいるのは理事長とその男ですね？」

「あ、いえ、総務部長も一緒です」

早口になりながら眼鏡の職員は言った。指先が震えているのがわかる。

「まずいぞ、秀島」藤木は相棒に声をかけた。

「行きましょう」

彼はすでに走りだしていた。藤木は慌ててあとを追う。

左端からカウンターの中に入り、キャビネットの前を通って応接室に向かった。途中、事務机のそばで立ちすくんでいる女性職員を見かけた。

「逃げてください。みんなロビーにいます」

秀島に呼びかけられ、彼女は我に返ったようだ。すみません、と答えてロビーのほうへ走っていった。

応接室に着くと、秀島はドアに耳を近づけた。しばらく室内の気配を窺っていたが、じきにこちらへ視線を向けた。いいですか、と目で尋ねてくる。

うん、と藤木はうなずいてみせた。

秀島がドアノブに触れた。中の人間を刺激しないよう、静かに、ゆっくりとドアを開けていく。きー、と軋んだ音がした。

やがて室内が見えた。藤木ははっと息を呑む。

床の上に倒れている男性がいた。あれは理事長の豊崎紀一郎だ。殴打されたのか、あるいは刃物でどこか切りつけられたのか、じっとしたまま動かない。顔が壁のほうを向いているため、息をしているかどうかはわからなかった。

紀一郎から二メートルほど離れた場所に、ふたりの男性が見えた。ひざまずいているのは総務部長の豊崎幸彦だ。眼鏡は床に落ちている。膝をついているし、両手をうしろで縛られているから自由に動くことはできないだろう。

幸彦は顔を強張らせていたが、ドアが開いたのに気づいてこちらに目を向けた。藤木たちがやってきたのを知って驚いたようだ。だが彼は声を出すことができなかった。なぜなら、首筋にナイフの刃を押し当てられていたからだ。

彼のそばには黒いウインドブレーカーの男が立っていた。ニット帽をかぶり、濃い色付きレンズの眼鏡をかけている。頬や顎に絆創膏が貼りつけられていた。その男が、右手に握った大ぶりのナイフを幸彦に押しつけているのだ。

間違いない。昨日、この病院で藤木たちをつけていた男だった。

「おい、何をしている」

男を刺激しすぎないように、しかし充分なプレッシャーをかけられるように、藤木は低い声を出した。男は眼鏡の奥の目で、藤木を睨みつけている。

その男を観察しているうち、確信が得られた。整った目鼻立ちに、疲れたような暗い表情。中学時代の面影が今もある。

「竹下聡だな？」

藤木が尋ねると、男はわずかに身じろぎをした。今の一言で、藤木たちの正体がわかったのだろう。彼は尋ねてきた。

「あんたたち、やっぱり警察の人間か。昨日、いろいろ嗅ぎ回っていたもんな」

「捜査一課の藤木だ。……竹下、ようやく会えたな。我々は君をずっと捜していた」

「刑事だったら、早くこいつを捕まえろよ」聡は言った。「俺なんかより、よっぽどひどい悪人だぞ」

聡は右手でナイフを押しつけたまま、左手で幸彦の髪をつかんだ。そのまま相手の首を乱暴に揺らす。幸彦は抵抗できずにいた。彼の頭がぐらぐらと動いた。

「やめてくれ」幸彦が声を絞り出すようにして言った。「頼むから、許してくれ……」

「そんなことを言える立場かよ！」

聡はナイフの柄で、相手の後頭部を殴った。幸彦の上体が前へ崩れ落ちそうになる。

聡は髪を握る手に力を込めた。幸彦はどうにか体勢を立て直したが、痛みに顔を歪めている。

「刑事さん、俺は昨日公園で襲われたんだ。顔を隠していたけど、たぶん幸彦の仕業だよ。不意打ちされてこのざまだ」

聡は顎をしゃくった。顔の絆創膏のことを言っているのだろう。

「なぜ幸彦さんがそんなことをするんだ。理由は？」

藤木は尋ねた。なんとか時間稼ぎをしなければ、という思いがある。

ふん、と聡は鼻を鳴らした。

「昨日の夕方、俺は幸彦ともう一度、話をするため病院に来た。だが幸彦に追い返されたんだ」

「たしかに昨日、君は病院にいたな」

「もともと幸彦は俺を憎んでいたが、昨日の訪問がきっかけで、一刻も早く俺を消そうとしたんだろう。……昨夜はなんとか逃げ出した。でも、いずれやられると俺は思った。だから今日、あらためてここに乗り込んできた」

「幸彦さんを始末するためか？」

「そうじゃない。こいつらの罪を暴いて刑務所にぶち込むためだ。刑事さん、あんたたちの手柄にもなるだろう？」

なるほど、そうか、と藤木はうなずいてみせる。

「だとしたら、君はここで幸彦さんを傷つけるべきじゃない。彼に事情聴取をして、真相を解明するのは我々の仕事だ。そのあと罰が決まる」

「それを俺が手伝うと言ってるんだよ。今、全部吐かせてしまえば、あんたたち警察も楽じゃないか。さあ、このクソ野郎から事情を聞こうぜ」

そのとき、幸彦が急に大声を出した。

「刑事さん！　早くこの犯罪者を捕まえてください！」

「おい、勝手に喋るな」

聡は舌打ちをして右手に力を込めた。ナイフの刃がすっと動いて、幸彦の首に小さな傷が出来た。赤い血が一筋、皮膚を伝って落ちていく。

痛みを感じたのだろう、幸彦は興奮した口調で言った。

「ふざけるな。俺をこんな目に遭わせて、ただで済むと思うのか。うちの親父だって黙ってはいないぞ」

聡はにやりと笑った。床に倒れている紀一郎に目を向ける。

「そこで倒れている爺さんのことか。紀一郎はとんでもない奴だよ。チンピラたちを使って、さんざんあくどいことをしてきた。そもそも紀一郎がいろんな女に手を出さなければ、こんなことにはならなかった」

「俺の父親を侮辱するな、この犯罪者が！」

「おまえがそれを言うか？　遠藤哲郎と菅野栄子を殺したのはおまえじゃないか」

「でたらめだ。嘘をつくな！」

「嘘をついているのはおまえのほうだろう」

罵り合いが始まった。ふたりとも気が立っていて、このままでは何が起こるかわからない。

「なあ竹下」藤木は一歩前に出た。「紀一郎さんの怪我を調べさせてくれないか。相手は高齢者だ。確認させてほしい」

「その爺さんに近づくな」

「ここで死んでしまったら、君にとってもまずいんじゃないか？　紀一郎さんから事情を聞き出せなくなるぞ」

聡は不満げだったが、それ以上制止はしなかった。藤木はゆっくりと紀一郎に近づき、床にしゃがんで状態を確認する。顔が向いているほうに回り込んで、脈を調べた。

聡も幸彦も、こちらに注意を向けている。

藤木は目を見開き、顔を上げた。

「おい！　心停止しているじゃないか！」

えっ、という声が聞こえた。聡と幸彦が同時に反応したのだ。

「どうして放っておいたんだ、竹下！」藤木は立ち上がり、聡を怒鳴りつけた。「これが君の望むことだったのか？　君はこれでいいのか？」

「待てよ。俺はそんなつもりじゃ……」

と彼が言いかけたときだった。突然、その体が後方に吹っ飛んだ。

聡が藤木に気をとられている間に、死角から秀島が突進したのだ。右手のナイフを叩き落とし、秀島は聡を組み伏せて制圧した。

「くそ、ちくしょう！」聡は叫び声を上げた。「そいつらも捕まえろって言ってるだろう。なんでだよ。なんで俺ばっかりこんな目に……」

「おとなしくしろ。抵抗しても無駄だ」

聡を押さえつけたまま、秀島が厳しい口調で言った。聡はしばらく呻き声を上げていたが、こうなってはもう意味がないと悟ったようだ。抵抗をやめ、体の力を抜いた。

藤木は紀一郎に手を貸して助け起こした。頭を殴られて少しふらつくようだ。確認したところ出血などはなかったが、念のため、あとで精密検査を受けさせたほうがいいだろう。

心停止だなどと言って聡を騙したわけだが、うまくいくかどうかは五分五分だった。秀島がこちらの演技に気づいてくれて助かった。

廊下のほうから靴音が聞こえてきた。

開いていたドアに誰かが近づいてくる。藤木たちはそちらに目を向けた。

姿を現したのは紀一郎の妻、豊崎佐代子だった。おそるおそるといった表情で、彼女は応接室の中を覗き込んでいる。

「佐代子か。どうしてここに来た？」

頭をさすりながら紀一郎が尋ねた。それには答えず、佐代子は呼吸を整えて藤木に言った。

「刑事さん、遅れてすみません。……まさかこんなことになっていたなんて」

「我々にとっても予想外でした」藤木はうなずいた。「今日、紀一郎さんは出勤する日だと聞いていたので、奥さんにも来ていただいたんです。息子さんも同席の上で、事件の話をするつもりでした」

「おい、佐代子。どうしてここに来たかと、俺は訊いているんだ」

苛立った様子を見せ、豊崎紀一郎は再び妻に問いかけた。佐代子は強い調子で答えた。

「こんなことになった責任は私にあります。いえ、私だけじゃない。あなたにもありますよね？」

「……俺のことを言っているのか？」

「そうです。あなた以外に誰がいるというんですか」

「おまえ、なんだ、その口の利き方は」

紀一郎は佐代子を睨みつけた。十五歳も年下で、これまでずっと控えめに生きてきた妻だ。おそらく夫に口答えをしたことなど一度もなかっただろう。その佐代子が今、紀一郎に対してはっきりものを言おうとしている。

「佐代子、おまえにそんなことを言う権利があるのか！」

紀一郎は声を荒らげた。それを見て、藤木が間に割って入った。

「一連の事件は実に複雑ですが、遡っていけば紀一郎さんに原因があるんです。このことはあなたも奥さんから聞いているはずです。……きっかけは、あなたを恨んだ菅野栄子の犯行でした。菅野は以前、あなたの病院に勤める看護師でしたよね？」

藤木の言葉を聞いて、紀一郎は黙り込んでしまった。そうだろう。沈黙せざるを得ないはずだ、と藤木は思う。

「菅野栄子……。私は今でも許せません。あの人があんなことさえしなければ……」

佐代子は悔しそうに言った。

いつも清楚で控えめ、そして遠慮深いと思われた彼女が、今は怨嗟の只中にいた。

5

秀島が捜査本部に連絡をとってくれた。

彼は大和田係長としばらく話していたが、やがて電話を切った。藤木のほうを向いて、通話の内容を報告する。

「このあと捜査本部から真壁係長たちが来てくれるそうです。それまで、所轄に対応してもらうようにしました。じきに立川署の捜査員が来てくれます」

「俺のほうは病院の職員と話をした」藤木は秀島に向かって言った。「紀一郎さんと幸彦さん、ふたりの怪我を診てくれるよう頼んだところだ」

準備ができるまで少し時間がかかる。その間、関係者から事情を聞くことにした。

秀島が聡を連れて廊下に出ていった。応接室に残ったのは紀一郎と佐代子、幸彦、そして藤木だ。四人はソファに腰掛けた。

「今後、関係者が顔を合わせる機会はあまりないでしょう」藤木は言った。「ですから、ここで事件の核心についてお話ししておきたいと思います。……我々警察は、遠藤哲郎が殺害された事件から捜査を始め、青沼裕也が殺害された事件、竹下兼蔵が殺害された事件、菅野栄子が殺害された事件を調べてきました。それらの中心にいるのが佐代子さん、あなたです。今日はその経緯を説明していただくために、ここへお呼びしました。まあ、竹下聡のせいで大変な騒ぎになってしまったわけですが……」

藤木は廊下のほうへ目をやった。今、聡は別室で秀島から事情聴取を受けているはずだ。

視線を転じて、藤木はあらためて豊崎佐代子に話しかけた。

「佐代子さん、過去の経緯を聞かせていただけますか。最初は、十三年前あなたが青沼裕也たちに脅された件からです」

そう促されると、佐代子はソファの上で姿勢を正した。今、彼女は決意を固め、誰に遠慮することもなく真相を話しだした。

「十三年前の六月末ごろ、私が買い物に出かけたところへ、ふたりの男が近づいてきました。まったく知らない人たちでしたから、私は警戒しました。場合によっては交番に駆け込もうと思ったんですが、ふたりの話を聞いて、他人に助けを求めることはできなくなりました。青沼裕也と相沢功治、彼らは私の過去の行動を知っていて、ゆすってきたんです。

その三週間ほど前の六月四日、青沼は私のあとをつけて、竹下兼蔵さんの家まで行ったということでした。聡さんや私が立ち去ったあと、青沼たちは兼蔵さんの遺体を見つけていたんです。私が反抗できないよう、青沼は兼蔵さんの遺体を別の場所へ運び、写真などの証拠品も集めたということでした。『あんたが殺したんだろう？』と青沼は言いました。『こんなことが世間に知れたら、あんたの旦那も困るだろうなあ』とも言いました。

青沼たちは三週間かけて、私や夫のことをすっかり調べ上げていたんです。『バラされたくなければ百万円用意しろ』と青沼は脅してきました。私はひとりで悩みましたが、結局抵抗できず、貯金を下ろして渡しました。それで勘弁してもらおうと思ったのに……」

「馬鹿な奴だ」隣にいる紀一郎が舌打ちをした。「一度金を渡せば、二度、三度と脅されるに決まっているだろうが」

佐代子は夫の横顔をちらりと見たが、黙ったままだった。言い返せなかったというより、無視したというふうに見えた。

「青沼は何度も金を要求してきたわけですね？」藤木は尋ねた。

そのとおりです、と佐代子は答えた。

「仕方なく、私はその都度お金を渡しました。でも結婚するまで貯めていた貯金が底をついてしまって……。悩んでいるのに気づかれたようで、ある日、夫から追及されました。それで私は、青沼に脅されていることをすべて打ち明けたんです。夫にはひ

ど く責められました」

「当然のことだ。俺は……」

　そう言いかけたが、紀一郎は頭をさすって顔をしかめた。先ほど聡に襲われたときの痛みが、まだ残っているのだろう。

　紀一郎から視線を逸らして、佐代子は説明を続けた。

「夫は私に言いました。『プロを紹介するから、青沼とか相沢とかいう男たちの始末を依頼しろ。費用は俺が払ってやる』と。そうして、電話番号を書いた紙を差し出しました。『おまえの失態なんだから、おまえが直接交渉しろ』ということでした。迷っている時間はありませんでした。私はその番号に連絡し、夫の名前を出して、仕事を頼みたいと話しました」

　紀一郎が紹介した「プロ」というのは裏社会の人間だろう。窃盗から傷害、殺人まで、何でも金で引き受ける連中だ。

　それにしても、と藤木は思った。今の話はかなり意外だった。紀一郎は、あくまで妻が仕事を依頼したという形にしたかったのだろうか。自分の蒔いた種なのだから責任をとれ、ということか。夫婦の間でも、そんなふうに命令するものなのか、という疑問が湧いた。

「青沼と相沢を始末してくれるよう、私は頼みました。でも青沼が殺害されたあと、相沢が逃げてしまいました。夫に相談したところ、『見つけ出して消してもらえ』とのことでした。私はまた『プロ』に電話をかけ、そのように伝えました。結局、相沢を見つけることはできなかったんですが、とりあえず主犯の青沼がいなくなったので、私は救われました」

「竹下兼蔵さんの遺体がどうなったかは、ご存じないわけですね?」

「どこに隠してあるかも知りませんでした。ただ、遺体のそばには私や夫を写した写真があるので、刃向かったらすぐに事実を公表する、と言われていたんです」

そのまま遺体は放置され、白骨化した。相沢はそれを知っていたはずだが、兄貴分の青沼は死んでしまったことだし、もう関わるのはやめようと考えたのだろう。小心者の彼らしい判断だった。

「それからしばらくは、静かに暮らせていたわけですか」

藤木が訊くと、佐代子はこくりとうなずいた。

「そうです。でも今から二年前、私はまた竹下兼蔵さんの件で脅されることになりました。十年以上経っているのに、同じことで脅迫されるなんて」

「接触してきたのは遠藤哲郎だった……」

「はい。ちょっと裏稼業に関わっているような感じの男でした。たぶん相沢から話が伝わったんでしょう。私はまた現金を要求されました。今度夫にばれたらどうなるかわからないので、消費者金融でお金を借りて、指定された菅野栄子という人の口座に振り込みました。注意していたので夫にはばれませんでした。ところが……今から五カ月前、私がゆすられていることを息子の幸彦に知られてしまったんです。問い詰められて、私は事情を説明せざるを得ませんでした」

みな一斉に幸彦の顔を見た。

当人は渋い表情を浮かべている。落ち着かない様子でネクタイの結び目をいじり、眼鏡の位置を直した。先ほどの騒ぎでフレームが少し歪んでしまったようだった。幸彦は黙ったまま目を伏せた。

「幸彦は私に言いました。『口封じのために遠藤を始末してやる。仲間の菅野という女もだ』と。私は驚いて止めようとしました。十年ほど前に頼んだ『プロ』に相談してみるから、と言ったんです。でも、もう電話が通じなくなっていました。父親に頼るのを嫌ったようで、結局幸彦は自分の手を汚して、ふたりを殺害すると決めてしまいました。……ああ、違いますね。もうひとり、竹下聡さんも一緒に殺害するつもりだったようです。それは、ふたりが殺害されたあとに幸彦から聞かされたんですが」

聡は昨日、公園で襲われたと話していた。幸彦の仕業だと確信しているようだったが、どうやら事実だったらしい。

「なぜ君はそんなことを考えたんだ？」

藤木は幸彦に尋ねた。その理由はすでに推測できているのだが、どうしても本人に確認しておきたいと思った。

しかし、幸彦は不機嫌そうな声を出した。

「言いたくありません」

ソファの背もたれに体を預けて、幸彦は小さく息をつく。

そんな彼の姿を紀一郎はじっと見つめた。呆れたという調子で、彼はゆっくりと首を左右に振った。

「愚かだな、幸彦。人の上に立つ者は、自分の手を汚してはいけないんだ。おまえはもっとうまく他人を使うべきだった」

「わかっていますよ。俺は、父さんみたいな立派な人間じゃないんです。人の上に立てるような器ではない。医者にもなれなかったんだし、総務部長がちょうどいいんです」

投げやりに言う幸彦の前で、紀一郎は目を伏せた。彼の性格であれば、ここは息子を叱りつける場面ではないかと思える。だが今はその気力もないのだろう、紀一郎は口を閉ざしてしまった。

あらためて、藤木は幸彦に話しかけた。

「殺人事件のことを確認したい。君は遠藤哲郎と菅野栄子の殺害現場に、盗聴器の部品や偽造した免許証を残した。それは、かつて極左団体にいた竹下兼蔵さんを思わせる細工だった。また、介護を模したような証拠品を残したのも、寝たきりになった兼蔵さんを想起させるものだ。これらはいずれも、竹下聡に罪をかぶせるためだな？聡は十三年前、ヤングケアラーとして兼蔵さんの介護をしていた。病気なのに酒ばかり飲み、暴言を吐く祖父。彼への恨みから、聡は性格に歪みが生じて介護全般を毛嫌いし、憎むようになった。そのことに異様なこだわりを持ち、事件現場を細工した。……そういう動機を推測させるよう、君は現場に演出を施したわけだ」

「まあ、だいたいそのとおりですよ」肩を落として幸彦はうなずいた。「遠藤と菅野を始末したあと、俺は事件の仕上げとして昨日、聡を殺そうとしました。でも襲撃に失敗して逃げられてしまった。なんとも間抜けなことです」

幸彦は自嘲するように、そう言った。

藤木はしばらくその様子を見ていたが、やがて彼にこう問いかけた。

「なぜ竹下聡の居場所がわかったんだ？」

それはずっと訊きたかったことだった。警察でも長年見つけることができなかったのに、どうして幸彦は聡の居場所がわかったのか。

「俺が見つけたわけじゃないんですよ」幸彦は言った。「今から五カ月前、聡のほうから俺に会いにきたんです」

*

四畳半ほどの広さの資料室を借りて、秀島は竹下聡と向き合っていた。

秀島は一連の事件について、すでに藤木と情報のすり合わせを行っている。その裏をとるため、こうして竹下聡に事情を訊いているところだ。

丸椅子に腰掛けた聡は、だいぶ落ち着いてきているようだった。先ほどから彼は、こちらの質問には素直に答えている。

「豊崎幸彦は昨日、君を襲ったということだったが、ひとつわからないことがある。幸彦はなぜ君の居場所を知っていたんだ？」

「ああ……それは簡単なことですよ」聡は壁際のスチールラックを見ながら答えた。

「僕のほうから会いに行ったんです」

「なぜそうしたのか聞かせてくれるか」

すぐには返事がなかった。聡は何かを考えるような表情になっている。ためらっているのかと思ったが、そうではないようだ。彼は話の順番を考えていたらしい。

「少し遡りますが、いいですか。……今思い出しても、あの介護はきつかったんですよ。十三年前、俺は中学三年生でした。そのころ母はもう、週に三回ぐらいしか家に戻らなくなっていました。俺が祖父の面倒を見るしかなかった。仕方ないからやりましたよ。

当時は知りませんでしたが、俺の祖父は極左団体でテロの準備なんかをしていた人です。刹那的な生き方をしてきたから、体のあちこちにガタがきていたんでしょう。内臓も足腰も悪くなって、そのうち起き上がれなくなった。でも人間っていうのはしぶといものでね、ほとんど寝たきりになってもなかなか死なないんです。そして文句だけは人並み以上に言う。背中が痛いだの足を揉めだの腹が減っただの、とにかくうるさいんだ。行かないと大声を出して近所迷惑になるから、放っておくこともできなかった」

「当時のことは僕たちも聞いている。隣の瀬名さんからね」

秀島が言うと、聡は何度かうなずいた。彼もまた瀬名の顔を思い浮かべているのだろう。

「食事も大変でした」聡は続けた。「消化のいいものをと思って、ご飯をおじやにして食べさせました。でも口の閉まりが悪いから、だらだらとこぼすんです。無理に食べさせるとむせるから、どうしても時間がかかる。寝る前には歯みがきも手伝わなくちゃならない。汗で気持ちが悪いというから、体も拭いてやりました。でもお湯が冷めてタオルが冷たいとか、ごちゃごちゃ言うんです。いっそ水で拭いてやろうかと思ったりしました。

そして一番きつかったのが下の世話です。紙おむつを使っていたんですが、瘦せているとはいえ大人の男だから体が重い。当時中学生の俺には、おむつ交換は大変な作業でした。小便はいいとして、大便の始末は本当に辛かった。タイミングよく排便してくれるわけじゃないから、三時間おきぐらいにおむつの中を確認する。出ていた場合、紙パッドの交換だけで済むか、それともおむつ自体を替えなくちゃいけないかを考える。最初はきちんとやっていたけれど、だんだん面倒になってきてね。どうせまた便が出るんだから、少しぐらい汚れていてもいいか、と思うようになりました」

当時のことを思い出したらしく、聡は眉をひそめながら話し続けた。ときどき頰が痙攣するようにぴくりと動く。嫌なことを話しているはずなのに、徐々に熱がこもってきた。

「じゃあ便が出なければいいかというと、そうではないんです。便秘になると今度は腹が痛いと言い出すから、そうなる前に手を打たなくちゃならない。三日間、便が出ないときは下剤をのませて強制的に排便させました。そうすると何時間後かに出るわけですが、薬で無理にやるものだから水分が多くてべしゃべしゃになっている。出過ぎておむつから便が溢れ、シーツまで汚れていることもありました。

ああ、今からこのおむつを替えるのかとげんなりしていると、祖父はわあわあ言うんです。『こっちは気持ち悪いのを我慢しているんだ。早く替えろよ』とかね。仕方ないから急ぐわけですが、水のようになった便が撥ねて顔に付いたりしました。我慢してようやくおむつを替え終わってやれやれというころ、腸の中に残っていた便がでろでろと出てきたりする。今きれいにしたばかりなのに、です。

泣きたくなるし、逃げ出したくなりますよ。家の中にはいつも便のにおいがこもっていて、吐き気がすることもありました。洋服を洗ってもまだにおうような気がするし、風呂に入っても自分の体からにおいが落ちないような気がする。いいことなんかひとつもなかった。……それでも本人が感謝してくれれば、俺のほうもまだ我慢ができたと思います。ところがあの祖父は『おまえは愚図で仕方がない』だの『もっと明るい顔で介護をしろ』だの、いちいち癇に障るようなことを言う。さらには、酒を買ってこい、ですよ。奴隷にされたような気分でした」

その言葉は決して誇張ではないだろう。兼蔵が起きられなくなったのが十六年前、死亡したのが十三年前だ。彼が介護をしていた二年半が絶望的なものだったであろうことは、秀島にも容易に想像できた。

藤木がこの場にいなかったのは幸いだったかもしれない、と秀島は思った。藤木の妻も亡くなる前は寝たきりで、彼は下の世話をしていたと聞いた。そういう経験を持つ者からすれば、聡の話は相当きついだろう。

「十三年前の六月四日。俺はいつものように祖父の世話をしていました。その日は学校で嫌なことがあって、気持ちがささくれ立っていたんです。そこへ便が出て、おむつ交換の必要が生じた。下剤を使っていたわけではないので、そんなにひどい状態ではなかったけれど、面倒な仕事なのはたしかです。イライラもあって、俺はぶつぶつ言いながらおむつを替えました。そうしたら祖父が急に怒りだしたんです。『なんでそんなに嫌そうな顔をするんだ』とか、『おまえが今、飯を食えるのは俺の年金のおかげだろう』とか、『ガキのくせして、いい気になるな』とか……。酒を飲んでいたから、言いたい放題という感じでした。

俺が我慢して汚れたおむつをバケツに入れていると、祖父はさらにこう言いました。『何を気取ってるんだ、この馬鹿』、そして『嫌ならこの家を出ていけばいいんだ』と。さすがにこれは許せませんでした。『俺が出ていったら誰があんたの世話をするんだよ』と反論すると、祖父は『今までずっと我慢していたんだ』とか『おまえの顔なんか見たくもない』とか、挙げ句の果てには『もうおまえの世話にはならない』なんて言い出しました。『もっとうまく介護をしてくれる人に頼む』と言われたときにはカッとなりました。以前ヘルパーを断ったあんたが何を言ってるんだ、と」

「それで兼蔵さんを殺害してしまったわけか」

秀島が問うと、聡は驚いたように首を左右に振った。

「違います。しばらく頭を冷やしてから俺が戻ると、祖父が呻き声を上げていたんですよ」

「呻き声？」

「自分ではほとんど動けないはずでした。でも祖父は腕を使って、ずるずると布団から出たようなんです。祖父のスウェットや絨毯は血だらけでした。よく見ると、祖父は両手で果物ナイフを握り、自分の胸に突き刺していました。そこから血が溢れ出ていたんです。……俺は思い出しました。お昼に使ったあと、果物ナイフを座卓の上に置いたままにしてしまった。祖父はそれを手に取って、自殺を図っていたわけです」

秀島は息を呑んだ。これはまったく予想もしていなかった話だ。

「……発作的に、ということか？」

「酒の酔いもあっただろうし、直前に俺と怒鳴り合っていましたからね。それに、起き上がれなくなってから祖父は、もう死にたい、と何度か訴えていたんです。でも本当にやるとは思っていなかった。……血まみれになり、ナイフの柄を握ったまま、祖父は苦しげな声で言いました。殺してくれ。早く殺してくれ、と」

現場の様子を想像して、秀島は慄然とした。

おむつをつけた高齢者が、不自由な体で布団から抜け出し、力を振り絞って自分の人生を終わらせようとした。だが非力ゆえに目的を果たせず、苦しみから逃れるため中学生の手を汚させようとしたのだ。

「俺はうろうろと部屋の中を歩き回ったあと、押し入れからロープを出してきました。頭が混乱して、まともな判断ができなくなっていたんだと思います。ロープを祖父の首にかけて、思い切り左右に引きました。最初のうち手足をばたつかせていた祖父は、やがて動かなくなりました。そのとき、ようやく俺は我に返りました。ああ、やってしまった。祖父を殺してしまった……。怖くなって、俺は家を飛び出したんです」

聡は右手で目頭を揉んだ。それから、左手で自分の太ももを激しく叩いた。何度も何度も叩いていた。

彼が落ち着くのを待ってから、秀島はあらためて尋ねた。

「家を飛び出したあと、君はどこに行ったんだ？」

「バスや電車に乗って立川に出ました。公園で二晩過ごして、その先どうしようかと考えていたところへ男が声をかけてきたんです。ファミレスで食事を奢ってもらいました。そのあと男のマンションに連れていかれて……。男は何か企みがあって親切にしてくれたようでしたが、俺が涙を流しながら祖父のことを話すと、気の毒に思ったんでしょうね。何もせず、よかったら仕事を紹介してやる、と言ってくれました。俺は住み込みで、中華レストランの手伝いを始めました。その後いろいろあって建設現場にも長くいたけれど、今から半年前、飲み屋でビールを飲んでいるとき、菅野栄子に話しかけられたんです」

ここで菅野が出てくるのか、と秀島は意外に思った。

おそらくそれは偶然ではなかったのだろう。菅野栄子という魔女のような人物が、聡を破滅させるために姿を現したのだ。


一呼吸おいてから、聡は説明を続けた。

「俺は菅野とは初対面でした。でも彼女のほうは俺をよく知っているようだった。東大和の家を何度か見に来て、子供のころの俺を知っていると言っていました」

「隣の瀬名さんが証言してくれたよ。菅野が来ていたのは、古い時期だと今から十五、六年前。それ以降も何度か来ていたらしい」

「菅野はお喋りで人好きのする感じの女性でしたが、よく見ると目は笑っていませんでした。そこにちょっと怖さがあった。居酒屋でビールを飲みながら、俺は菅野から驚くべきことを聞かされました。すぐには信用できなかったんですが、思い当たることも多かった。考え続けるうち、菅野の話は事実だと思えてきました。……それで今から五カ月前、俺はその事実を知るべきである、もうひとりの人物を訪ねていきました。それが豊崎幸彦、彼です。俺は友好的に接しようとしました。彼がパニックに陥らないよう、ゆっくりと事情を説明した。ところが幸彦は受け入れてくれませんでした。俺のことを敵視し、激しく憎んだ。そういうことだったんです」

「……で、その『驚くべきこと』だが」秀島は聡に水を向けた。「僕たちは岩永という元看護師から情報を得ている。確認のため、君の口からも聞かせてもらえるか？」

「ここまできたら全部話しますよ。もう僕と幸彦、ふたりだけの胸にしまっておくのは無理でしょうから」

舌の先で唇を湿らせてから、聡は核心の部分を話し始めた。

「今から三十年前、二十五歳だった菅野栄子は、看護師として豊崎病院に勤めていました。豊崎紀一郎は当時もう院長で、その立場を利用して、病院の看護師や職員に手をつけていた。菅野も紀一郎と関係を持った女性のひとりです。しかしほかの女性と同様、じきに捨てられてしまった。捨てられたあとは辞めてしまう者が多かったようですが、菅野は紀一郎への憎しみを隠して勤務を続けました。彼女はあるチャンスをずっと待っていたんです。それは実に気の長い計画でした。

そして二年後、今から二十八年前、ついにチャンスがやってきました。豊崎佐代子が妊娠し、豊崎病院で出産することになったんです。菅野栄子は産婦人科の看護師でした。そして運命の日……いや、あれは呪いの日というべきか。彼女は長いこと温めていた計画を実行しました。生まれたばかりの豊崎佐代子の息子を、同じ日に生まれた別の男の子とすり替えたんです。すり替える相手は誰でもよかった。たまたま選ばれたのが竹下清美の息子だったわけです。……竹下家は東大和市にありますよね。でも産婦人科の評判がいい病院が隣の市にあるというので、竹下夫妻は立川市の豊崎病院を選んだんです」

菅野は、自分を弄んだ紀一郎への恨みを晴らすため、新生児のすり替えを行ったのだ。妻・佐代子と息子の幸彦を将来にわたって苦しめるという、実に遠回しな計画だった。

秀島たちは今日、菅野の同僚だった岩永友枝から事情を聞いた。菅野が居酒屋で話した「重大な罪」とはこのことだった。岩永がそれを聞かされたのは、すり替えから一年ほど経ったころのことだ。その時点で公表したら、豊崎家にも竹下家にも混乱を与えるだけだし、そもそも病院にとっては大変な不祥事だ。今さら騒ぎを起こしても誰も得をしないと考え、岩永は上司に報告するのをやめたという。知っていながら黙っていたのは本当に申し訳なかった、と彼女は辛そうに話していた。

「菅野には、将来どうしようという考えはなかったんだと思う」秀島は言った。「おそらく、純粋な悪意から起こした行動だ。いつか公表することができる切り札を持てたことが、単純に嬉しかったんだろう。それを明かしたとき、紀一郎さんや佐代子さんが受けるであろうショックを想像して、ひとり楽しんでいたんじゃないだろうか」

あるいは、と秀島は思った。いつばらそうかと考えているうち、紀一郎はほかの女性に切りつけられて怪我をした。週刊誌にも書き立てられ、一時、名誉が失墜する形になった。それを見て溜飲を下げ、直接的な復讐はやめたということも考えられる。

竹下聡は——聡として長らく生きてきた彼は、眉をひそめた。

「純粋な悪意ね……。ふん、そのせいで俺と幸彦、ふたりの人生がめちゃくちゃになったんですよ」

たしかにそうだ、と秀島はうなずく。咳払いをしてから、こう続けた。

「具体的にどうするというつもりはなかったと思うが、その後のことが気になって、菅野はすり替えた子供、つまり君の様子を見に行っていたんだろう。もしかしたら菅野は、豊崎家にも足を運んでいたかもしれない」

そこから先は、あらためて聡が説明した。

「半年前に菅野がすり替えを打ち明けたのは、俺が驚き、慌てるのを見て楽しみたかったからでしょうね。実際、俺はかなり動揺しましたよ。自分自身、血液型や性格など、両親や祖父との違いが以前から気になっていたんです。それで、疑いは確信に変わった。さらに考えてみれば、祖父が俺にきつく当たっていたのも、実の孫じゃなかったからかもしれない。俺の見た目や性格に、どこか違和感があったんじゃないですかね。……のちに俺は豊崎幸彦のことを調べ、思い切って会いに行きました。すり替えられた者同士、共感し、情報交換ができると思ったからです」

そういうことか、と秀島は納得した。すり替えに信憑性が出てきて、「もうひとりの自分」とも言うべき幸彦に、会いに行きたくなったというわけだ。

「ところが、すり替えのことを知った幸彦は『俺を脅すのか』と凄んできました。実は幸彦も、血液型などを調べて親子関係に疑問を持っていたようですが、何も行動を起こしてはいなかった。それはそうです。もし紀一郎の息子でないとわかったら、彼は今の立場を失いますよね。だから俺が脅迫しに来たと思い込み、激しく憎んだ。すごい剣幕でしたよ。……もともと俺は敵意なんて持っていなかったんですが、幸彦の態度を見て怒りを感じました。売り言葉に買い言葉で『だったら全部ばらしてやろうか』などと言ってしまった。裕福に暮らしている幸彦と、祖父の介護で苦労した自分とを比べてみて、感情的になってしまったんだと思います」

聡は苦いものを嚙んだというような顔をした。

＊

藤木が想像したとおりだった。

五カ月前に聡の訪問を受けたとき、幸彦は激しく罵ったという。うかうかしていたら自分は路頭に迷うことになるかもしれない。病院経営者の長男という立場を守ろうと、幸彦は必死になったのだろう。

「聡を追い返したあと、俺は怒りがおさまりませんでした」幸彦は忌々しげに言った。「俺は母を問い詰めました。その結果わかったんですが、母は十三年前の二月に菅野の訪問を受け、新生児すり替えのことを聞かされていたというんです。それで車に乗り、竹下家を何度も見に行っていたわけです。菅野としては事実を打ち明けることで、裕福な母を苦しめたいと思ったんでしょうね。……しかし新生児すり替えとは別に、母が竹下兼蔵の件で遠藤に脅されていた、ということを俺はそのとき初めて知りました」

みなの視線が、今度は佐代子に集まった。彼女は目を伏せ、何度か小さくうなずいている。

「母がゆすられているのは厄介なことでした」幸彦は続けた。「それに加えて聡との問題もあります。聡がすり替えの事実を公表して、裁判を起こされたりしたら大変なことになる。俺が豊崎幸彦ではないと認定されたら、この地位が揺らぐことになります。そうかといって、公にしないから金をよこせと聡に脅されるのも困る。どっちにサイコロが転がっても俺にとっていい目は出ません。だったら思い切って始末してしまおうと思いました。遠藤と菅野を始末して、最後に聡を殺す。聡の遺体は山に捨てて、遺書のひとつも用意すればすべて解決、俺は安泰だと思ったんですよ。……聡はもともと運のない奴なんだ。俺の身代わりとして生まれてきたってことです。だから秘密を持ったまま、俺の代わりに死んでくれるのが、奴に与えられた役目だったんですよ」

ちょっと待った、と藤木は口を挟んだ。少し怒気を込めて幸彦を諭した。

「そういうことを言うものじゃない。君が今、豊崎幸彦であるのはたまたま運がよかったからだ。しかしその運は、天から正しく与えられたものじゃないだろう？」

「あなたにはわからないんですよ」幸彦は抗議するように言った。「すり替えのことが明かされたら、最悪、俺は豊崎の家にいられなくなる。冗談じゃない。ごみのようなあいつと立場が入れ替わるなんて、そんなことがあってはいけないんだ」

感情的になる幸彦を見て、紀一郎は深いため息をついた。

「幸彦、おまえが医者になれなかったのは、俺の子じゃないからだ。昔から出来の悪い奴だと思っていた。病院の中でも、総務部の仕事をさせるしかなかった」

そこまではっきり言われて、幸彦の顔には動揺の色が浮かんだ。

「父さん、そんな……」幸彦は椅子から腰を浮かせた。「俺だって言いたいことはあるんだよ」

「だったら言えばいいじゃないか」

「……そもそも父さんが菅野なんかに手を出すからだろう。そうでなければ、こんな事件は起きなかったんだ」

「俺の金をどう使おうが俺の自由だ。それと同じで、俺の病院で何をしようが俺の自由だ」

「よくそんなことが言えるな。父さんのことでたくさんクレームが来てるんだ。総務部の俺が謝っているから、なんとか収まっているんだぞ」

「文句があるなら病院を辞めろ。代わりはいくらでもいる。おまえの代わりはな」

「ちくしょう！」

それ以上は言葉が出てこないようだった。幸彦はぶるぶると唇を震わせている。

ふたりの口論を見ていた佐代子が、ぽつりと言った。

「もう、無理かもしれませんね。私たちが家族を続けていくのは」

「佐代子……」紀一郎は妻をじっと見つめた。「偉そうなことが言える立場か？　おまえが十三年前、竹下の家を見に行ったせいで、すべてがおかしくなった。おまえのせいで幸彦は人殺しになってしまったんだぞ」

「あなたはいつもそう。何もかも他人のせいになさっていたら、さぞかし楽でしょうね」

「何だと？」紀一郎は眉根を寄せた。「おまえは、俺のおかげでいい暮らしができているんだろうが」

「そうですね。今までどうもありがとうございました」

淡々とした態度だったが、佐代子の表情はかなり険しい。すでに何かを決意してしまったというふうに見える。

「いいだろう。出ていけ佐代子、すぐに離婚だからな」

強い調子で紀一郎は言った。佐代子はもう目を逸らしてしまって、夫を見ようとはしない。幸彦は幸彦で、これからの自分の身を案じているようだ。

「紀一郎さん」藤木は正面から相手を見つめた。「私はあれこれ言える立場ではありません。だからこれは独り言ですがね、人間というのは脆いものです。油断しているとすぐに病気になるし、すぐに死んでしまう。私の妻は四十七歳で亡くなりました。……私はあなたが羨ましい。どんなに仲が悪くても、喧嘩をしたり、いがみ合ったりできる家族がいるんですからね。それは、あなたが思っている以上に幸せなことなんです」

紀一郎は藤木の顔をじっと見た。それからこう言った。

「刑事さん。俺は、家族にそこまでは求めていないよ」

寂しい回答だ、と藤木は思った。妻の前だから意地を張っているのだろうか。それとも、もともと紀一郎はそういう考え方をする人間なのか。

「今はいいかもしれません。でも紀一郎さん、この先はどうします？　確実に体は弱っていきますよ。みじめな最期を迎えたくはないでしょう」

「……あんた、まだ五十ぐらいだろう。そんな奴にあれこれ言われたくないな」

「人生の上では紀一郎さんのほうが先輩です。でも結婚したあと、ひとりきりになったことはないでしょう。経験者のアドバイスは聞くものですよ」

諫めるような調子で藤木は言った。それから、少しばかり後悔した。捜査の現場でこんなことを言うものではない。言ってどうなるわけでもない。

紀一郎は不機嫌そうな表情を浮かべている。佐代子と幸彦は、いずれも疲れた顔をして黙り込んでいる。

重い空気の中、ドアがノックされた。病院の女性職員が顔を見せて会釈をした。彼女に招かれ、スーツ姿の男性数名が現れた。立川署の捜査員たちが到着したのだ。

紀一郎は険しい顔で刑事たちを見つめる。佐代子が唇を嚙む。

「では行きましょう」藤木は言った。「一旦、立川署においでいただきます」

豊崎幸彦は——いや、幸彦として育てられた男は、静かにソファから立ち上がった。

6

十二月十三日、捜査本部はようやく落ち着きを取り戻しつつあった。

六日前に西大井事件、綾瀬事件の被疑者が逮捕され、取調べや裏を取るための聞き込み、被疑者宅の捜索など、捜査員たちは全力で活動を行った。殺人班が中心ではあるが、応援に来ていた藤木たち凍結班も駆り出され、関係先を訪ねて回った。とにかく忙しい日々だった。

ばたばたした六日間が過ぎて、今は取調べも順調だという話だ。過密スケジュールが一段落となり、今夜の会議ではみな表情に余裕が出てきたようだった。

ホワイトボードのそばに立ち、捜査一課五係の真壁係長が議事を進めた。

「本日の時点で、捜査はまずまずといったところだ。豊崎幸彦は遠藤哲郎と菅野栄子の殺害についておおむね認めている。……ああ、この幸彦だが、二十八年前、新生児のときにすり替えが行われた可能性があることは、みんなも知ってのとおりだ。現在、DNA鑑定なども含め、血縁関係の調査が行われている。すり替えの事実が明らかになれば、実は豊崎幸彦ではなく竹下聡だということになるが、今は豊崎幸彦で統一する。もうひとりのほうも従来どおり竹下聡とする。まったく、紛らわしい話だ」

現在、大井署では複数名の取調べが同時進行していた。

豊崎幸彦に関しては真壁の話にもあったように、遠藤、菅野殺害の容疑がある。

また、竹下聡は兼蔵の死に関与した疑いがあった。

「聡の供述を信じるなら……」真壁は続けた。「兼蔵が自殺を図って死にきれずにいたのを、彼が手伝ったということになる。一方で、事情聴取に応じた豊崎佐代子が妙なことを言い出した。十三年前、聡が立ち去ったあと兼蔵が息を吹き返したというんだ。佐代子に対して兼蔵はこう言ったそうだ。『頼む。早く殺してくれ』と。それで佐代子は、巻きついていたロープでもう一度首を絞めたというんだが……」

藤木は眉をひそめた。佐代子の話が事実なら、地獄図のような光景がそこにあったことになる。ナイフを自分に突き刺して血まみれになった老人。殺してくれと孫に頼み、一度は仮死状態になったものの、意識を取り戻してしまった。そして今度は、見知らぬ女性に自分を殺してくれとすがりついたのだ。想像すると、息が詰まりそうだった。

その件については、さらに慎重な取調べが必要だろう。なぜなら佐代子は、聡の実の母親だと思われるからだ。

そもそも十三年前、佐代子がなぜ竹下家を見に行ったかというと、子供がすり替えられたと菅野栄子に聞かされたからだ。佐代子は本当の息子がどうしているか気になり、様子を窺っていたのだろう。何度も通ううち、聡の家が大変な状態にあることがわかったはずだ。寝たきりになり、しかも酒に酔って暴言を吐く兼蔵は、息子を苦しめる悪人だと感じられたのではないか。そうであれば、彼女が聡のために罪をかぶるというのは、充分に考えられることだった。

真壁は資料を手に取り、説明を続けた。

早い段階で事情聴取が始まっていた相沢功治も、その後逮捕されていた。竹下兼蔵の死体遺棄についてはすでに公訴時効を迎えているが、ほかに最近犯した傷害事件が見つかったという。その事件を調べるとともに、十三年前の東大和事件に関する取調べも続けているのだった。

もうひとりの関係者、豊崎紀一郎については対応が難しいところだった。現在、事情聴取が行われているが、女癖が悪いのは犯罪ではない。罪に問うとすれば裏社会の人間を雇って暴行、傷害、脅迫などをさせたことだが、それらを詳しく調べ上げるには時間がかかりそうだった。

「そのほか、わかったことを伝えておく。竹下兼蔵が所属していた東アジア革命武装戦線は、今回の殺人事件とは関係ないとわかったので、我々刑事部は完全に手を引くことになった。今は公安部が監視を続けているところだ」

公安部は事件を未然に防ぐため、いろいろな組織、団体を監視している。一方、藤木たち刑事部はすでに起きてしまった事件を捜査する。同じ警察官でも仕事の方向性はかなり違っている。だがそれでも、目指すところは一緒なのだと思いたかった。

珍しく、早めに捜査会議が終了した。

そのあとに開かれた凍結班のミーティングでも、ごく簡単な確認が行われただけだった。部下たちを見回して、大和田係長は言った。

「これまでずっとフル稼働だったからな。みんな、今日ぐらいは少しゆっくりしてくれ」

「お。じゃあ、ぱーっと飲みに行きますか」

岸がジョッキを傾ける仕草をする。大和田は彼に釘を刺した。

「そういうことをしないで、体を休めろという幹部の計らいだぞ。だいたい岸は最近、財布に余裕がないんじゃなかったのか？」

「えっ、よくご存じですね。この前、競馬で盛大に外したもので」

「だから、たまには心穏やかにだな……」

「じゃあ今日は、パチンコにしておきます」

そんなことを言って、岸はくっくっと笑った。大和田はやれやれとため息をついている。

凍結班のミーティングは終了となった。

講堂の中を見回すと、捜査員は十名ほどしか残っていなかった。普段は会議のあとも多くの刑事が仕事をしているのだが、今日はどこのチームも早く店じまいしたようだ。

もう少し資料をまとめるつもりだったが、気が変わった。藤木も書類を片づけることにした。係長もああ言ってくれているし、今夜はうちに帰らせてもらおう。

隣の席にいた秀島が、こちらに話しかけてきた。

「竹下聡がなぜ豊崎幸彦に会いに行ったか、ということですが……。僕が思うに、聡は幸彦のことを仲間だと思っていたのではないかと」

「仲間？」

「ふたりは同じように、数奇な人生を送ることになったわけでしょう。運命に翻弄されたという感じでね。……本来ふたりは慰め合い、協力し合うべき立場でした。ところが会ってみたら、聡は幸彦に激しく拒絶されてしまった」

「仲間だとは認められなかったわけだ」

「その幸彦の気持ちもわかるんです。もし元の親のところに戻るとなれば、幸彦は病院理事長の息子ではなくなってしまう。医者にはなれなかったけれど、彼は彼なりに病院経営などの勉強をしたと思うんです。力の足りない部分を、なんとか別の手段で補おうとしていた。でも、すべてがひっくり返されそうになった」

「だから、過去を知る遠藤と菅野、それに聡を殺害しようと考えたわけか」

聡のほうには、金持ちの息子になりたいという気持ちはなかったのかもしれない。ただ、同じ境遇にいる者と話がしたかっただけではないだろうか。しかし幸彦にとって、聡の存在は脅威でしかなかったのだ。

パソコンの電源を切ると、秀島はあらたまった調子で言った。

「今回もまた大金星だったじゃないですか。さすがですね、藤木さん」

「緊張したよ。この前と違って、今回は殺人班と一緒の捜査だったからさ」

「……去年まではその殺人班にいたんですよね？」

「一度離れてしまうと体もきついし、精神的にも負担が大きい。もう昔のようにはできないな」

そう言って藤木がため息をつくと、秀島は口元を緩めた。

「自分のことを客観的に見られるんですね。そういうところ、僕も見習わないと」

「……なんだ？　煽てたって何も出ないぞ」

「別に期待していませんから」

それにしても後味の悪い事件だった、と藤木は思う。

豊崎紀一郎と幸彦は血が繋がっていないが、自己中心的な性格は似ているような気がする。あの父親を見て育ったせいで、幸彦も他人を見下すようになったのだろうか。つまりは環境が人を作るということか。そんなふたりの間に立ち、佐代子は今までどんなふうに振る舞ってきたのだろう。そしてこれから先、どんなふうに生きていくのか。

一方、聡のほうも気がかりだった。本当は裕福な家の子だったのに、菅野栄子のせいで大変な苦労をすることになったのだ。特にヤングケアラーとしての体験は辛かっただろう。本人に何か非があるわけではないから、本当に気の毒だと感じる。

かつて妻の介護をしてきた身として、藤木は聡に同情する気持ちがある。ヤングケアラーの問題は、警察が介入できない部分だからよけいにもどかしかった。

着信メロディが聞こえてきた。秀島はポケットからスマホを取り出し、誰かと通話を始めた。三十秒ほどで電話を切ると、彼はこちらを向いた。

「すみません、ちょっと急ぎの用事ができまして……。お先に失礼します」

「ああ、お疲れさん」

鞄を持ち、秀島は慌てた様子で廊下へ出ていった。

さて俺もそろそろ、と藤木が考えていると、近くを石野が通りかかった。予備班に何か相談しに行くところらしい。目が合うと、彼女は藤木に向かって会釈をした。藤木は、うん、とうなずいてみせる。石野の手には資料とスマホ、ペンケースがあった。ペンケースには《ＩＳＨＩＮＯ》というシールが貼ってある。

辺りにはほかに誰もいない。一瞬迷ったが、藤木はすぐに決断した。

「石野、ちょっといいかな」

「あ、はい。何でしょう」

彼女は足を止め、こちらを向いた。ひとつ呼吸をしてから藤木は言った。

「実は、メールのことなんだが……」

「……はい？」

「いろいろ気をつかわせて悪かった」藤木は彼女のスマホを指差した。「もう終わりにしてもらってかまわないよ」

石野は目を大きく見開いて、身じろぎをした。藤木を見つめたあと、不自然に視線を逸らした。気の毒なぐらい動揺しているのがよくわかった。

「大和田さんに頼まれたんだよな？　俺にメールを送って、励ましてやってくれって」

「いえ、それは……」

「君にも負担になるだろう。俺はもう大丈夫だから」

「あの、違うんです」石野は首を左右に振った。「あれは私が係長に申し出て、やらせてもらうようにしたんです。藤木さんのことが気になって……」

「ありがとうな。気持ちは本当に嬉しいよ。でも君が送っているって、わかってしまったからさ。もう終わりにしよう」

「待ってください。これは私自身の問題でもあるんです」石野は早口になりながら言った。「私の祖母も家で療養していた、という話はしましたよね。祖母はがんでした。

だから藤木さんの奥さんもがんだったと知って、私の気持ちがわかってもらえるんじゃないかと思ったんです。がんの人を看取るのは、ほかの病気とはまた違った辛さがありますから」

ああ、そうだな、と藤木はうなずく。

「それともうひとつ。私が父のＤＶに悩まされてきたことを話したでしょう。私、父のせいで男性にはすごく苦手意識があったんです。特に中年の男性には……。でも藤木さんとは普通に話すことができました。不思議なんですけど」

「うん、不思議だな」

「そして……私から見ると、藤木さんはまだまだ心配なんです。何ていうか、生き方が不器用な感じに見えるからです」

石野のほうがよほど不器用そうなのだが、そこは黙っていることにした。

ひとつ咳払いをしてから藤木は言った。

「じゃあ、もう少し元気に振る舞ってみせるよ。愛想もよくするし」

「いえ、無理にやっては駄目です。奥さんが亡くなってから九カ月ぐらいですよね。まだまだ危ない時期です。下手をしたら、また鬱のようになってしまいます。うちの母がそうでした。……ですから、もう大丈夫だと思えるようになるまで、メールは続けさせてもらえないでしょうか」

そこまで一気に喋ると、石野は急に落ち着かない表情になった。

「……すみません、偉そうなことを言ってしまって。でも本当なんです」

「わかったよ。石野がそう言ってくれるのなら、もう少しメル友を続けさせてもらおうか。それでいいかい？」

「はい」石野は嬉しそうに答えた。「今までどおり続けていきましょう。……ああ、これからも私は大西美香ですから」

その設定はまだ続けるらしい。なんだかおかしな話だな、と藤木は苦笑した。石野も照れ笑いを浮かべていた。

帰り仕度を済ませ、鞄を持って席を立つ。講堂を出ようとしたところで、廊下から戻ってきた大和田と行き会った。

「お先に失礼します」藤木は軽く頭を下げる。

「ああ、藤木さん」大和田は少し声のトーンを落として言った。「今回の事件、申し訳なかった。事件現場にあんな意味があるとはわからなくて……。いろいろ思い出してしまって大変だったでしょう」

介護を模した事件現場のことを言っているのだろう。いえ、と藤木は首を横に振ってみせた。

「気をつかわないでください」

「そういうわけにもいかなくてね。今また藤木さんが休んでしまったら、うちの班は大ダメージですから」

「……大和田さん」藤木はあらたまった口調で言った。「本当にもう、特別扱いはしないでほしいんです。俺は平気ですから」

「まあ、そうは言ってもねえ」

「石野にも話したんですよ。そろそろメールはやめようじゃないかって」

え、と言って大和田は黙り込んだ。藤木の様子を窺っていたが、そのうち彼はばつの悪そうな顔をした。眼鏡のフレームを押し上げながら、そっと尋ねてきた。

「メール、やめるんですか？」

「いや、石野がもう少し続けたいと言ってくれましてね。大和田さんにも感謝しています」

「……そうですか。それはよかった」

大和田はひとり、何度もうなずいている。

ありがたい仲間を持ったものだ、と藤木は思った。変わり者ばかりの班だが、それもまた面白い。仕事に対する意識も、このところずいぶん変わってきている。

これ以上、自分に合った部署はないだろうという気がした。

街灯に照らされて、自分の影が細く、長く歩道に描かれている。

夜の住宅街をしばらく歩いて、藤木はようやく自宅に戻ってきた。玄関の鍵を開け、手さぐりで明かりを点ける。靴を脱いで廊下に上がった。

台所に入ると、テーブルの上の遺影が目に入った。裕美子の写真に声をかける。

「ただいま。やれやれだよ」

コンビニのレジ袋をテーブルに置いたあと、冷蔵庫からお茶を出して一口飲んだ。座ってしまうと立つのが億劫になるから、そのまま二階に上がった。着替えをしようと寝室に入ったところで、藤木は思わず顔をしかめた。まいったな、という声が出た。

出かける前、部屋の掃除をやりかけていたのだ。クローゼットの中から妻の遺品を引っ張り出し、ひとつずつ中を見て整理する。その作業の途中だった。

足の踏み場もない部屋を見て、げんなりした。明日は朝一番で捜査本部に戻らなくてはならない。そして本部が解散されるまで、まだしばらくはかかるだろう。休みがとれるのはずっと先だ。今夜これから掃除を始める気力はないから、寝室は当分このままということになる。

まあいいか、と藤木は思った。誰に見られるわけでもない。冴えない中年男の寝室がどうなっていようと、気にする者などいないのだ。

スーツからスウェットに着替えると、少し気分が落ち着いた。

机の上にベルトを置いたとき、ふと思い出した。そっと引き出しを開けてみる。そこには水色のノートが入っていた。生前、裕美子が使っていたものだ。先日クローゼットの掃除をしていて、藤木はこのノートを見つけた。自分の名前が書かれているのが目に入り、咄嗟に、これは読んではいけないものだと直感した。

秀島も読まないほうがいいと言っていた。書かれた内容がいいことであっても、よくないことであっても、今の藤木にとってはきついだろうと。

そうだよな、と藤木は思う。妻はブログに闘病記を綴っていたが、それは誰かに見られることを前提としたものだった。見られるとわかっている以上、本心は書けなかったに違いない。一方、このノートはどうか。誰にも見せない秘密の日記のようなものだとしたら、痛いとか、苦しいとか、辛いとか、そんなことが書かれている可能性がある。

いや、それだけならまだいい。もしかしたら、藤木に対する恨み言が書かれているのではないだろうか。仕事仕事で忙しかった夫のせいで、自分の病気の発見が遅れた。あのとき病院に行けなかったのは夫の世話で忙しかったからだ――。そんなことが書かれていたらどうするのか。うっかり見てしまったら、自分は立ち直れないほどのショックを受けるのではないか。

これはただのノートではない。裕美子がいなくなった今、唯一彼女の考えに触れることのできる大事な記録だ。だがそれは藤木にとって良薬かもしれないし、劇薬、毒薬かもしれない。

やめようか、と思った。だが見てみたい、という気持ちもあった。

迷った末に藤木は決めた。知らずに後悔するより、知って後悔するほうがいい。今からでも裕美子の想いを知ることができるのなら、と思った。

覚悟を決めてノートを開く。

がん関係の用語や、図などが描かれていた。自分で調べたことをメモしていたのだろう。さらに進むと、抗がん剤や痛み止めの薬の使用量が書き留められていた。

先日、自分の名前を見つけたのはこの先だったはずだ。ゆっくりとページをめくってみる。そこにはこう書かれていた。

私は靖彦さんに、しっかり料理をしてほしいと思っている
まずはおつまみ、最初は簡単なものでいいので
それからだんだん難しい料理に挑戦して、栄養をつけて
たぶん大丈夫、あの人はけっこう凝り性だし
頑張って、これからはひとりで頑張って

もう私は作ってあげられないから
　ごめんなさい
　　本当にごめんなさい

ああ、と喉から声が漏れた。

胸の奥に痛みがあった。妻を思い出すと、こうなることがある。最近その回数は減っていたが、このノートは確実に藤木の胸を抉った。

――謝らなくちゃいけないのは、俺のほうだ。

なぜもっと早く検査を勧めなかったのか。なぜもっといい病院を探せなかったのか。いや、遡って考えれば、自分は妻に負担をかけすぎていたのではないか。料理も洗濯も近所づきあいも、面倒なことは何もかも妻に押しつけてしまっていた。

後悔することばかりだ。

自分はこのノートを見ないほうがよかったのか。見てしまったせいでこれから先、藤木は寝ても覚めても妻のことを思い出してしまうだろう。もしかしたら、休職していたころのような状態に戻ってしまうのではないか、という気もする。

だが藤木は深呼吸をして、その考えを振り払った。

たとえ辛いものだとしても、それは裕美子の気持ちにほかならない。妻が残した言葉は藤木の心に刻まれ、彼女の思い出を補ってくれる。そうだ、と藤木は思った。先ほどこのノートを開いたことで、自分は裕美子の想いを読み取ることができた。彼女はもうこの世にいない。だがその言葉はここに、目の前のノートに残っている。

やはり見てよかったのだ。

ベッドに腰掛け、藤木は新しいページを開いた。

そこには自分がまだ知らない妻の言葉が、一面にちりばめられていた。

本書はフィクションであり、登場する人名、団体名などすべて
架空のもので、現実のものとは一切関係ありません。

この作品は文春文庫のために書き下ろされたものです。

ＤＴＰ制作　エヴリ・シンク

文春文庫

凍結事案《コールドケース》捜査班《そうさはん》

時《とき》の残《ざん》像《ぞう》

定価はカバーに表示してあります

2024年12月10日　第1刷

著　者　麻《あさ》見《み》和《かず》史《し》

発行者　大沼貴之

発行所　株式会社 文藝春秋

東京都千代田区紀尾井町 3-23　〒102-8008
TEL 03・3265・1211㈹
文藝春秋ホームページ　https://www.bunshun.co.jp

落丁、乱丁本は、お手数ですが小社製作部宛お送り下さい。送料小社負担でお取替致します。

印刷製本・TOPPANクロレ

Printed in Japan
ISBN978-4-16-792311-2

（　）内は解説者。品切の節はご容赦下さい。

麻見和史
凍結事案《コールドケース》捜査班 時の呪縛
行方不明だった重要参考人の目撃情報から捜査が再開された、青梅小学4年生遺体遺棄事件。妻に先立たれた刑事・藤木は悲しみを抱えながらも「捜査班」のメンバーと事件の真相に迫る。
あ-93-1

雨咲はな
暁からすの嫁さがし
閉塞感を抱える令嬢・深山奈緒は、失踪した友人を探す中で、不思議な一族の血を引いた青年・当真と出会う。ひょんなことから奈緒は当真の嫁候補に選ばれ、共に妖魔がらみの事件を追うことに。
あ-95-1

顎木あくみ
人魚のあわ恋
新任の美しい国語教師で話題の夜鶴女学院に通う16歳の天水朝名。家族からはある理由で虐げられていた。そんな朝名に思いがけない縁談が。帝都を舞台に始まる和風恋愛ファンタジー！
あ-96-1

秋木　真
助手が予知できると、探偵が忙しい
暇な探偵の貝瀬歩をたずねてきた女子高生の桐野柚葉。彼女は「私は2日後に殺される」と自分には予知能力があることを明かすが……。ちょっと異色で一癖ある探偵×バディ小説の誕生！
あ-97-1

石田衣良
池袋ウエストゲートパーク
刺す少年、消える少女、潰し合うギャング団……命がけのストリートを軽やかに疾走する若者たちの現在を、クールに鮮烈に描いた人気シリーズ第一弾。表題作など全四篇収録。（池上冬樹）
い-47-1

池井戸　潤
オレたちバブル入行組
支店長命令で融資を実行した会社が倒産。社長は雲隠れ。上司は責任回避。四面楚歌のオレには債権回収あるのみ……。半沢直樹が活躍する痛快エンタテインメント第1弾！（村上貴史）
い-64-2

池井戸　潤
かばん屋の相続
「妻の元カレ」「手形の行方」「芥のごとく」他。銀行に勤める男たちが、長いサラリーマン人生の中で出会う、さまざまな困難と悲哀。六つの短篇で綴る、文春文庫オリジナル作品。（村上貴史）
い-64-5

（　）内は解説者。品切の節はご容赦下さい。

池井戸　潤
民王
夢かうつつか、新手のテロか？　総理とその息子に非常事態が発生！　漢字の読めない政治家、酔っぱらい大臣、バカ学生らが入り乱れる痛快政治エンタメ決定版。（村上貴史）
い-64-6

乾《いぬい》　くるみ
イニシエーション・ラブ
甘美で、ときにほろ苦い青春のひとときを瑞々しい筆致で描いた青春小説——と思いきや、最後の二行で全く違った物語に！「必ず二回読みたくなる」と絶賛の傑作ミステリ。（大矢博子）
い-66-1

乾　くるみ
リピート
今の記憶を持ったまま昔の自分に戻る「リピート」。人生のやり直しに臨んだ十人の男女が次々に不審な死を遂げて……。『イニシエーション・ラブ』の著者が放つ傑作ミステリ。（大森　望）
い-66-2

伊坂幸太郎
死神の精度
俺が仕事をするといつも降るんだ——七日間の調査の後その人間の生死を決める死神たちは音楽を愛し大抵は死を選ぶ。クールでちょっとズレてる死神が見た六つの人生。（沼野充義）
い-70-1

伊坂幸太郎
死神の浮力
娘を殺された山野辺夫妻は、無罪判決を受けた犯人への復讐を計画していた。そこへ人間の死の可否を判定する〝死神〟の千葉がやってきて、彼らと共に犯人を追うが——。（円堂都司昭）
い-70-2

阿部和重・伊坂幸太郎
キャプテンサンダーボルト（上下）
大陰謀に巻き込まれた小学校以来の友人コンビ。不死身のテロリストと警察から逃げきり、世界を救え！　人気作家二人がタッグを組んで生まれた徹夜必至のエンタメ大作。（佐々木　敦）
い-70-51

石持浅海
殺し屋、やってます。
《650万円でその殺しを承ります》——コンサルティング会社を経営する富澤允。しかし彼には、殺し屋という裏の顔があった…。殺し屋が日常の謎を推理する異色の短編集。（細谷正充）
い-89-2